ARTHUR W. UPFIELD

Ein glücklicher Zufall

Von Arthur W. Upfield
sind erschienen:

Bony kauft eine Frau. 263
Bony stellt eine Falle. 1168
Bony übernimmt den Fall. 2031
Bony und der Bumerang. 2215
Bony und die Maus. 1011
Bony und die schwarze Jungfrau. 1074
Bony und die Todesotter. 2088
Bony und die weiße Wilde. 1135
Bony wird verhaftet. 1281
Fremde sind unerwünscht. 1230
Gefahr für Bony. 2289
Die Giftvilla. 180
Ein glücklicher Zufall. 1044
Die Junggesellen von Broken Hill. 241
Mr. Jellys Geheimnis. 2141
Der Kopf im Netz. 167
Die Leute von nebenan. 198
Der neue Schuh. 219
Der schwarze Brunnen. 224
Der sterbende See. 214
Der streitbare Prophet. 232
Todeszauber. 2111
Viermal bei Neumond. 276
Wer war der zweite Mann? 1208
Die Witwen von Broome. 142

ARTHUR W. UPFIELD

Ein glücklicher Zufall

THE SANDS OF WINDEE

Kriminalroman

WILHELM GOLDMANN VERLAG MÜNCHEN

KRIMI VERLAG AG WOLLERAU/SCHWEIZ

Die Hauptpersonen des Romans sind:

Inspektor	wird von seinen Freunden
Napoleon Bonaparte	›Bony‹ genannt
Sergeant Morris	Polizeibeamter
Jeffrey Stanton	ein reicher Schafzüchter
Marion Stanton	seine Tochter
Jeffrey Stanton jun.	sein Sohn
›Dot‹ und ›Dash‹	zwei Jäger
Pater Ryan	ein Geistlicher
Mrs. Thomas	Hotelbesitzerin
Moongalliti	Häuptling
	eines Eingeborenenstammes
Ludbi	sein Sohn

Der Roman spielt im australischen Staat Neusüdwales.

Made in Germany · II · 31142
 Aus dem Englischen übertragen von Heinz Otto. Ungekürzte Ausgabe.
Umschlagfoto: Bildarchiv Marion Schweitzer. Gesetzt aus der Linotype-Garamond-Antiqua. Druck: Presse-Druck Augsburg. KRIMI 1044 · ze/Str
ISBN 3-442-01044-6

I

Inspektor Napoleon Bonaparte von der Polizei in Queensland trottete den Buschpfad entlang. In Windee Station, einer Schaffarm im Westen von Neusüdwales, hatte sich etwas ereignet, was sein Interesse geweckt hatte. Darum seine Anwesenheit in einem anderen australischen Bundesstaat, und darum auch seine Verkleidung als wandernder Gelegenheitsarbeiter auf der Suche nach einem neuen Job.

Es war Anfang Oktober, und der Sommer hatte gerade begonnen. Die Viehzüchter hegten die berechtigte Hoffnung, daß der Rest des Jahres ebenso gut werden würde wie die vorhergegangenen neun Monate. Das kniehohe, goldene Gras wogte wie ein reifes Weizenfeld. Blaubusch und Mulga standen in vollem Saft. Die frischgeschorenen Schafe, die bei Bonys Näherkommen davongesprungen waren, befanden sich in ausgezeichnetem Zustand. Galahs und Kakadus kreischten durchdringend, und die fetten Kaninchen überfluteten in unvorstellbarer Zahl das weite Land.

Für Neusüdwales war dies nun bereits das dritte gute Jahr, und Inspektor Bonaparte empfand dies wie ein Wunder. Die letzten zwei Jahre hatte er im trockenen Queensland verbracht, mit der Aufklärung verschiedener Kriminalfälle beschäftigt. Wie es die wandernden Gelegenheitsarbeiter taten, hatte er seine persönlichen Dinge in ein Bündel gepackt, das ihm von der rechten Schulter hing. Sein verrußtes Kochgeschirr war halb mit Tee gefüllt.

Inspektor Napoleon Bonaparte – oder kurz Bony genannt – besaß den weichen Gang des australischen Ureinwohners, war von mittlerer Größe und hatte kein Gramm überflüssiges Fett. Seine Haltung war mehr die eines Weißen als die eines Schwarzen. Von Geburt gehörte er beiden Rassen an. Von seiner Mutter hatte er das Nomadenblut, die scharfen Augen und die Jagdleidenschaft geerbt, seinem Vater verdankte er die Beherrschtheit seines Wesens und die Fähigkeit, logisch zu denken.

Er hatte sich auf sein Bündel gehockt und war gerade dabei, sich eine Zigarette zu drehen, als er Hufschlag vernahm und Sergeant Morris an der Biegung des Pfades in Sicht kam. Er blickte auf und fuhr lächelnd in seiner Beschäftigung fort. Als er sich die Zigarette anzündete, hielt der Sergeant vor ihm und musterte ihn vom Pferd herab.

»Tag!« brummte er barsch.

»Guten Tag, Sergeant«, erwiderte Bony höflich.

»Wohin wollen Sie?«

»Nach Windee.«

Trotz seines barschen Tones war Sergeant Morris kein unangenehmer Mensch. Hunde, die bellen, beißen nicht, und er war in seiner Domäne, die die halbe Größe Englands hatte, geschätzt und beliebt. Er fragte Bony nicht deshalb aus, weil er ihm verdächtig vorkam, sondern weil er schon viele Meilen geritten war und noch fünfzehn Meilen vor sich hatte, bis er wieder zu Hause in Mount Lion sein würde. Eine Unterhaltung mit diesem wandernden Gelegenheitsarbeiter schaffte ihm den Vorwand für eine Zigarettenpause.

»Name?« knurrte er.

»Bony«, erwiderte der Inspektor höflich.

»Bony? Bony was?«

»Ich wurde in der hochwohllöblichen Missionsstation in Nordqueensland auf den Namen Napoleon Bonaparte getauft.«

Bony lächelte jetzt nicht mehr, und die Barschheit des Sergeanten war plötzlich verschwunden. Seine Augen bildeten schmale Schlitze, und dann war er auch schon vom Pferd herunter und stand vor dem Mann, der sich erhoben hatte.

»Wenn ich richtig verstanden habe, sind Sie der Kriminalinspektor Napoleon Bonaparte?« fragte er.

Bony nickte, und Morris betrachtete neugierig den Mann, über den er schon viele Gerüchte gehört hatte. Nur selten gab er jemandem die Hand, Bony aber reichte er sie mit Herzlichkeit. Er wußte, daß der Mann vor ihm nicht nur einen höheren Dienstrang als er selbst besaß, sondern ihm auch geistig weit überlegen war.

»Ich habe Ihnen einen Brief zu übergeben«, eröffnete Bony das Gespräch. »Ich schlage vor, daß Sie mir mein Kochgeschirr aus

Ihrem Wassersack füllen und Feuer anzünden, während ich in meinem Bündel nach dem Tee suche.«

»Einverstanden, Mr. Bonaparte«, erwiderte der Sergeant und wandte sich zu seinem Pferd um, das mit hängenden Zügeln hinter ihm stand.

»Nennen Sie mich doch ›Bony‹«, erklang eine sanfte Stimme hinter ihm.

Sergeant Morris wandte sich um.

»Also ›Bony‹ – wenn Ihnen das lieber ist«, sagte er lächelnd und begann trockene Zweige unter dem Kessel aufzuschichten. »Sind Sie vielleicht hier, um das Verschwinden dieses Marks zu untersuchen?« fügte er hinzu, als das Feuer brannte.

»Richtig. Und hier ist mein Beglaubigungsschreiben.«

Der Sergeant stand auf und nahm den langen blauen Umschlag in Empfang. Der Brief war an ihn adressiert und stammte vom Chef der Polizei in Neusüdwales, der ihn anwies, Inspektor Bonaparte jede erdenkliche Unterstützung bei seinen Nachforschungen zu gewähren.

Sergeant Morris schob das Schreiben in die Tasche und holte Tabaksbeutel und Zigarettenpapier heraus. In aller Ruhe drehte er sich eine Zigarette und zündete sie an. Er war etwas verärgert. Er hatte angenommen, der Fall Marks sei erledigt. Aber schließlich wich seine Verstimmung der Freude darüber, diesen berühmten Mann bei der Arbeit beobachten zu können. Sergeant Morris war nämlich nicht nur Verwaltungsbeamter, sondern auch ein begeisterter Spurensucher. Als der Tee fertig war, goß er ihn in seinen Emaillenapf und in den Deckel des Kochgeschirrs, dann setzte er sich Bony gegenüber.

»Marks verschwand etwa zwei Meilen vom Herrenhaus entfernt. Der Regen hatte die Spuren verwischt, aber die Gegend wurde trotzdem sorgfältig abgesucht. Meiner Meinung nach hatte der Mann sein Motiv für sein Verschwinden. Und was ist Ihre Theorie?«

»Ich halte es für möglich, daß er ermordet wurde«, entgegnete Bony ruhig. »Wenn ich entdecken sollte, daß ich mich geirrt habe, wäre ich tief enttäuscht.«

Er lachte auf, als er das Gesicht des Sergeanten sah.

»Ich habe bis heute ungefähr zwei Dutzend Mordfälle aufgeklärt«, fuhr er fort. »Nur vier davon waren es wert, daß man dafür seinen Grips anstrengte. Mörder sind außerordentlich stur, und fast immer lassen sie die Leiche zurück, die dann auf ihre Spur führt. Es hat bisher keinen perfekten Mord gegeben, aber das geheimnisvolle Verschwinden dieses Mannes namens Marks scheint dem sehr nahezukommen. Darum interessiert mich die Sache. Wenn die Leiche gleich auf der Türschwelle liegt, handelt es sich meist um einen ganz banalen Fall. Als ich kürzlich im Präsidium zu tun hatte, wurde mir Ihr Bericht über den Fall Marks vorgelegt. Ihr Bericht ist, nebenbei gesagt, sehr ausführlich, läßt aber doch einige wichtige Fragen offen. Ihr Chef war damit einverstanden, daß ich mich der Sache annehme. Mein eigener Chef kommandierte mich allerdings nach Brisbane zurück.«

»Und trotzdem sind Sie hier?« fragte der Sergeant verwundert.

»Ich habe meinem Chef ein Telegramm geschickt. Ich sei auf einen interessanten Mordfall gestoßen und bäte um die Genehmigung, ihn aufklären zu dürfen. Aber er verlangte, ich solle augenblicklich zurückkehren. Es ärgert mich, Sergeant, wenn man mich herumkommandieren will wie einen Rekruten. Schließlich bin ich Kriminalbeamter!«

Bony lächelte über Morris' deutlich gezeigtes Erstaunen.

»Ich telegrafierte also mein Rücktrittsgesuch, fügte aber hinzu, daß ich meine Wiedereinstellung verlangen würde, wenn der Fall zu meiner Zufriedenheit gelöst ist.«

Sergeant Morris, dem Disziplin über alles ging, war entsetzt. Er wußte jedoch, daß Bony bei der Polizei in Queensland gleich als Sergeant angefangen hatte und schon bald aufgrund seiner überragenden Fähigkeiten und seiner Kenntnis des Busches zum Inspektor befördert worden war. Gelegentlich wurde er auch an die Polizeichefs anderer Bundesstaaten ausgeliehen.

»Sie glauben also, daß Ihr Chef Sie wieder einstellen wird?« fragte er fassungslos.

»Ganz bestimmt!« Bony lächelte. »Colonel Spender wird zwar rot anlaufen und schrecklich schimpfen, aber schließlich verdanke ich meine Erfolge ja nur der Tatsache, daß ich mitunter das tue, was ich für richtig halte. Und nun erzählen Sie mir einmal Einzelheiten über das Verschwinden dieses Marks. Ich werde Ihnen dann noch Fragen stellen. Ich werde ganz so tun, als hätte ich Ihren Bericht gar nicht gelesen.«

»Na schön!« Morris begann, mit einem kleinen Stöckchen einen Plan in den roten Sand zu zeichnen.

»Am siebzehnten August kam ein Mann, der sich Luke Marks nannte, in einem Chevrolet in Mount Lion an«, begann er. »Er stieg in dem einzigen Hotel des Ortes ab und ließ durchblicken, daß er ein Geschäftsmann aus Sydney sei, der einen Autoausflug mache. Er sei ein alter Freund von Mr. Stanton, dem Besitzer von Windee Station, und wolle ihm einen Besuch abstatten, ehe er nach Broken Hill weiterfahre.

Ich habe den Mann ein einziges Mal gesehen – als ich nach der Sperrstunde das Hotel kontrollierte. Er war untersetzt, etwa einsfünfundsiebzig groß, hatte braunes Haar, braune Augen und war ungefähr fünfzig Jahre alt. Er blieb zwei Tage in Mount Lion und fuhr anschließend nach Windee. Das sind achtzehn Meilen, und er kam um Viertel nach zwölf dort an. Er aß mit Mr. Stanton zu Mittag und fuhr um halb drei nach Broken Hill weiter.«

Der Sergeant stieß das Stöckchen tief in den Sand.

»Hier ist Mount Lion«, erklärte er. »Und hier, achtzehn Meilen südwestlich davon, liegt Windee Station. Um von dort nach Broken Hill zu fahren, muß man nicht nach Mount Lion zurück. Etwa zwei Meilen von Windee Station entfernt zweigt der Buschpfad nach Broken Hill ab.

Sechs Tage nach Marks' Besuch auf Windee Station wurde sein Wagen nördlich dieser Abzweigung achtzig Meter neben der Straße gefunden. Der Wagen war tadellos in Ordnung, aber von Marks keine Spur. Das Gelände dort ist das reinste Labyrinth. Es besteht aus niedrigen Sandbänken, die mit Kiefern und Mulga bewachsen sind. Ich wurde telefonisch verständigt. Spuren konnten auf dem trockenen und sandigen Grund nicht ausgemacht werden, zudem waren in der Zwischenzeit zwei heftige Sandstürme über die Gegend gebraust. Trotzdem bildete ich aus Mr. Stantons Leuten eine Suchmannschaft und nahm außerdem noch zwei eingeborene Spurenleser zu Hilfe. Sie gehören zu einem kleinen Stamm, der in der Nähe des Gutes lagerte. Die Suchmannschaft hat über eine

Woche lang gründlich die Gegend erkundet, konnte aber nicht die geringste Spur finden. Die Leute wußten genau, daß es nach den Sandstürmen reine Zeitverschwendung war, danach zu suchen.«

»Wie hießen die beiden Spurenleser?« fragte Bony.

»Moongalliti, der Häuptling, und Ludbi, sein Sohn«, erwiderte Morris.

»Haben Sie bereits früher ihre Dienste in Anspruch genommen?«

»Ja, als sich einmal ein Kind eines Viehhüters im Busch verirrt hatte. Sie fanden es, aber es war zu spät. Das arme Wurm war tot.«

»Sie hatten also die Möglichkeit, die Arbeit der beiden Eingeborenen beurteilen zu können. Hatten Sie den Eindruck, daß sie bei dieser letzten Suchaktion lasch arbeiteten? Schlechter als früher?«

»Tja, eigentlich schon«, mußte der Sergeant zugeben. »Sehen Sie, die beiden wußten, wann Marks Windee Station verlassen hatte. Dann kamen die Sandstürme, und logischerweise mußten sämtliche Spuren verweht sein. Ich konnte ihnen ihre Uninteressiertheit nicht einmal übelnehmen.«

»Hm.« Der Inspektor rollte sich mit seinen schlanken, dunklen Händen die fünfte Zigarette. »Sprechen Sie weiter.«

»Wie ich bereits sagte, waren die Suchkommandos über eine Woche lang unterwegs, ohne die geringste Spur von dem Mann zu finden. Er muß wohl im Kreis herumgelaufen sein, bis er zusammenbrach. Und wenn dies am Ostrand einer Sandbank geschah, dann wird er unter mehreren Tonnen Sand begraben worden sein. Die beiden Stürme waren äußerst heftig und haben stundenlang angedauert. Als Städter wird er sich nicht zu schützen gewußt haben. Rätselhaft erscheint mir lediglich, warum er erst achtzig Meter von der Straße heruntergefahren ist, bevor er den Wagen verließ. Aber auch dafür gibt es eine Erklärung. Er scheint ein Gewohnheitstrinker gewesen zu sein – er hatte sich auch in Mount Lion sinnlos betrunken. Es wäre also möglich, daß er im Suff von der Straße abgekommen ist.«

»In welcher Verfassung befand er sich denn, als er Windee Station verließ?« fragte Bony.

»Nun – sagen wir, er war leicht angetrunken. Zum Essen gab es eine Flasche Portwein, die er fast allein trank. Meines Erachtens ist überhaupt Trunkenheit des Rätsels Lösung. Wahrscheinlich ist er im Wagen eingeschlafen und dabei von der Straße abgekommen. Das Auto fuhr knapp an zwei Bäumen vorbei und blieb im tiefen Sand stecken. Dann muß er wohl erst nach Einbruch der Dunkelheit wach geworden sein, sich natürlich gewundert haben, wo er gelandet sei, und sich zu Fuß auf die Suche nach der Straße gemacht haben. In seinem Zustand dachte er natürlich nicht daran, die Scheinwerfer einzuschalten, und darum mußte er sich zwangsläufig verirren.«

»Hm.« Bony paffte nachdenklich vor sich hin.

»Zu einem anderen Schluß kann ich beim besten Willen nicht kommen«, erklärte Morris. »Und im Präsidium schloß man sich meiner Meinung an.«

»Wie weit, sagten Sie, ist es vom Gutshaus bis zu der Stelle, wo der Wagen gefunden wurde?«

»Zwei Meilen.«

»Zwei Meilen! Dann müßte sich die Stelle doch innerhalb der Weidezäune befinden, und das bedeutet, daß täglich einer der Viehhüter vorbeigeritten sein muß.«

»Sie haben ganz recht, der Wagen wurde in der sogenannten südlichen Pferdekoppel gefunden, aber während der Schur hatte Mr. Stanton die Koppel für die Schafe benützt, und die hatten sie kahlgefressen. Infolgedessen befand sich zur fraglichen Zeit kein Vieh dort, und darum kam auch kein Viehhüter daran vorbei.«

»Konnte man den Wagen von der Straße aus nicht sehen?«

»Nein. Als er von der Straße abkam, beschrieb er eine weite Kurve und kam schließlich hinter einer großen Kiefer zum Stehen. Er wurde erst entdeckt, als ein paar Leute Bauholz holen wollten.«

»Gewiß, oberflächlich betrachtet scheint es sich lediglich um eine ganz alltägliche Geschichte zu handeln – um das übliche Verirren im Busch«, meinte Bony bedächtig. »Ihr Bericht hätte meine Aufmerksamkeit auch in keiner Weise erregt, wenn sich nicht kürzlich herausgestellt hätte, daß Marks ein Beamter der Polizei von Neusüdwales war. Er gehörte zur Gewerbepolizei. Sein wirklicher Name war Green. Eine Woche nachdem er Sydney verlassen hatte, mußte eine Reihe seiner Kollegen von der Gewerbepolizei vor einer Untersuchungskommission erscheinen. Sie waren der passiven Bestechung angeklagt – Sie haben sicher von der Geschichte gehört. Auch Green war vorgeladen worden, erschien jedoch nicht zur Verhandlung. Und dann stellte sich plötzlich heraus, daß Ihre Personalbeschreibung dieses Marks mit der des Polizeibeamten Green völlig übereinstimmt. Sogar die Kennzeichen von Greens Wagen sind mit denen von Marks' Wagen identisch.

Dieser Polizeibeamte namens Green hatte jahrelang in Wilcannia bei der berittenen Polizei gedient. Er besaß also große Erfahrung im Busch. Es ist bekannt, zu welchem Zeitpunkt er Sydney verließ. Es war sein zweiter Urlaubstag. Kurze Zeit vorher hatte er Grundstücke im Wert von mehreren tausend Pfund verkauft, und am Tag, bevor er in Urlaub ging, hob er eintausenddreihundertsieben Pfund von der Bank ab. Er muß gewußt haben, daß der Bestechungsskandal unausbleiblich war, hat seinen Besitz zu Geld und sich selbst anschließend aus dem Staub gemacht.

Sie merken, Sergeant, daß die ganze Geschichte jetzt plötzlich anders aussieht. Es ist völlig unwahrscheinlich, daß sich Marks – beziehungsweise Green – im Busch verlaufen haben könnte, auch nicht in betrunkenem Zustand. Ziemlich sicher ist jedoch, daß er eine erhebliche Geldsumme bei sich führte. Und damit hätten wir ein erstklassiges Motiv für einen Mord. Selbst ohne Ihr Foto von der Fundstelle des Wagens hätte mich der Fall gereizt. Aber dieses Foto bestärkte mich noch in der Ansicht, daß der Mann ermordet wurde.«

»Mein Foto bestärkt Sie in dieser Ansicht?« rief Morris verblüfft.

»Gewiß«, erwiderte Bony bedächtig. »Als Sie die Aufnahmen von dem verlassenen Wagen machten, fotografierten Sie auch gleichzeitig den unwiderlegbaren Beweis, daß an dieser Stelle ein Mord geschehen ist.«

Es schien Bony Spaß zu machen, die Wirkung seiner Worte zu beobachten.

»Der Fall reizt mich, Sergeant« fuhr er schließlich fort. »Ich beginne mit meinen Nachforschungen zwei Monate nach der Tat. Sämtliche Spuren sind also verwischt. Es liegt auch keine Leiche herum, die sofort auf einen Mord schließen ließe. Und selbst wenn ich jetzt noch eine Leiche finden sollte, wären nur noch die Knochen vorhanden. Da gibt es keine Fingerabdrücke, da ist auch keine Obduktion möglich. Ein Fall also, an dem man sich die Zähne ausbeißen kann. Und darum reizt er mich.«

»Aber was ist mit der Fotografie?« beharrte Morris.

Bony langte in die Tasche und brachte einen Abzug des vor zwei Monaten aufgenommenen Fotos heraus. Er reichte sie dem Sergeanten.

»Schauen Sie sich das Bild gut an!« sagte er mit leiser Stimme. »Sie sehen den Wagen. Und was sehen Sie sonst noch?«

»Nun, Bäume im Hintergrund«, erwiderte der Sergeant.

»Hm, nur Bäume? Ist Ihnen denn nicht aufgefallen, daß an einem dieser Bäume ein Schafsknochen zusammen mit einem Bündel Holzstäbchen fächerförmig angebracht ist?«

»Ja – allerdings. Donnerwetter!«

»Das ist ein Zeichen der Eingeborenen und bedeutet: ›Hütet euch vor den Geistern. Hier wurde ein weißer Mann getötet‹«, sagte Bony.

2

Jeffrey Stanton war ein Schafzüchter von altem Schrot und Korn. Er lebte auf dem Lande, im Gegensatz zu den meisten Schafzüchtern, die in den Großstädten ihren Wohnsitz nehmen und die Arbeit auf den Weidegütern ihren Verwaltern überlassen. Er schokkierte diese Kreise durch sein Benehmen und die Großzügigkeit, mit der er seine Leute behandelte.

Wie an jedem Werktag verließ er um halb acht das große Herrenhaus und ging zu den Quartieren seiner Leute hinüber.

Jeffrey Stanton hatte längst seinen sechzigsten Geburtstag gefeiert, aber sein Gang war noch immer jugendlich federnd, und seine grauen Augen unter weißen Brauen funkelten unternehmungslustig. Er war auf dem Rücken von Pferden aufgewachsen und nicht in den Polstern eines Autos, das sah man ihm an.

Die Unterkünfte der Arbeiter lagen am Bachufer im Schatten der knorrigen Buchsbäume. Unter den Blechdächern befanden sich Küche und Speiseraum, daneben stand das Vorratshaus aus Bambusgras. Ein riesiger eiserner Triangel hing an einem von zwei Pfosten getragenen Querbalken. Davor standen die Männer und warteten auf die Tagesbefehle. Als sie den Boß kommen sahen, verstummte ihr Gespräch.

Stanton blieb mit zusammengekniffenen Augen vor der Gruppe stehen, starrte den Koch an und kratzte sich am Kopf. Er bot das typische Bild eines Mannes, der sich den Kopf zerbricht, wie er eine Horde Faulenzer beschäftigen soll.

»Morgen!« rief er endlich.

»Morgen, Jeff!« kam es wie aus einem Mund.

»Was machen die Schafe, Ted?« fragte Stanton einen kräftigen Mann mit braunem Bart, der eine Hose aus weißem Englischleder, ein blaues Hemd und einen uralten Filzhut trug.

»Oh, sie etablieren sich«, kam die nuschelnde Antwort.

»So, dann wirst du dich jetzt auf dem Sattel etablieren und nach ihnen schauen«, sagte Stanton mit grimmigem Lächeln. »Wir können es uns nicht leisten, daß Mutterschafe in den Ecken hängenbleiben. Wenn sie alle ihren Weg zur Wasserstelle gefunden haben, kannst du einen Tag bezahlten Urlaub nehmen und dich in Mount Lion besaufen.«

Ted blickte seinen Chef etwas blöd an, dann trottete er, offensichtlich zufrieden, hinüber zur Pferdekoppel. Der Boss wandte sich an den nächsten. Er war schlank und hatte eine dunkle Hautfarbe.

»Du reitest um den Höllensumpf, Joe«, befahl er. »Wahrscheinlich ist er schon ziemlich eingetrocknet und das Wasser sicher faulig. Alec kann dich begleiten. – Was macht der Motor bei Stewarts Brunnen, Jack?«

»Hat seine Mucken. Der Regler arbeitet nicht richtig«, antwortete der Angesprochene, der gewaltig schielte.

»Hm. Archie, dann fährst du hinaus zu Stewarts Brunnen und reparierst den Motor. Nimm den kleinen Lkw. – Bill, Mrs. Poulton brauchte Holz. Bring ihr mal wieder eine Portion.«

Schließlich wandte sich Stanton an einen jungen Mann von etwa zwanzig Jahren. Man erkannte in ihm auf den ersten Blick den Engländer. »Du nimmst den großen Lkw und fährst nach Mount Lion. Bei Hugo müssen neue Vorräte abgeholt werden. Aber wenn bei deiner Rückkehr dein Atem nach Whisky riecht, schmeiß' ich dich in hohem Bogen raus. Whisky und Benzin vertragen sich nicht.«

Auch die vier übrigen Männer bekamen ihre Aufträge, und obwohl sie damit bis zwei Uhr spielend fertig sein würden, fiel es niemandem ein, nach neuer Arbeit zu fragen, denn Stanton gab nur einmal am Tag seine Anweisungen. Neun Monate im Jahr betrug die tägliche Arbeitszeit höchstens sechs Stunden, aber in den übrigen drei Monaten wurde geschuftet, und zwar fünfzehn Stunden am Tag. Die Musterung der Schafe und die Schur waren die Hauptarbeiten. Auch Brände und Überschwemmungen sorgten für Beschäftigung.

Auf halbem Weg zurück zum Herrenhaus begegnete Mr. Stanton Bony.

»Sind Sie Mr. Stanton?« fragte der Inspektor.

»Manchmal. Das letztemal wurde ich von einem Fremden so angeredet. Das war vor zwei Monaten. Ich heiße Jeff Stanton. Das ›Mister‹ lassen wir in der Stadt. Für meine Leute bin ich ganz einfach ›Jeff‹.«

Bonys Gesicht blieb unbeweglich. Stantons graue Augen musterten ihn von Kopf bis Fuß.

»Ich suche Arbeit«, fuhr Bony fort. »Hätten Sie nicht einen Job für mich?«

»Arbeit!« Stanton stieß ein brüllendes Lachen aus. Das Blut schoß ihm in das wettergebräunte Gesicht. »Ich liege die halbe Nacht wach und zerbreche mir den Kopf, womit ich meine Leute beschäftigen soll, und jetzt wollen Sie mir noch mehr Kopfzerbrechen machen.« Er kniff die Augen zusammen. »Was können Sie denn?«

Diese letzte Frage setzte Bony in Verlegenheit, zumal Sergeant Morris ihn nicht auf Stantons Eigenheiten vorbereitet hatte.

»Ich kann anstreichen, Zäune bauen, einen Lkw fahren und Pferde zureiten«, erwiderte er respektvoll, aber zuversichtlich.

»Hoho! Pferde zureiten!« knurrte Stanton. »Ich habe in meinem ganzen Leben noch keinen Nigger gesehen, der ein Pferd ordentlich zureiten konnte. Ihr macht einen Haufen Hokuspokus, das ist alles. Außerdem gefällt mir dein Gesicht nicht. Ich kann Nigger nun mal nicht leiden.«

»Schluß jetzt!« fiel Bony ihm barsch ins Wort. Er gab sich den Anschein, schrecklich aufgebracht zu sein, in Wirklichkeit jedoch amüsierte er sich über den alten Herrn. »Ich bin kein Nigger, merken Sie sich das. Sie selbst sehen aus wie ein Chinesenbastard. Wenn ich nicht Respekt vor Ihrem Alter hätte, würde ich Sie ganz einfach zusammenschlagen. Denken Sie vielleicht, Sie sind was Besseres als ich, nur weil Sie ein paar Millionen zusammengekratzt haben? Bilden Sie sich ruhig ein, Sie seien Lord Jeffrey, ich werde Ihnen schon zeigen –«

Stanton warf plötzlich den Kopf zurück und brach in Gelächter aus. Im nächsten Augenblick klopfte er Bony kräftig auf die Schulter.

»Du bist mein Mann!« trompetete er. »Ich habe ein paar Gäule, die zugeritten werden müssen. Vier Pfund pro Pferd und freie Verpflegung, einverstanden? Von meinen Leuten erwarte ich, daß sie Mumm in den Knochen haben. Ich mag die katzbuckelnden Kriecher nicht.«

Über Bonys Gesicht glitt ein verständnisinniges Lächeln. Von diesem Augenblick an fühlten sich die beiden an sich so verschieden gearteten Männer zueinander hingezogen.

»Wann kann ich beginnen?« fragte Bony.

»Tja, ich muß die Pferde erst von den Koppeln holen lassen«, erwiderte Stanton nachdenklich. »Das wird ein paar Tage dauern. Warte mal ... ich habe einen anderen Job für dich. Morgen kommt der Kanincheninspektor. Da drüben in der Koppel ist ein Wallach mit weißem Vorderfuß. Spann ihn vor einen Giftwagen – sie stehen da drüben im Schuppen – und kutschiere damit durch die Gegend.«

Mit einem kurzen Nicken stapfte er weiter. Bony lächelte vor sich hin und ging zur Koppel, holte den Wallach heraus und führte ihn hinüber zum Schuppen.

Die Giftwagen waren leichte, zweirädrige Karren mit einem eisernen Kessel, in den die Phosphorlatwerge gefüllt wurde. Diese Latwerge wurde dann zu kleinen Pillen gepreßt, die durch ein Röhrchen dicht hinter den Rädern des Wagens in die Fahrspur glitten.

In einem Faß fand Bony die Latwerge, und er entdeckte auch das mit Wasser gefüllte Faß, in dem der Phosphor aufbewahrt wurde. Aber nur ein winziges Stück Phosphor von schmutziggrauer Farbe schwamm darin herum und begann sofort zu rauchen, als Bony es herausnahm. Das genügte nicht einmal für einen Kessel voll.

Da er sich vergeblich nach anderem Gift umschaute, schlenderte er hinüber zum Herrenhaus und betrat das Büro, das sich in einem Anbau befand. Hier saß sein neuer Chef.

»Wir brauchen Phosphor, Jeff«, sagte Bony. »In dem Wasserfaß sind nur noch ein paar Gramm.«

»Phosphor? Wozu brauchst du Phosphor?« wollte Stanton wissen.

»Für den Giftkarren«, erklärte Bony geduldig.

»Zerbrich dir mal nicht den Kopf über Sachen, die du nicht verstehst«, kam die dröhnende Antwort. »Du hast weiter nichts zu tun, als mit dem Karren durch die Gegend zu fuhrwerken. Wenn morgen der Kanincheninspektor kommt, muß er überall die Radspuren sehen können.«

»Aber das Gesetz ...«

»Zum Teufel mit dem Gesetz! Ich streue kein Gift aus, damit womöglich mein eigenes Vieh draufgeht! Überdies habe ich kein Geld für Gift. Karre du durch die Gegend und überlaß den Inspektor mir.«

Bony ging hinaus und fuhr bis gegen fünf Uhr mit dem leeren Giftkarren umher.

Am nächsten Morgen um elf kam der Kanincheninspektor. Bony war zufällig Zeuge, wie Stanton ihm die Hände schüttelte und ihn zu einem Drink in sein Büro einlud.

Am Sonntag fand Bony zum erstenmal Gelegenheit, sich die Stelle anzusehen, an der man den Wagen des verschwundenen Marks gefunden hatte. Nach dem Mittagessen machte er sich auf den Weg. Er nahm sich ein Paar Schaffellsandalen mit, und ehe er die Straße verließ, streifte er sie über. Als er den losen Sand betrat, stellte er zufrieden fest, daß die wolligen Sohlen nichts als ein undeutliches Muster zurückließen, das bereits beim leisesten Windhauch wieder verweht wurde.

Er schritt in dem sicheren Gefühl aus, daß kein Weißer je seine Spuren entdecken konnte, und ein Eingeborener würde sich aus

Angst vor den bösen Geistern nicht an diesen verrufenen Ort wagen. Bony war nicht nur ein großartiger Spurenfinder, er beherrschte auch die Kunst, seine eigenen Spuren zu verwischen.

Ohne Schwierigkeit fand er die Stelle, wo man Marks' Wagen gefunden hatte. Reifenspuren waren natürlich nicht mehr zu sehen, doch anhand des Zeichens, das die Schwarzen an einem Baum angebracht hatten, konnte Bony mühelos den Weg rekonstruieren, den der Wagen genommen hatte, als er von der Straße abkam.

Die Sandbank, an der der Wagen zum Stehen gekommen war, war etwa einen halben Meter hoch und verlief genau von Norden nach Süden. Das nördliche Ende verlor sich in sandigen Hügeln, während das Südende in eine zweite von Ost nach West verlaufende und bedeutend höhere Sandbank überging. An der einen Seite war der Sand weich und knöcheltief, während der Boden auf der anderen, der östlich gelegenen Seite, hart wie Zement war. Auf diesem Streifen, der ungefähr vier Meter breit war und sich die ganze Länge der kleinen Sandbank entlangzog, war der Wagen mit seinen Hinterrädern zum Stehen gekommen.

Solche Lehmstreifen findet man hin und wieder auch in sandigem Gelände. In der Mitte hatte sich ein Gewimmel von dunkelroten Ameisen mit schwarzen Beinen einen Palast gegraben, während am Rande eine andere Ameisenart – die Tierchen waren tiefschwarz und gut zwei Zentimeter lang – verschiedene Kolonien errichtet hatte. Diese schwarze Spezies war nicht ganz so wild wie die rote, sie bewegte sich auch bedeutend gemächlicher. Jedes Nest war gegen Flugsand und eindringendes Wasser durch einen fünfzehn Zentimeter hohen, sorgsam aus Kiefernnadeln gewobenen Wall geschützt.

Der Lehmstreifen interessierte Bony. In dem weichen Sand würde kaum etwas zu entdecken sein, vielleicht aber hier auf dem harten Untergrund. Wiederholt kniete Bony nieder und suchte die Oberfläche sorgfältig ab. Zwei kaum sichtbare Linien – ein Weißer hätte sie keinesfalls entdeckt – endeten unmittelbar neben einem Nest der schwarzen Ameisen. Diese Linien waren etwa zwei Monate alte Reifenspuren. Bony kannte jetzt die genaue Position des Wagens.

Als nächstes interessierte ihn das von den Eingeborenen angebrachte Zeichen. Wie alle Nomaden geben auch die australischen Ureinwohner ihre Nachrichten durch Zeichen und Symbole weiter, deren Bedeutung nur sie allein kennen. Ihre ›Zeichensprache‹ wurde durch den weißen Mann noch bereichert. Weggeworfene Bierflaschen oder Autoreifen erwiesen sich für die Nachrichtenübermittlung der Schwarzen als recht nützlich.

Bony betrachtete das Zeichen, das ihn veranlaßt hatte, den achthundert Meilen weiten Weg von Sydney hierher zu machen. Neun gerade Stöckchen, jedes etwa dreißig Zentimeter lang, waren mit einem alten Stück Draht zur Form eines Fächers zusammengebunden. Bony wußte, daß dies eines der fünf Zeichen des Todes war, und als sein Blick einen halben Meter tiefer glitt, fiel er auf den Oberschenkelknochen eines Hammels, der an dem gleichen Draht herunterhing.

Wenn ein Eingeborener an dieser Stelle den Tod gefunden hätte, wäre dieser Knochen von einem Tier genommen worden, das das Totem seines Stammes darstellte. Das Schaf jedoch war ausschließlich das Tier des weißen Mannes.

Der Inspektor ging zurück und setzte sich zwischen die fast unsichtbare Autospur. Bequem lehnte er sich mit dem Rücken gegen die niedrige Sandbank. Während er sich eine Zigarette drehte, beobachtete er die schwarzen Ameisen, die dicht neben ihm ihr Nest hatten.

Tief zog er den Rauch ein, und seine Gedanken beschäftigten sich wieder mit Marks' Verschwinden. Man müßte mehr über das Vorleben des Mannes wissen, dachte er.

In diesem Augenblick bemerkte er aus den Augenwinkeln ein blaues Blitzen in dem Ameisennest. Als er schärfer hinblickte, war das bläuliche Funkeln wieder verschwunden. Das Loch hinter dem Damm aus Kiefernnadeln wimmelte von schwarzen Ameisen. Er beobachtete, wie sie aus ihrem Nest kleine Steinchen – sie waren etwa so groß wie eine halbe Erbse – herausschleppten, die sie in die Sonne legten, und dort liegende Steinchen zurücktrugen.

Warum taten sie das? Dieses Problem interessierte Bony. Unaufhörlich transportierten die Ameisen ihre Steinchen. Sie schienen nur von dieser einzigen Idee besessen zu sein. Eine Viertelstunde saß Bony auf seine Ellbogen gestützt da und betrachtete das Gewimmel. Dann endlich seufzte er auf – er hatte die Lösung gefunden. Die Ameisen transportierten die von der Sonne erhitzten Steinchen hinunter in ihren Bau, um die Eier damit warm zu halten. Die abgekühlten Steinchen aber brachten sie herauf, damit sie sich erneut in den Sonnenstrahlen erwärmten.

»So ist das . . .!« murmelte Bony. »Die Ameisen tun eben nichts ohne Verstand. Aber was bringt die denn da an? Das ist ja ein Stück blaues Glas.«

Eine Ameise schleifte ein Stück blaues Glas vor sich her. Es leuchtete, noch im Schatten, bereits hell auf. Das Tierchen legte das Glas nieder und nahm einen sonnenwarmen Stein auf. Dann eilte es wieder geschäftig davon.

Neugierig fischte Bony mit der Spitze seines Taschenmessers das blaue Glasstückchen heraus und legte es auf die Handfläche.

Die eine Seite war glatt, die andere facettiert. Es war kein Glas – es war ein geschliffener Saphir.

3

Windee Station war aus kleinsten Anfängen hervorgegangen. Zunächst hatte Jeffrey Stanton ein Gebiet von vierzigtausend Hektar gekauft, fast durchwegs wildes, hügeliges Land. Sein Vorgänger hatte Schafe gezüchtet, von denen allerdings ein großer Teil von Dingos zerrissen worden war. Stanton hatte sich deshalb auf Rindvieh umgestellt. Und da man damals noch für jeden Dingo-Skalp zehn Schilling bezahlte, verdiente er mit den erlegten Wildhunden mehr Geld als mit seiner Viehzucht.

Der schmale Streifen seines Gebietes verlief von Norden nach Süden. Die große Ebene im Westen gehörte zwei Brüdern, die Ebene im Osten einer Weidelandgesellschaft, die ihren Sitz in Adelaide hatte. Eine Trockenheit ruinierte die beiden Brüder, Stanton nahm ein Darlehen auf und kaufte das Land. Die Zeit verging, die Schlachtviehpreise lagen günstig, und so hatte er schließlich das geliehene Geld zurückgezahlt. Er war nun stolzer Besitzer von zweihundertvierzigtausend Hektar. Später machte die Weidelandgesellschaft in Adelaide ebenfalls Konkurs. Stanton nahm nochmals Geld auf und fügte seinem Besitz zweihundertachtzigtausend Hektar hinzu.

Als Bony nach Windee Station kam, besaß Stanton fünfhundertzwanzigtausend Hektar Land und siebzigtausend Schafe. Das Rindvieh hatte er längst abgeschafft. Außerdem gehörten ihm noch eine Musterschaffarm in Victoria, mehrere Grundstücke in Adelaide und Anteile an einer bedeutenden Schiffahrtsgesellschaft. Trotz seines Reichtums war Stanton noch nie weiter als bis nach Adelaide gekommen, nach dem Tode seiner Frau hatte er lediglich eine kurze Reise nach England unternommen. Auf dieser Reise hatten ihn die Ordnung, die peinliche Sauberkeit auf dem Schiff, die den regelmäßigen Inspektionen des Kapitäns zu verdanken waren, stark beeindruckt. Der Kapitän schien jeden Winkel seines Schiffes genau zu kennen, während er – Stanton – beim besten Willen keine Ahnung hatte, wie viele Sättel oder wie viele Wagen er eigentlich besaß.

Nach Hause zurückgekehrt, setzte er augenblicklich einen Mann ein, der für das ganze Betriebsinventar verantwortlich war. Dieser Posten war durchaus keine Sinekure. Im Augenblick versah ihn Bates.

Jeden Samstagmorgen gegen zehn Uhr kam Bates ins Büro und holte Jeffrey Stanton zu einem Besichtigungsgang ab. Als dritter Mann nahm der Buchhalter an dieser Inspektion teil.

Auch an diesem Samstagmorgen betrat Bates gegen zehn Uhr das Büro. Gleich darauf machten sich die drei Männer auf den Weg. Als erstes inspizierten sie die Küche. Bei ihrem Eintritt betrachtete der Koch – ein kleiner Mann mit einem schwarzen Bärtchen, das zu der Blässe seines Gesichtes in scharfem Kontrast stand – gerade skeptisch einen geschlachteten Hammel. Ohne sich um die Eintretenden zu kümmern, zog er den Hammel näher ans Fenster und beäugte ihn von allen Seiten.

»Was ist denn los, Alf?« fragte Stanton schließlich.

Alf blickte auf und tat so, als habe er seinen Chef erst jetzt bemerkt.

»Ach, nichts weiter«, erwiderte er sauertöpfisch mit leichtem

Londoner Akzent. »Ich zerbreche mir nur den Kopf, ob dieses Vieh ein toter Leguan oder eine abgehäutete Katze ist.«

»Na, ich würde eher sagen, ein Hammel«, sagte Stanton ruhig.

»Ein Hammel? Das ist im Leben kein Hammel!« brummte Alf wegwerfend. »Glauben Sie vielleicht, ich wüßte nicht, wie ein Hammel aussieht? Hammel! Wenn wir heutzutage keine besseren Schafe züchten können, dann gnade Gott Australien.«

»Es ist schon ein Hammel, nur etwas unterernährt«, gab Stanton schließlich zu.

»Unterernährt – das ist der richtige Ausdruck!« ereiferte sich Alf. »Sie erwarten doch nicht, daß ich aus diesen paar Knochen eine Mahlzeit für ausgewachsene Männer machen kann?«

»Nein, verdammt noch mal!« brüllte Stanton plötzlich los. Dann drehte er sich zu Roberts, seinem Buchhalter, um. »Notieren Sie: Es müssen in Zukunft bessere Tiere geschlachtet werden.« Er wandte sich wieder an Alf. »Gib das Vieh den Hunden und hol Büchsenfleisch aus dem Vorratshaus. Sonst noch was?«

»Nein. Aber für die Hunde ist es doch noch zu schade. Ich werde Stew davon machen. Es ist diese Woche schon das zweitemal, daß ich so ein unterernährtes Vieh bekomme.«

»Schon gut«, sagte Stanton besänftigend. »Das liegt wohl daran, daß Jeff junior nicht da ist. Ich will sehen, daß es nicht wieder passiert.«

Im Leutequartier lag einer der Männer auf seinem Bett und las. Mit seiner Arbeit war er bereits fertig, und Stanton nickte ihm freundlich zu. Nach der Inspektion der Räume gingen die drei Männer hinüber zu den Wagen- und Geräteschuppen.

Für eine australische Farm war Windee Station gewiß eine Sehenswürdigkeit. Kein Gerät, kein Wagen und keine Maschine standen hier je im Freien. Alles war sauber und geölt, und die drei Lkw sahen so blankgeputzt aus, als würden sie nur selten benutzt.

Auf Windee Station gab es keine Verschwendung. Jeffy Stanton geriet in Zorn, wenn er eine unbenützte Schaufel herumliegen sah, aber er bezahlte seine Leute fünfzig Prozent über Tarif. Darum war er bei den anderen Schafzüchtern unbeliebt – aber er war Millionär.

Schließlich gelangten die drei Männer auf ihrem Rundgang zur

Schmiede. Der Schmied war mit zwei Gehilfen dabei, auf mehrere Wagenräder Eisenreifen aufzuziehen. Stanton nickte ihnen zu, ohne sie in ihrer Arbeit zu stören. Er wollte gerade wieder gehen, als sein Blick auf einen Gegenstand fiel, der wie ein eiserner Geschoßkorb von der Artillerie aussah. Er wußte, daß die Goldsucher solche Gefäße verwenden, um darin den Goldstaub zu waschen.

»Wo kommt das Ding her, Bates?« fragte er.

»Das ist wohl von Dot und Dash hier untergestellt worden«, erwiderte Bates. »Die beiden haben es vor ungefähr einem Monat aus Range Hut mitgebracht.«

Stanton beobachtete noch einige Augenblicke, wie der glühende Reifen um das Rad gelegt und festgeschlagen wurde. Flammen züngelten auf, und weiße Funken sprühten. Dieser Anblick erinnerte ihn an etwas.

»Wer hat übrigens Salpetersäure bestellt, Bates? Sie kommt nächste Woche an.«

»Das ist gut«, meinte Bates. »Es ist wirklich komisch – die letzte Flasche Salpetersäure ist einfach spurlos verschwunden.«

Stanton nickte. »Allerdings komisch. Schließen Sie das Zeug in Zukunft gut weg.«

Wieder draußen im prallen Sonnenschein, nickte Stanton seinen beiden Begleitern zu und ging zurück zum Herrenhaus. Die Inspektion war beendet.

An der Gartenpforte blieb er stehen und blickte sich um. Sein Heim lag am Rande einer weiten Ebene. Im Osten begann die große Sandfläche, wo Kiefern und Mulga wuchsen – ein breiter Gürtel zwischen Windee Station und Mount Lion. Im Westen aber war alles flimmerndes Licht. Dort lag die weite Ebene mit Salzbusch und Stachelgras, dazwischen die Klumpen der wie riesige Sonnenschirme wirkenden Bäume. Und vierzig Meilen weit im Westen schienen sich die Hügel wie aus einem wogenden Meer zu erheben.

Jeffy Stanton verspürte tiefen Frieden. Die Sorgen und Plagen seines Lebens lagen hinter ihm. Sein Sohn und seine Tochter waren erwachsen, und sie würden nie erfahren, wie hart er und seine Frau einst zu kämpfen gehabt hatten.

»Hallo, Dad, was grübelst du denn?« hörte er eine Stimme hinter sich. »Komm, der Tee wartet.«

Er wandte sich um und blickte in die Augen von Marion, seiner Tochter. Da lächelte er.

Marion Stanton hatte dunkles Haar und einen hellen Teint. Ihr Gesicht war nicht eigentlich schön, doch das sanftgerundete Kinn, der wohlgeformte Mund und ihre glänzenden grauen Augen machten sie zu einem anziehenden, liebenswerten Mädchen.

Stanton saß mit seiner Tochter auf der breiten, durch Fliegennetze geschützten Südveranda vor dem kleinen Teetisch. Der magere, drahtige Mann von über Sechzig, und das schlanke, biegsame Mädchen von noch nicht Fünfundzwanzig.

»Ich hoffe, du hast nicht vergessen, daß wir morgen abend zu den Fosters zum Tin-kettling müssen«, sagte Marion beiläufig und schenkte ihrem Vater die zweite Tasse Tee ein.

»Das hatte ich tatsächlich vergessen, aber ich fahre sowieso nicht hin«, erwiderte Stanton grimmig. »Wenn du glaubst, daß ich in meinem Alter achtzig Meilen weit fahre, nur, um wie ein Narr um das Haus meines Verwalters zu tanzen, so hast du dich geirrt. Da mußt du dir schon was anderes ausdenken.«

»Ich bin gerade dabei, Dad.«

»Gut.«

Stanton trank schweigend seinen Tee. Am Gesichtsausdruck seiner Tochter merkte er, daß ihm wieder einmal eine der Auseinandersetzungen bevorstand, bei denen er bisher stets den kürzeren gezogen hatte. Resigniert erwartete er die Eröffnung des Gefechtes.

»Harry Foster hat für dich gearbeitet, seit er die Schule verließ«, begann Marion. »Bis auf ein paar Jahre, die er in den Krieg mußte, damit du noch mehr Geld verdienen konntest. Und du hast dich stets auf ihn verlassen können.«

»Ich habe ihn auch gut bezahlt. Ich –«

»Er hat hart für dich gearbeitet, und das nicht nur wegen des guten Lohnes«, fuhr sie unerbittlich fort. »Du gabst ihm eine Chance, und er nützte sie – zu deinem Vorteil. Ethel und er haben eine Menge Vorbereitungen getroffen, und wenn der Boss nicht kommt, werden sie ganz bestimmt enttäuscht sein.«

Jeffy Stanton kramte aus seiner Tasche eine Dose Tabak, ein Päckchen Zigarettenpapier und eine Schachtel Streichhölzer. Nachdem er alles auf den Tisch ausgebreitet hatte, blickte er seine Tochter an und sagte mit der Stimme eines Märtyrers: »Darf ich rauchen?«

»Du fährst also mit?«

»Nein!«

»Ethel ist meine beste Freundin, und du fährst mit, weil du mir damit einen Gefallen tust.« Ihre Augen leuchteten wie zwei Sterne. Kein Mann hätte einen so ungleichen Kampf siegreich bestehen können.

»Ach, verdammt!« knurrte Stanton.

»Lieber alter Dad!« rief sie. »Ich wußte ja, daß du mitkommst. Dafür drehe ich dir jetzt auch eine Zigarette. Ich kann das viel besser als du. Deine werden in der Mitte immer so dick.«

Wortlos reichte er ihr die Utensilien, und während er ihren geschickten Fingern zusah, mußte er an seine verstorbene Frau denken.

»Wenn wir um halb acht losfahren, sind wir gegen zehn Uhr dort«, meinte Marion und reichte ihrem Vater die angezündete Zigarette. »Mrs. Poulton kann mitkommen. Und du erlaubst es doch ebenfalls allen Männern, die Lust haben, ja?«

»Ganz bestimmt«, erwiderte Stanton und nahm die erneute Niederlage mit Haltung hin. »Ich werde sie um sieben mit den Lkws losschicken, dann kommen wir gleichzeitig an. Am Montag sind sie dann wahrscheinlich zu nichts zu gebrauchen, aber was spielt das für eine Rolle, wenn es um die Launen der jungen Dame geht?«

Marion lachte, und unwillkürlich stimmte er ein.

»So, das wäre also geregelt, Dad«, sagte sie rasch. »Und heute nachmittag möchte ich gern den grauen Wallach reiten. Vor einer Stunde kam ich an der Koppel vorbei, und Bony ritt ihn gerade. Er versicherte mir, daß er ein wahres Goldstück sei.«

Das erste Pferd, das Bony zuzureiten gehabt hatte, war der graue Wallach gewesen. Das Tier hatte seit seiner Geburt Marion gehört. Es war besonders wertvoll, seine Mutter war Gewinnerin des Gaulfield Cup gewesen. Als Bony es zum erstenmal gesehen hatte, war er völlig hingerissen.

Als Stanton jetzt von Marion erfuhr, daß das Pferd bereits zugeritten sei, kniff er skeptisch die Augen zusammen. Seine Tochter war die beste Reiterin, die er kannte, aber er wußte, daß zehn Tage eine zu kurze Zeit waren, um ein Pferd gründlich zuzureiten.

»Ich will zuerst noch einmal mit Bony reden«, meinte er. »Bis jetzt weiß ich noch gar nicht, ob der Kerl überhaupt etwas kann.« Die harten Linien um seinen Mund schwanden, als er hinzufügte: »Ich bin ein alter Sünder, Mädchen, aber dich zu verlieren, wäre eine zu harte Strafe für mich.«

»Alter guter Dad!« murmelte sie.

Stanton ging hinüber zu den Koppeln, wo sich Bony mit einer Stute beschäftigte. Sie hatte ein schwarzglänzendes Fell und einen weißen Fleck auf der Stirn. Stanton beobachtete, wie leicht Bony das Füllen an der Longe führte.

Als Bony Stanton bemerkte, rief er dem Fohlen einen kurzen Befehl zu. Sofort blieb es stehen, worauf er zu ihm trat und es tätschelte, bis das leise Zittern seiner Flanken aufhörte. Es schien jetzt gespürt zu haben, daß der Mensch doch nicht so schrecklich war, wie es zunächst den Anschein hatte.

»Guten Tag, Jeff«, sagte Bony und schlenderte auf Stanton zu.

»Tag, Bony. Wie steht's mit dem grauen Wallach?«

»Der ist reitfertig, möchte ich denken. Miss Marion kam vorhin hinzu, als ich ihn noch einmal musterte. Wenn es Ihnen recht ist, führe ich ihn Ihnen vor.«

»Gut!«

Bony zäumte das Füllen ab und führte es zu dem Tor der größten Koppel, in der sich etwa zwanzig Pferde befanden, unter ihnen der graue Wallach. Bony schnippte mit dem Finger, und das Fohlen trottete zur Herde hinüber. Nun holte Bony aus der kleineren Koppel das Zaumzeug, trat wieder an das Gatter und pfiff mit den Fingern. Stanton sah, wie der Wallach zögerte. Bony pfiff erneut, und der Wallach trottete auf ihn zu. Er stand völlig reglos und ließ sich geduldig das Zaumzeug anlegen.

Stanton mußte feststellen, daß Bony ein rascher und geschickter Arbeiter war. Beifällig nickte er, als das Pferd gesattelt war. Es hatte nicht die geringsten Schwierigkeiten gemacht. Leicht und mühelos stieg Bony auf, während das Pferd unbeweglich wie eine

Statue stand. Bony stieg wieder ab, ging um den Wallach herum und stieg von der rechten Seite auf. Stanton war sehr zufrieden. Nur wenige Pferde erlauben dem Reiter, von rechts aufzusteigen.

Mit leichtem Schenkeldruck lenkte Bony das Pferd zu Stanton hinüber und bat ihn, das äußere Gatter zu öffnen. Als Stanton das breite, schwere Balkentor zurückschob, sah er plötzlich Marion neben sich. Ihre Augen leuchteten in froher Erwartung.

Bony ließ den Wallach zunächst im Schritt hundert Meter durch tiefen Sand gehen, dann wendete er und kam im Galopp zurück. Dicht neben Vater und Tochter stieg er aus dem Sattel. Er regulierte den Steigbügel, von dem ein merkwürdig geschnallter Lederriemen herabhing.

Bony blickte sich um und lüftete seinen alten Filzhut, als er Marion gewahrte. Noch ehe Stanton ein paar lobende Worte äußern konnte, sagte er:

»Ich habe zwei Hobbys, das eine heißt Pferde. Da ich wußte, daß dieser Wallach von einer Dame geritten werden soll, habe ich mir besondere Mühe gegeben. Miss Stanton, dieses Tier ist lammfromm und wird Ihnen aufs Wort gehorchen. Ich möchte Ihnen jetzt zeigen, daß die Abrichtung perfekt ist. Ganz gleich, was passiert, bitte schreien Sie nicht.«

Mit einem Schwung saß er im Sattel, glitt aber im nächsten Moment wieder herunter. Dann kletterte er betont ungeschickt wieder hinauf, wie ein Seemann, der sich auf einem Landurlaub einen Esel gemietet hat. Stanton stellte zufrieden fest, daß sich das Tier nicht eher bewegte, bis der Reiter zu ihm sprach.

Eine Viertelmeile ritt Bony sehr langsam, dann riß er den Wallach herum und trieb ihn zu vollem Galopp an. Mit müheloser Leichtigkeit flogen Roß und Reiter dahin. Obwohl Jeffrey Stanton selbst im Sattel großgeworden war, mußte er neidlos zugeben, kaum jemals ein besseres Pferd und einen besseren Reiter gesehen zu haben.

Eine dicke braune Staubwolke erhob sich hinter dem anbrausenden Wallach. Und als Bony schon ganz dicht an die beiden heran war, sahen sie plötzlich, wie er schwankte. Entsetzt beobachteten sie, wie er aus dem Sattel fiel. Marion wollte aufschreien, als sie sah, daß Bonys Fuß sich im Steigbügel verfangen hatte. Und dann geschah das Verblüffende: Das Pferd bäumte sich auf, schwang die Hinterhand leicht zur Seite und stand, während es sich bedächtig zu dem hilflosen Reiter umblickte.

Stanton trat vor, um Bony zu befreien, aber der zog nur an dem Lederriemen, und der Steigbügel löste sich. Lächelnd erhob er sich und sagte feierlich: »Das einzige, was Bony nicht kann – einem Pferd das Reden beibringen.«

4

Das Zureiten der Pferde verschaffte Bony die Möglichkeit, unauffällig die Stelle zu inspizieren, an der Marks' Wagen aufgefunden worden war.

Sobald er das erste Pferd einigermaßen zugeritten hatte, ritt er jeden Tag hinaus zu der Straßengabelung und band das Tier an einen abseits stehenden Baum, so daß es von der Straße aus nicht gesehen werden konnte. In einer Astgabel dieses Baumes hatte er seine Schaffellsandalen versteckt, und nachdem er sie übergezogen hatte, wanderte er eine Stunde lang wie ziellos durch die Gegend. Er schlug einen immer größer werdenden Kreis um die Stelle, wo der Wagen gefunden worden war.

Sein Vorgehen war rein vernunftbedingt. Er wußte die genaue Fundstelle des Autos, er hatte einige Informationen über das Vorleben dieses Marks, und er kannte die Bedeutung des Zeichens, das die Eingeborenen an einem der Bäume angebracht hatten. Diese Fakten deuteten auf eine Gewalttat, und bei einer Gewalttat blieb logischerweise fast immer etwas am Tatort zurück – beispielsweise ein Gegenstand, der unbemerkt zu Boden gefallen war.

Einem glücklichen Zufall verdankte Bony den Fund des geschliffenen Saphirs. Man durfte ohne weiteres unterstellen, daß er aus einem Ring oder einer Krawattennadel stammte und im Verlauf einer tätlichen Auseinandersetzung seinem Besitzer verlorengegangen war.

Aber nicht ein glücklicher Zufall, sondern Geduld und methodisches Vorgehen brachten die weiteren Beweismittel zutage. Bony wußte, daß der Angelsachse ebenso wie der australische Ureinwohner aus der Entfernung tötet. Wenn man an der Fundstelle des Wagens stand, konnte man in keine Richtung weiter als zweihundert Meter schießen, dann mußte das Geschoß unweigerlich entweder in einen Baum schlagen oder als Querschläger seitlich abprallen.

Bony suchte Baum um Baum nach einer Einschlagstelle ab. Nahezu vierhundert Bäume inspizierte er, bis er die Suche danach aufgab. Schließlich fand er an einer Kiefer, deren Äste dicht über dem Boden begannen, eine andere Spur. In einem Zweig entdeckte er eine kleine Silberscheibe, sehr dünn und sehr leicht konkav. Bony hatte keine Ahnung, wozu dieser Gegenstand dienen konnte. Wäre die Scheibe aus Glas gewesen, hätte sie von einer Armbanduhr stammen können. Immerhin bestand noch die Möglichkeit, daß es sich um den Rückendeckel einer silbernen Armbanduhr handelte.

Bony fand diese merkwürdige Scheibe genau neun Meter vom Mittelpunkt des Kreises entfernt, den er in Gedanken von der Fundstelle des Wagens aus geschlagen hatte. Wenn er auch noch nicht sagen konnte, wozu dieses silberne Plättchen gedient hatte, so war er doch nun um so fester überzeugt, daß hier eine Gewalttat geschehen war.

Er war mit seinen bisherigen Ermittlungen recht zufrieden. Das war ein Fall nach seinem Geschmack. Hätte er schon jetzt Marks' Leiche gefunden, wäre die Sache uninteressant für ihn geworden. So aber mußte er zunächst einmal den Beweis erbringen, daß tatsächlich ein Mord geschehen war. Erst dann konnte er darangehen, nach dem Mörder und dem Motiv zu suchen.

Als Marion Stanton zum erstenmal den grauen Wallach ritt, stand dem Inspektor erneut das Glück zur Seite. Er machte eine Entdekkung, die ihn wiederum einen winzigen Schritt weiterbrachte.

Sie ritten den Buschpfad nach Mount Lion entlang. Bony war in glänzender Laune. Die Gegenwart des reizenden jungen Mädchens versetzte ihn in Hochstimmung, und der Wallach benahm sich hervorragend. Er selbst ritt eine lammfromme alte Stute.

»Haben Sie ihm eigentlich schon einen Namen gegeben?« fragte er.

»Nein, bis jetzt noch nicht«, erwiderte das Mädchen.

»Können Sie nicht einen Vorschlag machen?« meinte der Inspektor. Keiner der beiden war sich bewußt, daß er ein armer Mischling, sie aber die Tochter eines Millionärs war.

»So ein wundervolles Pferd habe ich noch nie geritten!«

»Warum nennen Sie es nicht ›Graue Wolke‹?«

»›Graue Wolke‹«, wiederholte sie laut und murmelte dann den Namen noch mehrmals vor sich hin. Bony genoß den Anblick ihres hübschen Profils und ihrer Figur, die in dem schwarzen Reitkostüm voll zur Geltung kam.

»›Graue Wolke‹! Das ist großartig. Der Name ist wunderbar, klingt geradezu lyrisch. Sind Sie vielleicht ein heimlicher Dichter, Bony?«

»Leider nein«, erwiderte er ernst. »Ich habe einmal im Leben ein Gedicht geschrieben, und das fiel unglücklicherweise meinem Literaturprofessor in die Hände.«

Marion lachte hellauf, und ›Graue Wolke‹ warf den Kopf zurück und stimmte mit einem hellen Wiehern ein. Doch plötzlich wurde das Mädchen ernst.

»Wo war das?« fragte sie.

»Warum . . .? Auf der Universität in Brisbane.«

»Sie haben die Universität besucht?«

»Gewiß. Mit Hilfe von Stipendien.«

Ihre grauen Augen musterten ihn verwirrt. »Sie haben die Universität besucht und reiten Pferde zu?«

»Warum nicht?«

»Aber das ist doch – das ist doch geradezu Vergeudung! Sie hätten doch Arzt werden können oder Architekt oder –«

»Kriminalbeamter«, fuhr Bony fort. Als er sah, daß seine Bemerkung sie verletzt hatte, fügte er rasch hinzu: »Als ich die Universität verließ, standen mir alle Möglichkeiten offen. Aber es reizte mich, die Natur zu studieren, und es reizte mich, Kinder zu erziehen. Im Norden meines Heimatstaates gibt es viele Kinder, die so weit von der Schule entfernt wohnen, daß sie niemals Lesen und Schreiben lernen würden, wenn sich niemand ihrer annähme. Ich hätte meine Bildung natürlich auch ausschließlich zu meinem eigenen Vorteil nützen können, aber es macht mir Freude, sie zum Nutzen anderer und im Dienste der Gerechtigkeit anzuwenden.«

»Von diesem Gesichtspunkt habe ich das Problem höherer Bildung noch nie betrachtet«, sagte Marion nachdenklich. Schweigend ritten sie nebeneinander her. Sie grübelte darüber nach, warum ihr dieses Halbblut, dieser Arbeiter ihres Vaters, so ungemein sympathisch war.

Als sie sich vier Meilen vom Herrenhaus entfernt hatten, schlug Bony vor umzukehren.

»O nein, es ist ja noch früh am Nachmittag!«

»Aber das Pferd ist erst frisch zugeritten«, gab Bony zu bedenken. »Es ist noch nicht gewöhnt, ein Gewicht – und sei es noch so leicht – über größere Strecken zu tragen. Es gibt ja immer noch ein Morgen.«

»Dann wollen wir wenigstens einen Galopp einlegen.«

Und noch ehe er etwas erwidern konnte, hatte sie ›Graue Wolke‹ herumgerissen und preschte davon. Es war ein herrlicher Ritt! Sie hatte das Gefühl, auf einer fliegenden Feder zu sitzen. Als sie schließlich mit gerötetem Gesicht und strahlenden Augen aus dem Sattel glitt, wandte sie sich impulsiv zu Bony um und streckte ihm die Hand entgegen. Als er sie ergriff, bemerkte er an ihrem kleinen Finger einen mit Saphiren besetzten Goldring. Ein Saphir fehlte.

5

Die Gebäude von Mount Lion unterschieden sich, wie in den meisten Buschstädten, sehr voneinander. Das Rathaus, die Polizeistation, das kleine Gefängnis und das Postamt waren aus Ziegeln erbaut, die Wohnungen der paar hundert Einwohner bestanden dagegen fast durchweg aus Wellblech, aus alten Benzinkanistern und aus Säcken. Wie um diesen scharfen Kontrast etwas zu mildern, waren die beiden Gemischtwarenhandlungen, das Hotel und die katholische Kirche aus Holzbrettern gebaut, mit rotangestrichenen Blechdächern.

Zu Beginn des Jahrhunderts war Mount Lion bedeutend größer

gewesen. Damals hatte an den Samstagabenden dichtes Gedränge in den Straßen geherrscht.

Heute verdankte Mount Lion seine Existenz lediglich dem Umstand, daß Windee Station die Gemischwarenhandlungen mit Aufträgen und das Hotel mit durstigen Kehlen versorgte. Außerdem kreuzten sich in der Stadt die Postlinien von Broken Hill im Süden, Tibooburra im Norden und Wilcannia im Osten. Jeder Durchreisende war darum gezwungen, eine Nacht im Ort zu verbringen.

An diesem Sonntag stand die Sonne an einem wolkenlosen Himmel. Um acht Uhr prallte sie bereits erbarmungslos auf die Blechdächer. Die Pfefferbäume entlang der Hauptstraße flimmerten. Im Schatten des Baumes vor dem Hotel lagen zwei Kühe, und durch die Gärten des Ortes, deren Zäune längst zusammengebrochen waren, streiften die Ziegen. Von den Einwohnern war niemand zu sehen.

Mount Lion war eine stille Stadt, besonders an einem Sonntagmorgen wie diesem. Hin und wieder krähte ein Hahn, und der Kakadu des Kaufmanns kreischte ab und zu schläfrig: »Bier her! Bier her!«

Dann wurde die Stille plötzlich unterbrochen. Zunächst klang es wie Bienengesumm, aber wenige Augenblicke später schon entpuppte es sich als das Motorengeräusch eines Lastwagens, der sich aus Richtung Windee Station näherte.

Am Stadtrand ging der Fahrer auf Schrittgeschwindigkeit herunter, weil ihm die Federn seines Wagens lieb waren. Für Straßenbau hatte man hier noch nie auch nur einen Penny ausgegeben.

Im Schatten des Pfefferbaumes vor dem Hotel blieb der Lkw schaukelnd stehen. Unbeeindruckt kauten die Kühe weiter, obwohl der Lastwagen um Haaresbreite ihre Hinterteile berührte.

»Mensch, 'ne Kuh müßte man sein«, sagte der kleine Mann mit dem glattrasierten roten Gesicht, der auf dem Sitz neben dem Fahrer saß.

»Nee, ich nicht«, erwiderte der Fahrer. »Wenn ich 'ne Kuh wäre, müßte ich Wasser saufen statt Bier.«

Der Kleine mit dem roten Gesicht stieg behende aus und nahm

Tabak und Zigarettenpapier aus der Tasche. Gelangweilt blickte er sich um und betrachtete dann erneut die Kühe.

»Jedesmal, wenn ich euch sehe, muß ich an meine Heimat in Arizona denken«, brummte er. Dann wandte er sich an seinen Begleiter. »He, Dash, hast du ein Streichholz?«

Der Angesprochene, der inzwischen auch ausgestiegen war, wühlte in seinen Taschen. Er war fast einsachtzig groß und hatte eine schlanke, aber kräftige Gestalt. Sein sorgfältig rasiertes, wettergebräuntes Gesicht, das gekräuselte braune Haar und die fröhlichen haselnußbraunen Augen verrieten einen Mann auf der Höhe seines Lebens.

»Ich habe kein Streichholz, mein lieber Dot«, erwiderte er, und seine gepflegte Aussprache ließ erkennen, daß er der gehobenen Mittelklasse Englands entstammen mußte. »Aber wenn es uns jetzt gelingen sollte, den hochgeschätzten Mr. Bumpus wach zu bekommen, dann kannst du dir eine Schachtel kaufen und mir von dem Wechselgeld noch einen Drink spendieren.«

Gemeinsam überquerten sie den mit Kisten und Fässern angefüllten Hof und gelangten über die hintere Veranda zu Mr. Bumpus' Schlafzimmertür. Ohne weiteres stießen sie die Tür auf. Mr. Bumpus' Kopf ragte aus dem Kissen, neben ihm der Kopf von Mrs. Bumpus.

»Hui!« entfuhr es Dot.

»Entschuldigen Sie«, sagte Dash.

Die Lady wurde zuerst wach. Sie starrte die Eindringlinge verwirrt an und schloß sofort wieder die Augen, als habe sie einen Alptraum.

»Guten Tag!« grüßte Dash höflich.

»Schöner Tag heute«, fügte Dot lächelnd hinzu.

»Was erlauben Sie sich, Mr. Dash, Mr. Dot?« zeterte Mrs. Bumpus.

Dash verbeugte sich.

»Wir verdursten, Madam«, erklärte er. »Wecken Sie Ihren teuren Gatten, es ist nämlich kurz vor Mittag.«

»He! Was'n los?« murmelte Mr. Bumpus verschlafen, als seine Ehehälfte ihn mit dem Ellbogen in die gutgepolsterten Rippen stieß.

»Dot und Dash befinden sich in der Stadt, Mr. Bumpus«, erklärte der große Mann an der Tür. »Sollten Sie die Absicht haben, bis zum Abend im Bett zu bleiben, dann werfen Sie mir die Schlüssel zum Schankraum herüber und schlafen Sie weiter.«

»Die Schlüssel liegen auf dem Waschtisch«, murmelte Mr. Bumpus und drehte sich auf die Seite, offensichtlich entschlossen, noch eine Weile zu schlafen.

»Entschuldigung, meine Süße«, sagte Dash mit einer Verbeugung zu Mrs. Bumpus und holte sich die Schlüssel vom Waschtisch. »Dot und Dash wünschen Rührei mit Schinken und Kaffee. Sie erheben sich doch hoffentlich noch bei Tageslicht, meine Verehrteste?«

»Geht endlich!« rief Mrs. Bumpus kichernd.

Dash verbeugte sich noch einmal und schloß die Tür hinter sich. Die beiden gingen über einen Korridor. Dash schloß eine Tür auf, und sie betraten den Schankraum hinter der Theke. Wortlos hob Dot einen nassen Sack hoch und zog zwei Flaschen darunter hervor. Dash öffnete die Flaschen und legte dann vier Schillinge auf ein Brett über der Kasse.

»Ein kühles Bier an einem heißen Sommermorgen im Oktober ist ein Genuß«, sagte Dash nach einem kräftigen Schluck. »Davon träumt man, während man draußen Känguruhs und Kaninchen abhäutet.«

»Damit hast du den Nagel auf den Kopf getroffen, Dash«, stimmte sein Begleiter zu.

»Und der Mann, der entdeckte, daß man mit der Verdunstungskälte eines nassen Lappens Bierflaschen kühlen lassen kann, verdiente durchaus, daß man ihn adelte«, sinnierte Dash weiter.

»Du hast recht«, sagte Dot und hielt die Flasche gegen das Licht. Seufzend stellte er fest, daß sie schon leer war. »Aber das mit der Adelsverleihung war wieder einmal typisch englisch. Wenn er Amerikaner gewesen wäre, hätte man ihn mindestens ins Weiße Haus gewählt.«

»Da bisher weder Speckgebruzzel noch Kaffeeduft anzeigen, daß man unser Mahl bereitet, halte ich es für angebracht, uns noch eine kühle Blonde zu genehmigen«, sagte Dash salbungsvoll. »Bitte serviere. Und diesmal bist du mit dem Bezahlen an der Reihe.«

Die Geschichte dieser beiden Männer hatte für die Leute in Mount Lion und auf Windee Station vor ungefähr fünf Jahren begonnen. Dash hieß in Wirklichkeit Hugh Trench. Er erhielt regelmäßig alle fünf Wochen nach Quartalsschluß einen Brief von seiner Anwaltsfirma in London. Er war mit einem Empfehlungsschreiben zu Jeffrey Stanton gekommen und hatte auf der Schaffarm als Volontär begonnen.

Zu dem Zeitpunkt war Dot, der mit Vornamen William hieß, als Dingofänger in Windee beschäftigt. Sehr bald schon entstand zwischen diesen beiden Männern, die nicht nur im Aussehen, sondern auch in geistiger Hinsicht und ihrem Herkommen nach völlig verschieden waren, eine tiefe Freundschaft. Als Trench drei Jahre auf Windee Station gewesen war, gab er seinen Posten – der ihm gestattete, im Herrenhaus zu wohnen – aus unbekannten Gründen auf. Er schloß sich Dot an und arbeitete von nun an mit ihm zusammen auf gemeinsame Rechnung als Jäger und Fallensteller.

Trotz ihrer Freundschaft wußte keiner der beiden über das Vorleben des anderen Bescheid. Dot war lediglich bekannt, daß Dash aus Hampshire in England stammte, und Dash wiederum wußte, daß Dot in Arizona aufgewachsen war.

Als Mr. Bumpus eintrat, hatte jeder drei leere Flaschen neben sich stehen, und auf dem Brettchen über der Kasse lagen zwölf Schilling. Mr. Bumpus trug immer noch seinen gestreiften Pyjama und schien noch nicht ganz wach zu sein. Er war ein großer, dicker Mann. Dashs höflichen Gruß erwiderte er mit einem Brummen.

»Ah, Mr. Bumpus hat eine leichte Verstimmung der Leber«, spöttelte Dash. »Demnach ist zu vermuten, daß das Geschäft gestern zu später Stunde noch recht gut gegangen sein muß. Und jetzt würden wir gern mit Ihnen eine Flasche Bier trinken. Unsere bisherige Zeche finden Sie dort auf dem Brettchen.«

»Warum gönnt ihr einem armen Mann nicht ein bißchen Ruhe?« stöhnte der Dicke. »Schließlich kann man nicht Tag und Nacht hier stehen, und außerdem ist heute Sonntag.«

»Eben. Anlaß genug für ein schönes Bier«, erwiderte Dash ernst. »Hat sich Jeff junior ordentlich amüsiert?«

»Zumindest wird er das heute morgen glauben«, sagte Mr. Bumpus ein wenig munterer und stellte eine Runde Bier auf die Theke.

»Das was er treibt, ist glatter Selbstmord. Es ist schließlich mein Geschäft, Schnaps zu verkaufen, aber ich verabscheue es, wenn ein junger Bursche derartig säuft.«

»Immer noch Whisky pur?« fragte Dot.

»Ach, alles durcheinander. Wermut, Gin und Rum.«

»Eine ganz schöne Mischung«, murmelte Dash. »Welches Zimmer hat er denn?«

»Nummer zwei.«

»Schön. Geben Sie mir mal einen Whisky mit viel Sodawasser in ein großes Glas. Vielleicht kriege ich ihn dazu, daß er mit uns nach Windee zurückfährt. Wir müssen heute abend nach Nullawil.«

»Was ist denn los?«

»Der Verwalter hat kürzlich geheiratet, und da müssen wir noch Tin-kettling feiern.«

»Na, dann nehmt den jungen Jeff um Himmels willen mit.« Bumpus gab noch einen Spritzer Soda in das Glas und reichte es Dash. »Wenn der Junge so weitermacht, wird mir der alte Herr eines Tages böse sein, und das kann ich mir nicht leisten.«

»Überlassen Sie ihn nur mir, Mr. Bumpus«, meinte Dash auf seine souveräne Art. »Der muß sich nur die Hörner abstoßen. Wir waren alle mal jung.«

Ohne anzuklopfen, öffnete Dash die Tür von Zimmer Nummer zwei. Er trat ans Bett und blickte schweigend auf den Schläfer herab, der in Hemd und Hose dalag.

Jeffrey Stanton junior war zweiundzwanzig. Seine breiten Schultern ließen ihn größer erscheinen als seinen Vater. Sein Gesicht verriet Stolz und Zähigkeit, die breite Stirn, das Kinn und der Mund erinnerten an seine Schwester Marion. Dash setzte sich auf einen Stuhl am Kopfende des Bettes und stellte das Glas mit dem ›Morgentrunk‹ auf den Waschtisch.

»Es ist jetzt neun Uhr, verehrter Freund«, begann er salbungsvoll. »Erhebe dich und unterziehe dich einer Waschung, bevor das Fasten gebrochen wird.«

Nichts deutete darauf hin, daß der Schläfer ihn gehört hatte. Dash nahm seinen breitkrempigen Hut ab und fuhr sich mit der Hand durch die Haare.

»Dein Anblick erinnert mich an eine liebe alte Sau, die ich in meiner Jugend kannte«, sagte Dash lauter.

Diesmal regte sich der Schläfer und grunzte.

»Ich würde ja gern eine Zigarette rauchen, aber ich fürchte, daß es sofort eine Explosion gibt«, fuhr Dash noch lauter fort.

Diesmal bestand die Antwort aus einem Knurren. Dash seufzte.

Langsam drehte er sich um und nahm den großen Emaillekrug vom Waschtisch. Er hielt ihn mit ausgestrecktem Arm über den Kopf des Schläfers und goß ihm einen dünnen Wasserstrahl ins Gesicht.

Jeff junior drehte unwirsch das Gesicht zur Seite, als sei ihm eine Fliege über die Nase gekrochen. Plötzlich öffnete er die Augen und setzte zum Sprechen an, aber das Wasser strömte ihm in den Mund. Prustend und hustend fuhr er hoch, aber erbarmungslos ergoß sich der Wasserstrahl weiter über seinen Kopf. Das Wasser strömte ihm über Rücken und Brust und durchweichte sein teueres Seidenhemd. Schließlich war der Krug leer. Als Dash ihn zurückgestellt hatte und sich wieder umwandte, blickte er in zwei blutunterlaufene graue Augen.

»Du – du ...!« fauchte der junge Mann.

»Langsam, mein lieber Jeff, langsam«, erwiderte Dash mit unbeweglichem Gesicht. Er langte nach dem Glas, ohne den Jungen aus den Augen zu lassen. Unter diesem Blick verwandelte sich Jeff junior aus einem wütenden Löwen in ein zahmes Lämmchen. Lächelnd reichte Dash ihm den ›Morgentrunk‹. Der Junge trank ihn in gierigen Schlucken, dann warf er das leere Glas gegen die Wand und sank wieder in die Kissen zurück.

»Ich hatte einen Onkel«, erzählte Dash. »Der mußte in den letzten Jahren seines Lebens jeden Abend um elf von zwei Dienern ins Bett getragen werden. Trotzdem war er ein Gentleman und ein richtiger Mann. Er trank den ganzen Tag Bier und nach dem Essen eine Flasche Portwein, aber er stand jeden Morgen um sechs auf und ritt eine Stunde durch den Park.«

»Ach – halt's Maul!« brüllte Jeff junior und hielt sich die Hand über die Augen.

»Gern«, erwiderte Dash. »Aber nur unter der Bedingung, daß du dich anziehst und zum Frühstück kommst.«

»Hör auf mit Frühstück!«

»Aber nicht doch, mein lieber Jeff. Eine dünne Scheibe Toast ohne Butter und eine Tasse starken Kaffee werden dich fit machen für die Heimfahrt. Ich bin mit Dot heute morgen in die Stadt gekommen, um ein Hemd zu kaufen und dich mitzunehmen. Solltest du dich nach dem Frühstück immer noch nicht ganz wohl fühlen, dann werden wir den dir in den Gliedern sitzenden Alkohol schon locker machen. Dann schaukeln wir nämlich mit dem Lkw die wunderbar gepflasterte Hauptstraße so lange auf und ab, bis dein Köpfchen klar ist.«

»Mich bringt heute niemand aus dem Hotel!« Jeff reckte trotzig das Kinn vor. »Und du denke gefälligst daran, daß ich der Sohn vom Boss bin.«

»Ich denke nur daran, daß dein Vater mein Freund ist«, erwiderte Dash scharf. »Und wenn du in zehn Sekunden nicht aus dem Bett bist, jage ich dich quer über den Hotelhof. Los – raus!«

Jeff war über diesen veränderten Ton äußerst verblüfft. Von dieser Seite hatte er Dash überhaupt noch nicht kennengelernt. Der Engländer stand auf und schob seinen Stuhl bis zur Wand zurück. Dann setzte er sich wieder und drehte sich eine Zigarette, während sich Jeff junior gehorsam erhoben hatte und die nassen Sachen auszog.

»Du fährst jetzt mit uns nach Hause«, fuhr Dash mit sanfter Stimme fort. »Heute abend ist Tin-kettling bei den Fosters. Der Boss und deine Schwester fahren hin. Alle Farmarbeiter fahren hin – sogar Dot und Dash werden daran teilnehmen. Selbstverständlich ist auch deine Anwesenheit dringend erwünscht. Deine Schwester hat mich ausdrücklich gebeten, dich daran zu erinnern.«

»Ach, verdammtes Tin-kettling! Dieses blöde –«

»Die Polizei sucht dich, Dash!« rief Dot, der seinen Kopf zur Tür hereingestreckt hatte. »Und das Frühstück ist fertig.«

»Schön, dann wollen wir der Polizei ein Interview gewähren«, sagte Dash und erhob sich von dem wackeligen Stuhl. Bevor er das Zimmer verließ, wandte er sich noch einmal zu Jeff junior um.

»Mach schnell, lieber Freund. Dann können wir vor dem Kaffee noch ein Bier trinken. Ein Bier vor dem Kaffee ist viel besser als ein Schnaps nach dem Kaffee. Aber du wirst dich nicht betrinken; ich hoffe, das ist klar.«

»Tag, Dash!« sagte Sergeant Morris, als er im Gang mit dem hochgewachsenen Engländer zusammenstieß. »Mr. Stanton hat eben angerufen. Er wollte Pater Ryan und mich heute abholen lassen, aber der Wagen tut's im Augenblick nicht. Mr. Stanton meinte, daß Sie uns nach Windee Station mitnehmen könnten.«

»Aber mit dem größten Vergnügen, Sir«, erwiderte Dash, obwohl er keineswegs begeistert war. »Ich will mir nur noch ein Hemd kaufen, und Dot braucht, soviel ich weiß, eine neue Gabardinehose. In etwa einer Stunde können wir starten.«

»Gut, dann werde ich Pater Ryan Bescheid sagen. Kommt Jeff junior auch mit?«

»Selbstverständlich. Er kleidet sich gerade an.«

Der Sergeant kniff die Augen zusammen.

»Wieder mal besoffen gewesen, was?«

»Ein Gentleman ist niemals besoffen«, antwortete Dash in leicht tadelndem Ton.

»Pah!« sagte Sergeant Morris und ging.

Fünf Minuten später saßen Dot, Dash und Jeff am Frühstückstisch. Jeff verkonsumierte zwei Scheiben Toast und zwei Tassen Kaffee. Eine weitere Stunde später hatten Dot und Dash ihre Einkäufe getätigt. Der Besitzer des Ladens kannte sie gut und bediente sie auch am Sonntag. Nun warteten sie auf ihre Fahrgäste, von denen der eine im Augenblick bei Mr. Bumpus eine ansehnliche Getränkerechnung beglich.

Pater Ryan, der im gleichen Haus wie der Sergeant wohnte, kam angebummelt, als Jeff das Hotel verließ. Die beiden lächelten sich an, und Pater Ryan sagte mit stark irischem Akzent:

»Sie haben fünf Pfund Strafe zu bezahlen, junger Mann.«

»Aber Sie haben mir doch bereits das letztemal fünf Pfund abgenommen, Hochwürden«, sagte der Junge betont ernst.

»Natürlich, mein junger Freund. Sie waren ja auch betrunken, als Sie das letztemal in der Stadt waren. Und heute nacht waren Sie wieder betrunken. Als ich zufällig in den Saloon blickte, versuchten Sie mit den Füßen Klavier zu spielen. Das nächstemal kostet es zehn Pfund. Ich erwarte Ihren Scheck.«

Pater Ryan war der einzige Repräsentant des Herrgotts in Mount Lion. Man kannte ihn in weitem Umkreis, und viele Leute hielten ihn für die größte Persönlichkeit auf dem ganzen Kontinent. Hatte jemand Schwierigkeiten mit der Einkommensteuererklärung oder mit irgendwelchen anderen Schriftsachen, so wandte er sich an Pater Ryan – ganz gleich, welcher Konfession er angehörte.

Wenn ein Farmarbeiter von Windee oder einer der kleineren Schaffarmen ein paar Tage Urlaub in Mount Lion machte, war er praktisch die ganze Zeit über betrunken. Ein anderes Vergnügen gab es hier nicht. Pater Ryan liebte die Männer trotzdem. Er kannte ihre Einsamkeit – kaum einer hatte Familie – und ihre Depressionen, die das Leben im Busch mit sich brachte, und verzieh ihnen ihre gelegentliche Trunkenheit. Doch unerbittlich verlangte er von ihnen ein Scherflein für seinen Wohltätigkeitsfonds. Je nach dem Grade ihrer Trunkenheit bestrafte er sie mit drei, vier oder auch fünf Pfund. Dafür kümmerte er sich aber auch um die Männer, besorgte ihnen, wenn nötig, eine neue Stelle, kleidete sie frisch ein und zahlte ihnen – falls sie völlig blank waren – auch noch die Fahrt mit dem Postbus.

Auf der Rückfahrt nach Windee saß Dash am Steuer, neben ihm Pater Ryan und der Sergeant, während Jeff junior und Dot gegen das Führerhaus gelehnt auf der Pritsche kauerten.

»Na, was machen die Känguruhs, Dash?« eröffnete Pater Ryan die Konversation.

»Im Augenblick ist nicht viel los, Hochwürden«, erwiderte der Engländer. »Die Känguruhs haben jetzt ihren Winterpelz abgelegt, aber es ist noch nicht warm genug, um sie in größerer Anzahl an die Wasserstellen zu locken.«

»Richtig«, erwiderte der Geistliche. »Schade, daß die armen Tiere überhaupt geschossen werden müssen.«

»Da bin ich durchaus Ihrer Meinung. Manchmal komme ich mir direkt wie ein Mörder vor. Es wäre nicht einmal so schlimm, wenn die Chancen etwas gerechter verteilt wären. Dann könnte man es wenigstens noch als Sport bezeichnen.«

»Sport!« rief Dot von hinten. »Wie kann man bei der Jagd überhaupt von Sport reden! Da schießt man mit gewaltigen Gewehren auf Elefanten oder hetzt mit einer Hundemeute einen armen kleinen Fuchs zu Tode. Und alle bilden sich ein, Sportsleute zu sein. Da lobe ich mir meinen Cousin. Wir saßen einmal in Arizona am nächtlichen Lagerfeuer, als ganz in der Nähe ein Puma seinen Kopf durch einen Busch schob. Seelenruhig sagte mein Cousin: ›He, Ted, hier ist ein Silberlöwe. Gib mir mal dein Taschenmesser!‹«

Alle brachen in lautes Gelächter aus, und der Sergeant wollte unbedingt wissen, wie die Geschichte ausgegangen sei.

»Na ja«, berichtete Dot weiter. »Mein Cousin steht also auf und geht auf den Puma zu. Aber der ist begreiflicherweise sehr erschrocken, als er sich einem unbewaffneten Mann gegenübersieht, und ist mit einem Satz auf und davon.«

6

Von den Leuten in Windee hatten nur drei nicht die Absicht, zum Tin-kettling – einer Art Polterabend nach der Hochzeit – zu fahren: Mr. Roberts, weil er zu sehr mit Arbeit überhäuft war, und der Koch – Alf der Nörgler, wie er wegen seiner ständigen miesepetrigen Laune genannt wurde –, weil er keine Lust hatte. Außerdem noch Bony, der die Fosters nicht kannte und darum auch nicht das Gefühl hatte, in die allgemeine Einladung mit eingeschlossen zu sein.

In der Unterkunft der Männer herrschte an diesem Nachmittag Hochbetrieb. Harry Foster war sehr beliebt, und jeder wollte ihm und seiner jungen Frau seine Hochachtung dadurch beweisen, daß er seine besten Sachen anzog. Sie hatten sich von Mrs. Poulton, der Wirtschafterin im Herrenhaus, ein Bügeleisen geliehen, und Ron, der junge Engländer, war dazu verurteilt, über eine Stunde lang Hemden und Kragen zu bügeln.

Sergeant Morris verbrachte den Nachmittag mit Pater Ryan, dem Hausherrn und seiner Tochter auf der geräumigen Veranda. Von seinem Korbsessel aus konnte er das Leutehaus beobachten, ohne jedoch Bony zu Gesicht zu bekommen, den er dringend zu sprechen wünschte. Um das Inkognito des Inspektors zu wahren, wollte er ihn nicht einfach suchen gehen. Er wartete auf eine günstige Gelegenheit, unauffällig mit ihm sprechen zu können.

Um drei servierten Marion und Mrs. Poulton den Tee. Die kleine grauhaarige Frau – sie war jetzt nahezu sechzig Jahre alt – war keine gewöhnliche Köchin oder Wirtschafterin. Kurz nach Marions Geburt war sie in den Dienst von Mrs. Stanton getreten, und nach ihrem Tode hatte sie die Bürde des gesamten Haushaltes auf sich genommen und die Kinder großgezogen. Der Besitzer von Windee Station wußte, was er ihr schuldete.

Mrs. Poulton trug ihr schwarzes Sonntagskleid mit den weißen Manschetten und eine große Kameenbrosche, Marion hingegen ein Kleid aus rosa Nylon. Pater Ryan betrachtete das junge Mädchen wohlgefällig, als sie den Teetisch deckte.

Gegen halb sieben begleitete der Pater Jeff Stanton zu den Arbeiterquartieren. Sie schauten zu, wie die Leute abfuhren. Die beiden Lastwagen standen vor der Unterkunft, und die Männer waren gerade dabei, es sich auf dem Wagen bequem zu machen, als Stanton mit dem Pater auftauchte. Der Geistliche wurde mit großer Herzlichkeit begrüßt.

»Steigt mal alle auf Rons Wagen«, kommandierte Jeff. Dann wandte er sich an den Fahrer des zweiten Wagens. »Halte dich dicht hinter Ron und nimm von der Range Hut die Leute mit, die dort waren. Ihr fahrt dann bis zum Gatter vom Nachtpferch vor Nullawil und wartet auf mich. Habt ihr genügend Benzinkanister mitgenommen?«

Mit breitem Grinsen versicherten sie ihm, daß sie rauhe Mengen davon auf dem Wagen hätten, und wenige Augenblicke später fuhren die Lastwagen los. Die beiden Zurückbleibenden blickten der riesigen Staubfahne nach, bis die Rufe und das Gelächter immer weiter in der Ferne verklangen.

»Na, morgen wird keiner Lust haben, auch nur den Mund aufzumachen«, brummte Jeff, als er mit dem Pater wieder auf das Haus zuging. »Und zum Arbeiten werden sie auch zu müde sein. Ich bezahle ihnen ganz umsonst den Lohn, und zudem kostet es mehr als zweihundert Liter Sprit.«

»Aber, aber, Jeff! Ihre Freude und ihre Fröhlichkeit sollte Ihnen doch Ersatz genug dafür sein.«

»Da haben Sie auch wieder recht, Pater«, sagte Jeff seufzend und zwinkerte mit dem rechten Auge. »Sind wirklich brave Burschen, wenn man sie wie Menschen behandelt. Und ich habe sie stets wie Menschen behandelt, ich hoffe, Sie glauben mir das.«

»Durchaus, Jeff!« Der kleine Pater puffte seinen Begleiter mit dem Ellbogen freundschaftlich in die Seite. »Ihnen traue ich ein wenig mehr Intelligenz zu als den meisten Arbeitgebern. In dieser Hinsicht gleichen Sie Henry Ford. Bei euch gibt es nie einen Streik, weil ihr die Leute anständig behandelt. Trotzdem seid ihr Millionäre. – Oh, da kommt Miss Marion. Sie scheint Kummer zu haben.«

»Dad, warum fährt Bony eigentlich nicht mit?« rief sie ihrem Vater entgegen.

»Der ist nicht mitgefahren? Tja, richtig – er war nicht auf dem Lastwagen.«

»Nein, da kommt er gerade von den Pferdekoppeln. Frage ihn, Dad! Er kann doch mit uns fahren. Ich glaube bestimmt, daß er gern mitkommt.« Stanton drehte sich um und rief Bonys Namen mit einer Stimme, die man fast bis Mount Lion hören mußte.

»Aber Dad!« sagte Marion entsetzt.

»Ja, glaubst du vielleicht, ich renne auch noch hinter dem Kerl her?« brummte Jeff beleidigt.

Marion schwieg und erwiderte lediglich das verständnisinnige Lächeln des Paters. Bony kam heran und zog höflich den Hut. Jeff knurrte ihn auf seine schroffe Art an:

»Zum Teufel, warum bist du nicht mit zum Tin-kettling gefahren?«

»Nun, ich hielt es für aufdringlich, Jeff. Ich kenne doch den Verwalter und seine junge Frau gar nicht«, erwiderte Bony.

Marion beobachtete Pater Ryan und amüsierte sich heimlich über dessen verblüfftes Gesicht, als er Bonys kultivierte Aussprache hörte.

»Das ist ja ganz wurst!« polterte Jeff los. »Wir müssen alle hin. Sogar ich muß hin, obwohl ich gar keine Lust habe. Also – wie ist es?«

Bony blieb zunächst unentschlossen, bis Marion lächelnd sagte:

»Ich kann Ihnen versichern, Bony, daß Sie bestimmt herzlich willkommen sein werden. Wir haben noch Platz im Wagen, und Sie sollen nicht zu Hause bleiben, nur, weil Sie erst kürzlich nach Windee gekommen sind und sich vielleicht noch etwas fremd fühlen.«

»Wenn Sie meinen, Miss Stanton, dann komme ich natürlich mit dem größten Vergnügen mit.« Sein braunes Gesicht strahlte, und mit seinem Lächeln gewann er Pater Ryan ebenso schnell, wie er Marion gewonnen hatte. Jeff senior nickte zufrieden, und Bony empfahl sich.

»Ein bemerkenswerter Mischling«, murmelte der Pater.

»Ein bemerkenswerter Zureiter«, sagte Stanton.

»Er ist einer der nettesten Menschen, die ich je kennengelernt habe«, fügte Marion hinzu. Dann lachte sie hellauf, als sie Jeffs betroffenes Gesicht bemerkte. »Nein, Dad, heiraten kann ich ihn nicht, weil er nämlich schon eine Frau und drei Kinder hat.«

»Na, dann ist ja alles in schönster Ordnung!« brummte Jeff und stapfte die Stufen zur Veranda hinauf.

Zwanzig Minuten später stiegen sie alle in den Wagen, der Jeff Stantons einzige Extravaganz darstellte. Es war ein Mercury Commuter. Jeff junior saß am Steuer, neben ihm Bony, der sich erboten hatte, die vielen Gatter zu öffnen und zu schließen. Hinter ihnen saßen Sergeant Morris und Mrs. Poulton und auf der breiten Sitzbank im Heck des geräumigen Kombiwagens Pater Ryan zwischen Jeff Stanton und seiner Tochter.

Die untergehende Sonne hatte den westlichen Himmel bis zum Zenit golden und purpurn entflammt. Um die beiden Windmühlen, die an dem großen Wasserloch standen, das Windees Wasserreservoir bildete, flatterten Tausende von Galahs mit heiserem Geschrei. Erst in der weiten Ebene mit ihren Salzdornbüschen war dieser Höllenspektakel nicht mehr zu vernehmen, und man konnte sich ungestört unterhalten.

Jeff junior steuerte den schweren Wagen mit eleganter Leichtigkeit. Man merkte ihm nicht im geringsten an, daß er die vergangene Nacht durchzecht hatte. Nach zwei Meilen kamen sie an das Gatter zur großen Koppel. Dann folgten fünfzehn Meilen ununterbrochene Fahrt bis zum nächsten Tor.

Für jeden, der die Straße durch den australischen Busch kannte, mußte ein Ausflug in Jeff Stantons Kombiwagen ein unvergeßliches Erlebnis sein. Nach der Fahrt in Dots und Dashs Eintonner konnten der Sergeant und Pater Ryan den Unterschied beim besten Willen nicht übersehen. Der Pater seufzte und lehnte sich zufrieden zurück.

»Manchmal wünschte ich mir, ein Millionär zu sein«, sagte er mit gespieltem Ernst.

»Ich nicht«, brummte Jeff. »Warum wollen Sie unbedingt Millionär sein?« Auch seine Schroffheit war meist nur gespielt.

»Dann könnte ich mir auch so einen Wagen leisten. Möge man mir den Neid verzeihen. Aber was hätten Sie dagegen einzuwenden, wenn ich Millionär wäre?«

»Wenn Sie das wären, Pater, dann wären Sie nicht hier«, erwiderte Jeff offen heraus. »Und im übrigen habe ich Ihnen einen Wagen schenken wollen, aber Sie haben abgelehnt.«

»Ich weiß, Jeff. Aber wenn ich einen Wagen hätte, müßte ich hinter dem Steuer sitzen. Dann könnte ich mich nicht so bequem zurücklehnen und die Aussicht genießen.«

»Lieber Himmel, wenn das alles ist, dann stelle ich Ihnen auch noch den Fahrer.«

»Sehr freundlich, Jeff, aber ich könnte es mir wirklich nicht verzeihen, den Mann von produktiverer Arbeit abzuhalten. Nein, ich bin ganz zufrieden damit, mir zu wünschen, ein Millionär zu sein. Die unerfüllten Wünsche sind viel schöner als die erfüllten.«

Die Dunkelheit hatte sich herabgesenkt, und eine laue Frühsommernacht begann. Nach der Gluthitze des Tages konnte man jetzt aufatmen. Die Scheinwerfer bohrten sich in die Dunkelheit und überfluteten zweihundert Meter Buschpfad und Schwärme aufgeschreckter Kaninchen mit gleißendem Licht. Bei dem Anblick der vielen Tiere erinnerte sich Bony an seine erste Arbeit auf Windee Station.

»Hier gibt es aber enorm viel Karnickel«, sagte er.

»Tja, in diesem Gebiet sind sie schon eine ziemliche Plage«, mußte Jeff zugeben, der sich jetzt ebenfalls der Sache mit dem Giftkarren erinnerte. »Aber auf der anderen Seite ist es noch viel schlimmer. In derart großen Gebieten ist diese Giftkarrerei völlig sinnlos. Wir haben jetzt drei gute Jahre gehabt, und in dieser Zeit haben sich die Karnickel gewaltig vermehrt. Vermutlich wird es demnächst wieder einmal eine große Dürre geben, und da kommen sie dann ganz von selbst um. Ich habe immer wieder erlebt, daß man einen Haufen Geld hinauswirft und weniger erreicht als das, was die Natur ganz kostenlos besorgt.«

»Aber Sie sind gesetzlich verpflichtet, Gift auszulegen«, mischte sich Sergeant Morris ein.

»Sie haben ganz recht, Morris«, sagte Jeff und nickte mit einem spöttischen Seufzer. »Jemand hat einmal gesagt, das Recht sei störrisch wie ein Esel. Ich weiß nicht, wer dieses kluge Wort von sich gegeben hat, aber auf jeden Fall war er ein weiser Mann. Kürzlich las ich in der Zeitung von einem Mann, der wegen Brandstiftung eine Gefängnisstrafe abbüßte und nun wegen plötzlich erwiesener Unschuld freigelassen wurde. Nach irgendeinem idiotischen Gesetz wurde er auch noch zusätzlich begnadigt. Und ich frage Sie, weshalb, da er doch unschuldig war?«

»Na, das ist doch ganz klar«, rief Sergeant Morris lachend. »Er hatte doch unbefugterweise im Gefängnis gesessen.«

Die Straße stieg an und schlängelte sich durch die Hügel. Eine halbe Stunde später kamen mehrere Feuer in Sicht. Als die Scheinwerfer nach einer letzten Kurve die Szene beleuchteten, erfaßten sie einige dürftig bekleidete Schwarze, die dem Auto entgegenblickten. Ein wenig abseits hockte eine Schar von Eingeborenenfrauen vor Hütten, die aus Ästen, Säcken und Eisenblech bestanden. Jeff junior hielt vor einem soliden Steinhaus an, in dem jetzt zwei Viehhüter wohnten. In diesem Haus hatte er selbst das Licht der Welt erblickt. Es war die Range Hut, Jeff Stantons erstes Heim.

»Guten Abend, Boss!« sagte ein kleiner, sehniger Eingeborener mit weißem Haar und weißem Bart.

»Guten Abend, Moongalliti!« erwiderte Stanton leutselig. »Die Lastwagen sind schon durchgekommen?«

»Ja, Boss, drei. Ein – zwei – drei. Mit viel Männer.«

Pater Ryan lächelte. Hinter dem greisen Patriarchen lungerten einige Jünglinge.

»Nicht drei, nur zwei«, korrigierte Stanton.

»Die beiden Lastwagen vom Gut und der Wagen von Dot und Dash«, erklärte ein junger Mann in fließendem Englisch

»Ja, Dot und Dash. Er der dritte«, sagte der alte Mann.

»Aha. Ist das Ludbi?«

»Ja, Boss.«

»Wann kommt ihr wieder aufs Gut zurück? Ich habe Arbeit für euch.«

»Wir bald gehen«, erklärte der alte Moongalliti wichtigtuerisch.

»Wir kommen morgen zurück, Boss«, erklärte der zivilisierte Ludbi genauer.

»Ja, morgen, Boss«, beteuerte Moongalliti. »Anderer Schwarzer kommen – weit her. Groß, gut Tänzer. Wir morgen zum Gut. Kochen Essen – Marloo – Bungarra. Viele Schwarze, viel Essen. Corroboree.«

»Jetzt paß auf, Moongalliti. Wenn du mit dem Speer auf den großen Tänzer wirfst, dann haue ich mit der Keule zu.«

»Nein, nein, Boss. Schwarzer all right. Guter Kerl. Du Mehl geben, ja?«

»Mal sehen. Und daß die verdammten Hunde an die Leine genommen werden, sonst lege ich Gift aus.«

Diese Drohung ließ alle Eingeborenenfrauen in Jammergeschrei ausbrechen.

»Wir alle Hunde anbinden, Mischter Stanton. Du nicht vergiften arme Hund!«

»Na schön, Mary. Dann macht es so, wie ich gesagt habe. Und wenn ihr auf dem Gut seid, braucht Mrs. Poulton eure Hilfe bei der Wäsche.«

Jeff junior rückte den ersten Gang ein, und der Wagen fuhr auf der kurvenreichen Straße im Schatten der Hügel weiter.

»Lieber Himmel, ist das ein Kauderwelsch!« wandte sich Mrs. Poulton an den Sergeanten. »Marloo heißt Känguruh, und Bungarra ist der Leguan. Na ja, und zum Schluß des Corroboree, dieser wilden Tanzerei, wird es wieder eine Menge zerschundener Glieder geben. Es ist jedesmal dasselbe.«

»Ja, ein Corroboree ohne Keilerei ist undenkbar«, pflichtete ihr der Sergeant bei.

»Und dieser alte weißhaarige Teufel ist der schlimmste von allen. Wissen Sie eigentlich, was er mit Gunda gemacht hat, weil sie mit Toff davongelaufen ist?«

»Nein. Sie ist Moongallitis neue Frau, nicht wahr?«

»Ja. Das arme Ding! Sie wurde ihm versprochen, als sie noch ein Baby war«, erklärte die alte Dame ärgerlich. »Jedenfalls kam eines Tages ein junger Mann namens Toff aus Queensland, und sie lief mit ihm davon. Als der alte Moongalliti es merkte, schickte er Ludbi, Wam und Watti hinterher. Ludbi ist der beste Spurensucher, wie Sie wissen. Dicht an der Grenze von Queensland spürte er sie auf, obwohl sie sich auf dem steinigen Tafelland gehalten hatten. Toff entkam, aber Gunda wurde zurückgebracht und von dem alten Mann gezüchtigt. Vier Wochen mußte sie an Krücken gehen, und jetzt wird sie nie mehr davonlaufen können.«

»Ja, die Schwarzen wissen, wie man ein ungehorsames Weib zu behandeln hat«, kam Jeff Stantons dröhnende Stimme von hinten.

»Ich finde, es ist eine Schande«, sagte Mrs. Poulton empört. »Sie sollten den alten Teufel einsperren, Mr. Morris.«

»Solange die Schwarzen keinen umbringen, mische ich mich nicht ein«, erklärte der Sergeant. »Und außerdem wird Gunda ihren Ehemann inzwischen heiß und innig lieben.«

»Ich glaube, Sie haben nicht einmal so unrecht«, mußte die alte Dame seufzend zugeben. »Als ich sie einmal fragte, ob sie Moongalliti jetzt nicht hasse, meinte sie: ›Er kein gut Ehemann, aber er gut zu arme kleine Gunda. Er mir schenken kleinen Hund.«

Als der Wagen die leichtgewellte Ebene erreichte, grübelte Bony darüber nach, wieso Ludbi, der doch angeblich weit und breit als der beste Spurensucher bekannt war, bei der Suche nach Marks versagt hatte. Nach dem Corroboree mußte er sich mit diesen Eingeborenen anfreunden. Es würde ihm sehr zustatten kommen, daß er selbst Negerblut in den Adern hatte.

Je weiter sie nach Norden kamen, um so enger standen die Baumreihen. Schließlich wurde der Busch so dicht wie zwischen Windee und Mount Lion. Alle acht bis zwölf Meilen wurden sie von einem Gatter aufgehalten, und Bony mußte jedesmal aussteigen, um das Tor zu öffnen und wieder zu schließen.

Endlich glühte vor ihnen ein rotes Licht auf. Sie hatten die drei

Lastwagen eingeholt, die am letzten Gatter auf sie gewartet hatten. Die Fahrer kamen heran. Jeff Stanton erkundigte sich, ob es irgendwelche Schwierigkeiten gegeben habe, und als man ihm versicherte, daß die Fahrt ohne Zwischenfall verlaufen sei, sagte er:

»Also, dann fahrt bis hinter die Wagenschuppen. Aber daß ihr mir keinen Radau macht. Wir wollen uns so verhalten, wie es sich gehört.«

Die Motoren brummten auf, und der erste Lkw fuhr ab. Erst zwei Minuten später – um nicht in die Staubwolke des ersten Wagens zu geraten – der zweite, und schließlich mit entsprechendem Abstand der dritte Wagen, mit Dash am Steuer. Jeff junior wartete noch volle fünf Minuten, da Marion ihn ausdrücklich daran erinnert hatte, daß die Kleider der Damen sehr staubempfindlich seien.

Nach zwei Meilen erreichten sie das Vorwerk Nullawil. Hinter Pfefferbäumen schimmerte ein Haus hervor, darum herum gruppiert standen geweißte Hütten und die Nebengebäude. Bony fand sich plötzlich zwischen den Farmarbeitern wieder, von denen jeder einen leeren Benzinkanister und einen Stock in der Hand hielt. Er spürte, wie man auch ihm einen Kanister unter den Arm und einen Eisenstab in die Hand schob.

»Pater, Sie führen bitte Mrs. Poulton. Marion, deinen Arm!« kommandierte Jeff Stanton leise. »Der Rest folgt in Zweierreihe. Und haut nicht zu früh auf eure Kanister.«

7

Der Ursprung des Tin-kettling ist unbekannt und wird nach einem mehr oder weniger feststehenden Ritual begangen. Man feiert gleichzeitig den Einzug des jungen Paares in sein neues Heim, wobei das Tin-kettling wohl die noch aus der Heidenzeit stammende und über die ganze Welt verbreitete Sitte darstellt, die bösen Geister durch Lärm zu vertreiben. Der Zeitpunkt wird im allgemeinen Wochen vorher zwischen dem jungen Paar und seinen Freunden festgelegt.

Rund dreißig Leute folgten Stanton und seiner Tochter durch die Gartenpforte. Vor den Stufen der großen Veranda hielt die Prozession an, und Jeff rief mit lauter Stimme:

»Wacht auf, ihr Schläfer im Hause der Wonne! Wir sind hungrig und durstig.«

Niemand hieß die Besucher willkommen. Das Haus blieb in tiefe Dunkelheit gehüllt. Lange Sekunden verstrichen, bis Jeff mit seiner Tochter feierlich um das Haus zu schreiten begann. Nun brach ein Höllenlärm los. Die nachfolgenden Männer hieben aus Leibeskräften auf die leeren Benzinkanister und hörten erst wieder damit auf, als der Zug das Haus umrundet hatte und wieder vor den Verandastufen hielt. Doch wie ein Echo klang nun das wütende Gebell der angeketteten Hunde und das Kreischen der aus dem Schlaf geschreckten Galahs.

»Laßt uns ein in das Haus der Wonne!« rief der Herr von Windee Station mit Stentorstimme.

Aber kein Licht flammte auf. Alles blieb ruhig. Wieder führte Stanton die lärmende Prozession rings um das Haus. Die Hunde jaulten und bellten, und die Vögel flogen in die Dunkelheit. Zum drittenmal rief Stanton:

»Öffnet, ihr Schläfer im Hause der Wonne!«

Jetzt wurde ein Zimmer hell, und ein Fenster wurde aufgestoßen. Eine Stimme, die ärgerlich klingen sollte, war zu vernehmen:

»Genug! Wer seid ihr, daß ihr es wagen könnt, uns zu stören?«

»Wir sind Freunde der jungen Frau, und wir sind Freunde des jungen Ehemannes. Wir müssen uns ausruhen und brauchen eine Erfrischung«, antwortete Stanton.

»Dann sei euch freudig der Zutritt gewährt.«

Das Fenster wurde geschlossen. Ein Zimmer nach dem anderen wurde hell, bis das ganze Haus in Licht erstrahlte. Dann ging die Tür auf, die Veranda wurde von gleißender Helle überflutet, und ein Mann und eine Frau, beide in Weiß gekleidet, blickten auf die Wartenden herab.

»Tretet ein, meine Freunde!« rief die junge Frau.

»Und ihr, meine Freunde«, fügte der Mann hinzu.

»Tretet ein in unser Haus!« riefen beide gemeinsam und traten zurück, während Stanton mit Marion die drei Stufen hinaufstieg.

Ein gutaussehender, schlanker junger Mann von knapp dreißig und eine kleine, dunkelhaarige und sehr hübsche junge Frau begrüßten die Gäste.

Bony machte den Schluß der Prozession. Er trug einen grauen Maßanzug, und sein europäisch geschnittenes Gesicht drückte Sympathie aus, als er sich vor den Gastgebern verbeugte.

»Das ist Bony«, stellte Stanton vor. »Bony, dies sind Harry und Ethel Foster.«

Der Verwalter schüttelte Bony herzlich die Hand.

»Ich freue mich, Sie kennenzulernen, Bony. Ich habe gehört, daß Sie den grauen Wallach so gut zugeritten haben. Es ist mir jedesmal eine besondere Freude, einem tüchtigen Reiter zu begegnen.«

»Würden Sie auch für mich ein Pferd abrichten?« fragte die junge Frau.

»Es wäre mir eine Ehre, für Sie ein Pferd zuzureiten, das ebenso gelehrig ist wie Graue Wolke«, erwiderte Bony lächelnd. Die junge Frau lächelte zurück, aber ihre Augen blieben ernst. Zweifellos besaß sie eine große Anziehungskraft, aber Bony fühlte sich nicht sonderlich zu ihr hingezogen. Ihr schien die Herzenswärme zu fehlen, die Marion Stanton so liebenswert machte.

Die Jungvermählten führten ihre Gäste ins Haus. Die Benzinkanister wurden vor der Veranda aufgestapelt. Die Damen verschwanden mit der jungen Ehefrau, während der Hausherr die Männer in das große Eßzimmer führte, wo auf zusammengeschobenen Tischen große Platten mit belegten Broten, Kuchenfladen und Torten aufgebaut waren und in mehreren Reihen Flaschen und Gläser standen.

»Sag mal, Harry, wie ist das eigentlich, wenn man unter den Pantoffel gekommen ist?« fragte Ted, ein großer, bärtiger Viehhüter.

»Wunderbar, Mann. Du solltest es einmal versuchen!«

Die Damen kamen zurück, und Pater Ryan ergriff die junge Frau am Arm und blickte sie mit strahlenden Augen an. Er führte sie zu dem frischgebackenen Ehemann, den er ebenfalls unter den Arm faßte, und wandte sich an die Gäste.

»Wie wundervoll ist doch die Liebe«, sagte er mit seiner warmen Stimme. »Bewahrt euch die Liebe, denn sie ist Gottes.« Und indem er sich an die Jungvermählten wandte, fuhr er fort: »Ihr seid zwar beide nicht meines Glaubens, aber nehmt trotzdem die Segenswünsche eines alten Mannes entgegen.«

Jeff junior stimmte den Gratulationschor an, und Bony lauschte entzückt auf Marions glockenreinen Sopran, zu dem sich der Baß des alten Stanton gesellte. Die anderen fielen ebenfalls ein, sangen aber mehr laut als schön.

Harry Fosters Augen schimmerten feucht, als er mit belegter Stimme dankte. Die junge Frau schien weniger gerührt zu sein, ihre Augen drückten Stolz aus. Sie war wohl aus härterem Holz als ihr Mann und würde ohne Zweifel die Zügel fest in die Hand nehmen.

Nachdem man sich gestärkt hatte, wurde Marion aufgefordert, ein wenig Musik zu machen. Lächelnd erhob sie sich und trat an das neue Klavier, das ihr Vater dem jungen Paar geschenkt hatte. Dash, elegant gekleidet wie das Mitglied eines Londoner Clubs, öffnete das Instument und rückte Marion den Hocker zurecht.

»Soll ich die Noten umblättern?« fragte er, und seine Augen strahlten sie bewundernd an.

»Nein, vielen Dank. Ich werde zunächst auswendig spielen. Ob Ted wohl sein Akkordeon mitgebracht hat?«

»Ich will gern danach fragen.«

Marion nickte und begann zu spielen. Bald darauf trat der hochgewachsene Viehhüter mit dem Akkordeon unter dem Arm neben sie. Mit jungenhaftem Grinsen erwiderte er Marions aufmunterndes Lächeln, und als sie das nächste Stück zu spielen begann, begleitete er sie sehr geschickt.

Bony hatte sich inzwischen unauffällig neben den Sergeanten gesetzt.

»Ich habe zwei Briefe für Sie, Bony«, flüsterte Morris. »Wir müssen sehen, daß ich sie Ihnen später zustecken kann.«

»Briefe? Dienstlich?«

»Einer ist dienstlich, der andere privat. Aber beide kommen aus Brisbane.«

»Ah, dann ist er bestimmt vom Chef. Und der andere ist von meiner Frau.« Bony lächelte. »Was halten Sie übrigens von der jungen Ehefrau?«

»Tja, was halten Sie denn von ihr?« kam die vorsichtige Gegenfrage.

»Nettes Mädchen. Wer ist sie eigentlich?«

»Die Tochter vom alten MacKennie. Ihm gehört Willoughby, ein kleines Weidegut. Es liegt östlich von Mount Lion. Schönes Gut, aber nicht besonders reich.«

»Und dieser große, auffallend gut gekleidete Mann? Ich glaube, Dash heißt er.«

»Er ist ein Geheimnis.«

»Wunderbar! Ich liebe Geheimnisse. Was wissen Sie von ihm?«

»Herzlich wenig«, erwiderte Morris achselzuckend. »Er lebt seit ein paar Jahren hier. Alle drei Monate bekommt er aus London eine Geldsendung. Drei Jahre lang arbeitete er als Volontär auf Windee, doch plötzlich warf er alles hin und liierte sich mit Dot. Die beiden vertragen sich gut miteinander und verdienen eine Stange Geld.«

»Hm. Hat er irgendwelche Laster?«

»Nicht daß ich wüßte. Er trinkt nicht mehr und nicht weniger als ich«, antwortete der Sergeant. »Aber niemand weiß etwas über seine Angehörigen, höchstens Jeff Stanton. Mir ist nur bekannt, daß er aus Hampshire stammt. Er scheint aus einer guten Familie zu kommen, er ist wirklich ein Gentleman vom Scheitel bis zur Sohle. Ehemaliger Offizier, möchte ich annehmen.«

»Damit können Sie recht haben. Man braucht nur seine Haltung anzusehen. – Was ist eigentlich mit den Negern, Morris? Haben Sie eine Ahnung, was die jetzt in der Range Hut machen?«

»Ach, die ziehen doch ständig umher. Haben Sie etwas ermitteln können?«

»Nichts von Bedeutung«, wich Bony aus. »Übrigens – wissen Sie zufällig, von wem Marion Stanton ihren Saphirring bekommen hat?«

»Himmel, nein! Den habe ich überhaupt noch nicht an ihr bemerkt. Warum?«

»Ach, nur so. Es ist ein ziemlich einmaliges Stück mit einer auffallend altmodischen Fassung. Ich verstehe nämlich ein wenig davon. Haben Sie schon die Akten Marks beziehungsweise Green angefordert?«

»Ja, vorige Woche. Sie bekommen sie, sobald sie bei mir eingegangen sind. Aber haben Sie denn wirklich noch keine Spur gefunden?«

»Ein paar Kleinigkeiten.«

»Und was?« bohrte der Sergeant weiter.

»Ich habe festgestellt, daß ein Kampf stattgefunden haben muß, als der Wagen zum Stehen kam. Wenn ich das Vorleben des Mannes kenne, werde ich Ihnen vermutlich auch sagen können, auf welche Art er getötet wurde. Und vor allem werde ich dann beweisen können, daß es sich tatsächlich um einen Mord handelt.«

»Aber Sie haben noch keine Spur von der Leiche finden können?«

»Und ich bezweifle, daß wir in dieser Hinsicht jemals Erfolg haben werden.«

»Wie bitte? Aber die Leiche – zumindest aber Teile davon – müßten doch vorhanden sein, wenn Ihre Theorie stimmt. Es ist doch unerhört schwierig, praktisch unmöglich, eine Leiche restlos verschwinden zu lassen.«

»Tja, das sollte man denken, wenn man fleißig Zeitung liest, nicht wahr?« erwiderte Bony treuherzig.

Man war sich einig, daß das Tin-kettling bei den Fosters wunderschön gewesen sei. Gegen fünf Uhr morgens brach man endlich auf.

Diesmal fuhr der Kombiwagen als erster ab, da er bedeutend schneller war als die Lkw.

Nach einer Weile verstummte das Gespräch, und nur das stete Brummen des Motors war zu vernehmen. Diesmal saß Mrs. Poulton mit Marion, die sich eng an ihren Vater gekuschelt hatte, auf der hintersten Sitzbank. Die beiden Frauen schliefen fest. Pater Ryan saß neben dem Sergeanten und paffte zufrieden eine Zigarre. Sergeant Morris hatte nur den einen Wunsch, zu Hause in seinem Bett zu liegen.

Bony hing seinen Gedanken nach. Verschiedene Punkte mußten noch geklärt werden. Was hatte Marks in Windee gewollt? Es stand außer Zweifel, daß er nur mit der Absicht nach Mount Lion gekommen war, Jeff Stanton aufzusuchen. Bei seinen damaligen Ermittlungen hatte Sergeant Morris sich ebenfalls erkundigt, was

Marks in Windee gewollt hatte, und zur Antwort bekommen, daß er ein alter Freund des Hauses sei. Damit hatte Morris sich zufriedengegeben. Er hatte ja auch keinen Grund gehabt, ein Verbrechen zu vermuten.

Im Augenblick würde es sicher nicht klug sein, Morris zu veranlassen, seine Frage zu wiederholen. Es gab keinen Beweis, nicht einmal den leisesten Fingerzeig, daß Stanton etwas mit Marks' Verschwinden zu tun hatte. Bony hoffte, daß die Zeit für ihn arbeiten würde. Sobald er mehr über Marks' Vorleben wußte, konnte er seine Fühler ausstrecken. Außerdem kehrten die Eingeborenen nach Windee zurück, so daß er Gelegenheit finden würde, mit ihnen zu sprechen. Wenn er sich erst mit Moongalliti, dem Häuptling, angefreundet hatte, würde er schon herausfinden, von wem das Warnzeichen angebracht worden war. Eins stand fest: Wer dieses Zeichen angebracht hatte, mußte Zeuge des Mordes gewesen sein.

Die erstaunlichste Entdeckung, die er bisher gemacht hatte, war der blaue Saphir. Kaum denkbar, daß Marion mit Marks in ein Handgemenge geraten war, andererseits aber hatte er von Mrs. Poulton auf seine vorsichtige Fragen erfahren, daß Marion den Ring von ihrer verstorbenen Mutter bekommen habe und ihn ständig trüge. Vorhin, als Marion Klavier gespielt hatte, war ihm aufgefallen, daß der fehlende Stein inzwischen von einem anderen ersetzt worden war.

Noch etwas erschien ihm rätselhaft: Warum hatte dieser Dash Windee verlassen und arbeitete jetzt als freier Jäger in der Wildnis?

Begegnete man dem Mann zufällig, mußte man ihn unbedingt für einen Viehzüchter, für einen Gutsbesitzer halten. Er war zweifellos ein Gentleman, sonst hätte Stanton ihn nicht ohne weiteres nur auf Grund eines Empfehlungsschreibens als Volontär aufgenommen und ihm vollen Familienanschluß gewährt.

Trotzdem hatte der Mann diese Privilegien, die seinem Stand angemessen schienen, plötzlich aufgegeben und sich einem ungebildeten Amerikaner angeschlossen. Er verrichtete jetzt eine Arbeit, die man einem Gentleman am wenigsten zumuten mochte, denn das Leben draußen im Busch war hart und das Abhäuten der vielen erlegten Tiere wenig angenehm. Warum also? Geld konnte nicht der Grund sein, da der Mann weder als extravagant noch als übermäßiger Trinker bekannt war. Es blieb kein anderer Schluß, als daß etwas mit diesem Mann geschehen war, wovon die Öffentlichkeit keine Ahnung hatte.

Als man das Gut erreichte, hatten die Insassen des Kombiwagens das Gefühl, nach der langen Fahrt durch die unendliche Weite der Landschaft in einem sicheren Hafen eingelaufen zu sein. Alf der Nörgler stand in der Küche und bereitete das Frühstück. Mr. Roberts hatte sich alle Mühe gegeben, den Frühstückstisch freundlich zu decken. Während sie noch bei Tisch saßen, kamen die Lastwagen an.

Eine Stunde später lagen die Farmgebäude in tiefster Ruhe. Jeff junior hatte Pater Ryan und den Sergeanten nach Mount Lion gefahren. Mr. Roberts saß im Büro hinter dem Schreibtisch. Alf der Nörgler stand in der Küche und knetete mit mürrischem Gesicht Brotteig, und alle anderen lagen in ihren Betten und schliefen.

8

Alf weckte die Männer um halb sechs Uhr abends. Wütend hämmerte er mit einem Eisenstab auf den riesigen Triangel vor der Küche. Seine funkelnden schwarzen Augen ließen vermuten, daß er sich wieder einmal in einen Wutanfall hineinsteigerte.

Die Köche auf einer australischen Schafstation haben nur selten ein sanftes Gemüt. Sie haben so gut wie nie einen freien Tag, der Zementboden in der Küche ist reichlich hart, wenn man den ganzen Tag darauf stehen muß, und außerdem kommt es häufig vor, daß die Männer draußen in den Schafpferchen aufgehalten werden und zu spät zu den Mahlzeiten erscheinen, was bedeutet, daß die Arbeit in der Küche praktisch kein Ende nimmt.

Kein Wunder also, daß es nicht leicht war, einen Koch zu bekommen, und ein guter Koch war überhaupt nicht mit Geld zu bezahlen. Kein Wunder auch, daß sämtliche Köche Leuteschinder waren. Es blieb einem nichts anderes übrig, als die Launen des

Küchenbullen genauso gelassen hinzunehmen wie einen Hexenschuß.

Als Alf der Nörgler seine erste Stellung als Koch antrat, war er noch sanftmütig wie ein Engel. Nach einem Monat jedoch, als er einen Scheck über zehn Pfund erhalten hatte, begannen ihn die kleinen Sorgen des Alltags immer mehr zu ärgern. Nach drei Monaten war er bereits so weit, daß er sich mit einer dramatischen Geste die Schürze herunterriß und seine Sachen packte, wenn jemand aus Versehen seinen Tee verschüttete oder vergaß, sein Geschirr in die Spülküche zu bringen.

Die überstürzte Eile, mit der Alf jedesmal seine Stellung kündigte, war sowohl für den Arbeitgeber, als auch für die Leute sehr unangenehm, da diese nun gezwungen waren, sich, so gut es ging, ihr Essen selbst zu kochen, bis ein neuer Koch gefunden wurde. Alf kannte in dieser Hinsicht keine Skrupel. Und wenn ihn niemand nach Mount Lion mitnehmen wollte, ging er die achtzehn Meilen zu Fuß, geradewegs zu Mr. Bumpus' Hotel. Aber noch ehe er sich richtig vollaufen lassen konnte, erschien Pater Ryan und kassierte fünf Pfund. Anschließend ließ man ihn ungestört trinken, bis sein Geld aufgebraucht war. Das dauerte etwa acht bis zehn Tage, in denen er täglich sechzehn Stunden an der Theke zubrachte.

An die Höhepunkte seines Aufenthaltes in Mount Lion konnte Alf sich nie recht besinnen. Dann befand er sich im Zustand der Volltrunkenheit und wurde von Sergeant Morris in das eine einzige Zelle enthaltende Gefängnis des Ortes gebracht, damit er seinen Rausch ausschlafen konnte. Wenn er wieder zu sich kam, fühlte er sich elend und sah ganze Schwärme von weißen Mäusen.

Anschließend folgte dann die Gerichtsverhandlung, bei der Sergeant Morris als Belastungszeuge auftrat. Alf bekannte sich regelmäßig als ›nicht schuldig‹, und ebenso regelmäßig verknackte ihn der Friedensrichter – es war der einzige Kaufmann des Ortes – zu einer Woche Gefängnis.

In der Zelle war Alf dann mit den weißen Mäusen allein. Am Ende der Haftzeit tauchte schließlich Pater Ryan auf, mit einem steifen Whisky-Soda, der unter der Voraussetzung verabreicht wurde, daß der Gefangene sofort anschließend eine Schüssel Suppe aß.

Wenn Alf endlich aus dem Gefängnis entlassen wurde, hatte Pater Ryan ihm bereits einen neuen Job besorgt. Das machte keine Schwierigkeit, da Alf ein ausgezeichneter Koch war – für drei Monate. An seinem Entlassungstag führte ihn der Pater in die Gemischtwarenhandlung, kaufte ihm, was er brauchte, und begleitete ihn anschließend ins Hotel, wo er ihm noch einen Drink spendierte. Schließlich brachte er ihn an den Postbus, bezahlte das Fahrgeld und schwatzte mit ihm, bis der Bus abfuhr. Kein Wunder also, daß der Pater von Alf ebensosehr verehrt wurde wie von allen anderen Männern im Busch.

Wenn er wieder einmal eines seiner Sorgenkinder verfrachtet hatte, kehrte er in sein bücherüberladenes Studierzimmer zurück und führte über seine Ausgaben genau Buch. Jeder Penny, den er als ›Strafe‹ einnahm, wurde genauso sorgfältig aufgezeichnet wie die Beiträge, die er für seine ›Patienten‹ ausgab. Am Ende jeden Monats mußten Sergeant Morris und der Friedensrichter seine Buchführung nachprüfen – der Pater war in dieser Hinsicht unerbittlich.

Nachdem Alf den Triangel angeschlagen hatte, ging er zurück in die Küche und schnitt zwei gebratene Hammelkeulen auf. Für gewöhnlich betrat der erste Hungrige zehn Sekunden nach dem Triangelzeichen den gemeinsamen Speiseraum, aber heute lagen die Leute im Bett, und darum dauerte es volle zehn Minuten, bis der erste endlich erschien.

»Suppe?« knurrte Alf.

»Bitte«, kam die schläfrige Antwort.

»Suppe?« schnarrte Alf den nächsten an, und so ging es fort, bis alle Plätze besetzt waren. Jetzt war Alfs Zeitpunkt gekommen.

»Ich habe das satt!« schrie er. »Wenn ihr euch einbildet, daß ich den ganzen Tag über schufte, während ihr auf der faulen Haut liegt, und dann noch die halbe Nacht warten muß, bis es euch endlich einfällt, zum Essen zu kommen, habt ihr euch geirrt. Da ist euer Fressen. Macht damit, was ihr wollt. Für mich ist hier Feierabend.«

Mit einer unnachahmlichen Geste riß er sich die weiße Schürze vom Leib und warf sie zu Boden. Einer der Männer war taktlos genug zu lachen. Das verschlug Alf die Sprache, und er begann auf der Schürze herumzutrampeln, um dann, immer noch wortlos, hinauszurauschen und seine paar Sachen zu packen. Eine halbe Stunde später hatte er seinen Scheck in der Tasche und machte sich auf den Weg nach Mount Lion.

An diesem Abend mußten die Männer das Geschirr abwaschen und Küche und Speiseraum selbst aufräumen. Nachdem Bony seinen Teil erledigt hatte, bummelte er an den gewundenen Ufern des ausgetrockneten Baches entlang, bis er zu einem gefällten Baum kam. Dort setzte er sich hin und blickte über die weite Ebene, während die Sonne hinter dem Horizont verschwand.

Plötzlich erinnerte er sich der beiden Briefe, die der Sergeant ihm heimlich zugesteckt hatte. Er zog sie aus der Tasche und las zuerst den von seiner Frau.

Lächelnd riß er dann den zweiten Umschlag auf, der vom Polizeipräsidium in Brisbane kam. Das Schreiben war kurz und bündig:

›Sie werden hiermit davon in Kenntnis gesetzt, daß ein unbezahlter Urlaub von sechs Wochen genehmigt wurde. Sollten Sie sich nach Ablauf dieser Frist nicht zum Dienst melden, endet Ihr Dienstverhältnis automatisch.‹

Unterschrieben war der Brief von Bonys Chef, Colonel Spender, der in seiner energischen Handschrift noch hinzugefügt hatte: ›Mit anderen Worten: Sie fliegen raus!‹

Bony schob das Schreiben in den Umschlag zurück und schmunzelte bei der Vorstellung, wie der Colonel mit puterrotem Gesicht das Postskriptum hingehauen hatte. Natürlich würde er sich, wie er es stets getan hatte, nach der Lösung des Falles wieder zum Dienst melden. Dann würde folgendes passieren: Er würde in das Zimmer des Chefs gerufen und müßte dort eine Standpauke über Disziplin über sich ergehen lassen. Und gleich anschließend würde ihm der Chef einen neuen Fall übertragen. So hatte es sich immer abgespielt, und Bony war überzeugt, daß er auch diesmal mit einem blauen Auge davonkommen würde.

Er erhob sich und bummelte durch die warme Frühsommernacht zurück in die Unterkunft.

Am nächsten Morgen stand er um sechs Uhr auf und bereitete das Frühstück. Die Männer, die glaubten, sich ihr Essen selbst zubereiten zu müssen, waren heilfroh. Als Jeff Stanton nach der morgendlichen Arbeitsverteilung in die Küche kam, sagte Bony: »Ich koche nicht besonders gern, aber ich will diese Arbeit übernehmen, bis Sie einen anderen Koch gefunden haben. Ich hoffe, daß es nicht lange dauern wird.«

»Ich habe gestern abend noch mit Pater Ryan telefoniert«, erwiderte Stanton. »Im Moment ist kein Koch in Mount Lion aufzutreiben. Ich werde alles versuchen, um so schnell wie möglich Ersatz zu finden. Wieviel hast du eigentlich mit dem Zureiten der Pferde verdient?«

»Rund sieben Pfund in der Woche.«

»Bißchen viel für einen Koch. Aber ich bezahle es. Schließlich brauchen wir jemanden in der Küche, und es wäre ungerecht, wenn du als Koch weniger verdientest denn als Zureiter.«

»Besonders, da mir der Job mit den Pferden bedeutend lieber ist«, erwiderte Bony. Insgeheim aber war er über Alfs überstürzte Kündigung durchaus nicht böse.

Der ideale Farmarbeiter ist der Mann, der imstande ist, jede anfallende Arbeit zu erledigen. Bony war ein solcher Idealfall.

Alfs Verschwinden gab ihm die Möglichkeit, die Sympathie Moongallitis und seines Stammes zu gewinnen, da auch bei den Eingeborenen die Liebe durch den Magen geht. Normalerweise wäre Bony für sie ein völliger Außenseiter gewesen. Als Mischling wäre man ihm mit Mißtrauen begegnet, und selbst als reinrassigen Eingeborenen hätte man ihn nicht akzeptiert, da sein Totem ein anderes gewesen wäre als das ihre. Da er aber jetzt zum Koch avanciert war, sah die Sache anders aus.

Wenn Bony sich einfach an sie herangemacht und sie beiläufig nach dem Zeichen an der Fundstelle von Marks' Wagen gefragt hätte, würde er nur erstaunten Blicken begegnet sein. Jeder hätte behauptet, nichts zu wissen. Nicht aus Furcht, eines der Gesetze des weißen Mannes verletzt zu haben, von denen sie nur herzlich wenig wußten, sondern einfach deshalb, weil die Bedeutung ihrer Zeichen sehr geheimgehalten wurde.

An diesem Morgen buk Bony Brot aus dem Teig, den Alf der Nörgler noch zubereitet hatte. Um halb zehn rief er die Leute zum zweiten Frühstück, um zwölf zum Mittagessen und um drei zum Nachmittagskaffee. Es ging bereits auf vier Uhr zu, und er begann gerade mit den Vorbereitungen für das Abendessen, als er Schritte hinter sich vernahm. Als er sich umblickte, begegnete er Marion Stantons amüsierten Blicken.

»Sie überraschen mich jeden Tag aufs neue«, sagte sie und setzte sich auf den einzigen Stuhl. Bonys Gesicht leuchtete auf.

»Wieso, Miss Stanton?«

»Nun, Sie sind Akademiker und nebenher ein hervorragender Zureiter. Und jetzt finde ich Sie in der Küche, und ich habe mir sagen lassen, daß Sie tatsächlich ausgezeichnet kochen können. Was besitzen Sie denn sonst noch für Fertigkeiten?«

»Keine mehr, Sie haben bereits alles aufgezählt. Aber ich kann Ihnen gern verraten, wovon ich nichts verstehe: Ich bin nicht imstande, eine Farm zu verwalten, eine Predigt zu halten, ich kann nicht tanzen und kann nicht dichten.«

»Möchten Sie denn das alles können?«

»Zumindest möchte ich dichten können«, sagte Bony ernsthaft.

»Warum?«

»Um ein Gedicht über Sie zu schreiben.« Als er ihr abweisendes Gesicht sah, fügte er hinzu: »Als wir gestern durch die weite Ebene und die Hügel fuhren, empfand ich es als bedauerlich, all diese Schönheit nicht in Worte fassen zu können, so, wie ein Maler sie mit dem Pinsel festhält.«

»Ich glaube, ich verstehe, was Sie meinen«, sagte Marion, und ihr Blick wurde wieder freundlicher.

»Das freut mich. Aber erlauben Sie, daß ich mich jetzt um meinen Eierrahm kümmere.«

Marion beobachtete ihn und mußte eingestehen, daß die Persönlichkeit dieses Mannes sie stark beeindruckte. Er gab sich so natürlich, so unkompliziert und war von einer so ausgesuchten Höflichkeit, wie sie es bisher bei keinem anderen Mann ihres Bekanntenkreises erlebt hatte, und dazu gehörte immerhin ein irischer Pair.

»Haben Sie früher schon auf einer Farm gearbeitet, seit Sie die Universität verließen?« fragte sie.

»Ja, schon öfter.« Er wandte sich wieder zu ihr um. »Sehen Sie, ein Mischling wie ich verspürt oft den Ruf des Busches. Die meisten Europäer, besonders die in den Städten, wissen nur wenig über den australischen Ureinwohner, und sie haben keine Ahnung, welche Kräfte es sind, die ihn immer wieder zu seinem Nomadendasein zwingen. Ich kenne keinen Mischling, und sei er noch so kultiviert, der imstande wäre, sein ganzes Leben in der Stadt zu verbringen.«

»Das könnte ich auch nicht, Bony.«

»Ich wurde zunächst auf einer Missionsstation erzogen, ging dann zur höheren Schule und schließlich auf die Universität. Das Lernen fiel mir ungewöhnlich leicht, mir flog alles zu. Man sagte mir eine große Zukunft voraus, und zunächst glaubte ich selbst daran. Aber es ist eine Unrast in mir, die sich nicht mit Worten beschreiben läßt. Sie selbst sind im Busch großgeworden und verstehen vielleicht, was ich meine.«

»Ich verstehe Sie, Bony. Ich habe das gleiche erlebt, als ich auf dem College war und später mit Dad in England.«

»Früher verspürte ich sogar den Drang, wie meine Ahnen zu jagen und zu fischen und im Schatten der alten Bäume zu schlafen«, fuhr Bony mit leiser Stimme fort. »Aber schließlich hielten sich das schwarze und das weiße Blut in mir doch die Waage, und das Resultat sehen Sie nun vor sich.«

»Und sind Sie jetzt glücklich?«

»Ich glaube diese Frage bejahen zu können. Nach Jahren der inneren Zerrissenheit bin ich jetzt ruhig geworden.«

»Erzählen Sie mir doch einmal von Ihrer Frau und von Ihren Kindern«, bat Marion, und während er den Brotteig zubereitete, erfüllte er ihr diesen Wunsch. Jetzt bot sich ihm die Gelegenheit, auch ihr einiges zu entlocken, und in dieser Kunst war Bony ein Meister.

»Der Busch hat mich mein ganzes Leben lang fasziniert«, schloß er. »Vögel und Insekten sind interessante Studienobjekte. Da ist zum Beispiel die Honigameise, die in winzigen Höhlen tief in der Erde wohnt und von anderen Ameisen so lange gefüttert wird, bis sie so dick ist, daß sie sich nicht mehr rühren kann. Und dann diese schwarzen Ameisen, die kleine Steinchen in die Sonne legen, um damit ihre Eier zu wärmen. Mir erzählte einmal ein Bekannter, er habe beobachtet, wie eines dieser Tierchen einmal ein Goldklümpchen aus der Erde herausbrachte und es in die Sonne legte. Es stammte von einer Uhrkette, und der Verlierer wird vergeblich danach gesucht haben.«

»Seltsam!« rief Marion. »Das erinnert mich an etwas. Ich habe auch kürzlich etwas verloren – hier sehen Sie sich diesen Ring an. Vor einigen Monaten verlor ich einen der Saphire. Allerdings hier im Haus, und da hatten die Ameisen wohl keine Chance. Morgens beim Frühstück war der Ring noch unbeschädigt, und als ich den Stein dann später vermißte, hatte ich noch keinen Schritt aus dem Haus getan.«

»Das war ja wirklich Pech«, meinte Bony und beobachtete sie scharf.

»Das will ich meinen. Es ist der Verlobungsring meiner Mutter. Sie vermachte ihn mir, ehe sie starb. Ich mußte ihn jetzt nach Adelaide senden, um den verlorenen Stein ersetzen zu lassen.«

»Vielleicht finde ich ihn noch«, sagte Bony lächelnd. »Man sagt mir nach, ich sei ein guter Spurenfinder. In Queensland habe ich sogar einen Vermißten aufgespürt, als die Eingeborenen die Suche längst aufgegeben hatten.«

»Wirklich? Also noch ein Talent, von dem ich nichts wußte. Schade, daß Sie nicht vor zwei Monaten hier waren. Damals ist nämlich ein Mann verschollen. Aber Sie haben sicher davon gehört?«

»Ja. Eine seltsame Geschichte.«

»Das kann man wohl sagen. Alle Männer haben nach ihm gesucht, tagelang, ohne die geringste Spur zu finden. Auch Dad und ich. Der Mann hatte mit uns zu Mittag gegessen, dann ist er weggefahren, und niemand hat ihn mehr gesehen. Dot und Dash haben zu der Zeit in der südlichen Koppel Känguruhs gejagt, sind aber nie auf irgendwelche Spuren gestoßen. Es hatte natürlich eine Weile gedauert, bis man sein Auto fand, und erst dann setzte die Suche ein.«

»Gibt es denn hier unter den Eingeborenen keine Spurensucher?« fragte Bony wie beiläufig.

»Doch. Ludbi und der alte Moongalliti. Aber als wir sie zu dem verlassenen Auto brachten, stellten sie sich an, als könnten sie nicht einmal ein Pferd nach einem Regenguß wiederfinden. Sie waren völlig nutzlos für uns. Angeblich seien zu viele Tage vergangen, seit Marks den Wagen verlassen hatte, behaupteten sie.«

»Ich nehme an, daß Mr. Marks ein Freund Ihrer Familie war?«

»O nein! Dad hatte vor Jahren einmal geschäftlich mit ihm zu tun. Der Mann kam vorbei, um Dad zu überreden, Geld in irgendeine Sache zu stecken. Die ganze Geschichte wäre ja noch schrecklicher, wenn der Mann ein Freund von uns gewesen wäre. – Lieber Himmel, jetzt sitze ich schon eine ganze Stunde hier. Ich muß Ihnen wirklich ein Kompliment machen, Bony.«

»Und ich muß Ihnen herzlich danken, Miss Stanton.«

Marion erhob sich, aber an der Tür blieb sie noch einmal stehen.

»Glauben Sie, daß ich heute abend ›Graue Wolke‹ reiten kann?«

»Gewiß! Aber Sie müssen erlauben, daß Sie jemand begleitet, bis das Pferd den letzten Schliff hat.«

»Mir bleibt wohl nichts anderes übrig«, erwiderte Marion lächelnd.

9

Bony war über das Ergebnis dieses Gespräches mit Marion Stanton sehr zufrieden. Jetzt wartete er auf die Ankunft des Eingeborenenstammes, und ebensosehr wartete er auf den Bericht über das Vorleben dieses Marks alias Green. Sollte in diesem Bericht ein ganz bestimmtes Detail erwähnt werden, würde er die kleine Silberscheibe einem Wissenschaftler zur Identifikation einsenden. Und wenn sich dann seine Theorie, die er sich über diese Silberscheibe gemacht hatte, als richtig erweisen sollte, hatte er den Tod des Mannes bewiesen.

Am dritten Tag seiner Tätigkeit als Koch kam abends einer der Arbeiter in die Küche und erzählte, daß die Eingeborenen in der kommenden Nacht an ihrem Lagerplatz, der sich eine halbe Meile bachabwärts befand, eintreffen würden. Bony lächelte bei dieser Nachricht. Als er am folgenden Abend das Geschirr abwusch, vernahm er hinter sich eine gutturale Stimme. Er drehte sich um und blickte in das alte Fuchsgesicht des Häuptlings Moongalliti.

»Guten Tag, Koch«, sagte der Alte mit breitem Grinsen, als ob er einen alten Freund begrüße.

»Guten Tag«, erwiderte Bony, ohne sich in seiner Arbeit stören zu lassen.

»Alf – er nach Mount Lion nach Schnaps?« wurde freundlich gefragt.

»Erraten. Er ist bestimmt schon bis zum Hals voll Whisky.«

Moongalliti lachte herzlich und setzte sich auf die Türschwelle. »Du der neue Koch, wie?«

»Ja.«

»Du geben Essen, wie?«

»Vielleicht.«

»Du kommen weit her? Du nicht aus Windee.«

»Nein. Ich komme aus Nordqueensland.«

»Ah! Nordqueensland – weiter Weg, wie? Was dein Totem?«

Auf diese Frage hatte Bony gewartet. Von Sergeant Morris wußte er, daß das Totem dieser Leute der Emu war. Und um verwandtschaftliche Gefühle zu erregen, antwortete er:

»Mein Totem ist der Emu. Meine schwarze Mutter hat das Emutotem.«

Moongalliti strahlte und musterte Bony mit frischem Interesse.

»Gut!« rief er begeistert. Dann sagte er etwas in seinem Eingeborenendialekt, was Bony nicht verstand. Daraufhin beschimpfte ihn der Inspektor mit einem Eingeborenendialekt, von dem Moongalliti wiederum kein Wort verstand. Sofort fiel der Alte wieder in sein Pidgin-Englisch zurück.

»Du junger Bursch – gemacht Mann?« fragte er betont gleichgültig.

Auch diese Frage hatte Bony erwartet. Er legte Teller und Geschirrtuch beiseite, nahm die Schürze ab und zog sein Hemd über den Kopf. Zufrieden betrachtete der alte Moongalliti die Narben auf Bonys Brust, die der scharfe Flintstein geritzt hatte.

»Du in Ordnung, wie?«

Bony drehte sich um und zeigte Moongalliti den Rücken. Hier war ein Viereck eingeschnitten, in dem sich ein Kreis befand. Der Häuptling trat näher, um sich die Tätowierung ganz genau anzusehen. »Oh!« sagte er schließlich mit einem Seufzer. »Du großer Häuptling, Nordqueensland, wie?«

Bony wandte sich um, streifte das Hemd über und nickte. Moongallitis Haltung drückte jetzt geradezu Ehrerbietung aus. Er hatte erwartet, daß Bony an den Mannbarkeitsriten teilgenommen hatte, aber er war erstaunt, in ihm einen Führer zu finden.

Bony war zufrieden, daß der Alte dieses Zeichen sofort erkannt hatte. Das würde vieles leichter machen.

Moongalliti verließ ihn schließlich mit so vielen Speiseresten, wie er nur tragen konnte. Bony blickte ihm nach, wie er den Bach überquerte, wo er von einer weißhaarigen Alten und einer jungen Eingeborenen erwartet wurde. Die junge Frau hinkte stark. Mit einer fürstlichen Geste überreichte Moongalliti den beiden Frauen die Last und stolzierte vor ihnen her. In Zukunft würden die Frauen nach Essen betteln kommen. Das erste Mal war der Häuptling selbst gekommen, um sich den neuen Koch einmal anzusehen.

Jeden Morgen kamen zwei junge Eingeborenenfrauen auf ihrem Weg zum Herrenhaus, wo sie arbeiteten, an der Küche vorbei. Sie warfen Bony neugierige, aber scheue Blicke zu. Da der Inspektor sicher war, daß sie von ihren Stammesgenossen überwacht wurden, machte er keine Annäherungsversuche. Nach dem Abendbrot, wenn er in der Küche das Geschirr abwusch, kamen zwei, manchmal auch drei der ältesten Frauen und bettelten Speisereste. Ihnen gegenüber verhielt Bony sich besonders freundlich.

Einigen der jungen Eingeborenenmänner bot Jeff Stanton Arbeit zum gleichen Lohn, wie ihn die Weißen bekamen, aber sie lehnten ab. Sie wollten vor dem Corroboree, dem großen Fest, keine Verpflichtungen eingehen. Die Farmarbeiter hatten schon bald herausbekommen, daß Moongallitis Stamm aus dreiundvierzig Erwachsenen, unter ihnen achtzehn Frauen, und einer unbekannten Anzahl Kinder jeglichen Alters bestand. Besonders Jack Withers, der schielende Viehhüter, interessierte sich auffallend für die Schwarzen, und die anderen zogen ihn damit auf, daß er eines Tages bestimmt ein ›Combo‹ – ein weißer Mann mit einer Eingeborenenfrau – sein würde.

Von Jack Withers konnte Bony vieles über die Eingeborenen erfahren, was er sonst in Gesprächen mit Moongalliti hätte herausfinden müssen. Und im Augenblick wollte Bony bei dem schwarzen Gentleman noch unbedingt den Eindruck erwecken, als sei er an ihm und seinen Leuten völlig desinteressiert.

Täglich trafen jetzt fremde Eingeborene und auch Mischlinge ein. Es seien, so erklärte Withers, Stammesangehörige und Verwandte, die von den benachbarten Farmen kämen. Sie hätten bei ihrer Arbeit auf den Weideplätzen Zeichen gefunden, die den Corroboree ankündigten, und prompt ihren Lohn gefordert und ihre Arbeitsplätze verlassen. Manche kamen mit Karren, andere mit dem Pferd, einer sogar auf einem funkelnagelneuen Fahrrad.

Die meisten dieser Ankömmlinge waren Jünglinge. Sie wußten, was ihnen bevorstand, auch den Weißen war es kein Geheimnis. Von Moongalliti und den erwachsenen Stammesangehörigen würden sie auf die Jagd geschickt werden. An einem sechs Meter hohen Felsbrocken würde man sich treffen, und dann würde jeder einzelne von ihnen plötzlich von seinen Stammesangehörigen überwältigt und zu Boden geworfen werden, während Moongalliti persönlich den rasiermesserscharfen Stein ansetzte. In die Wunde wurde dann ein Gemisch aus Lehm und Heilkräutern geschmiert und alte Lumpen darübergebunden. Der Jüngling war in dieser Stunde zum Mann geworden, und man brachte ihn in ein Außenlager, bis seine Wunden verheilt waren. Zurück blieben nur die tiefen Narben, die Kennzeichen seiner Manneswürde.

Es dauerte einige Tage, bis alle Jünglinge die Mannbarkeitsprobe bestanden hatten. Von allen männlichen Stammesangehörigen wurden sie dann im Triumphzug in das Lager zurückgeführt. Die Frauen jubelten ihnen zu, und die Kinder betrachteten sie mit neidvollen Blicken. Wenn sie dann um das Lagerfeuer herumsaßen, mußten sie sich wie Helden vorkommen – vielleicht sogar mit Recht, wenn man an Moongallitis Messer dachte.

Anschließend konnte das große Fest beginnen – das Corroboree.

Jack Withers berichtete, daß bei den Eingeborenen rege Betriebsamkeit herrsche. Bony bemerkte es auch daran, daß jeden Abend jetzt fünf, manchmal sogar noch mehr Frauen zum Betteln kamen. Eine besonders Fette und Häßliche, die nicht verheiratet war, warf Bony schöne Blicke zu. Bony war skrupellos genug, auf dieses Spiel einzugehen. Zusätzlich zu ihrer Portion Speisereste schenkte er ihr noch Pfirsichpudding, und einmal sogar eine große Menge selbstgemachter Toffees.

Nachdem die anderen schon gegangen waren, lungerte sie noch herum und half ihm beim Aufräumen. Stück für Stück entlockte ihr Bony die Informationen, die er haben wollte, ohne sie jedoch mißtrauisch zu machen.

Runta wußte nicht alles, aber doch genug, um Bonys Verdacht zu bestätigen. Ludbi, der Häuptlingssohn, war an dem betreffenden Tag auf der Jagd gewesen, erfuhr Bony. Er befand sich gerade nördlich der Weggabelung, als er einen Wagen aus Richtung Windee kommen hörte. Der Wagen hielt an und fuhr dann weiter, und plötzlich sah Ludbi ihn durch den Busch kommen. Auf den Vordersitzen saßen zwei Männer, die miteinander kämpften.

Runta erzählte weiter, Ludbi habe gesehen, wie der eine der Männer getötet wurde. Aber sie wußte nicht, von wem, und auch nicht, was dann später geschah. Ludbi habe eine lange, vertrauliche Unterredung mit Moongalliti gehabt, und dieser habe jeden mit dem spitzen Knochen bedroht, der auch nur ein Sterbenswörtchen von dem verriet, was Ludbi beobachtet hatte.

Die arme Runta war sich nicht darüber klar, daß sie gegen das Verbot des alten Häuptlings verstoßen hatte. Die Drohung mit dem spitzen Knochen war gleichbedeutend mit dem Tode, und wenn sie weniger beschränkt gewesen wäre, hätte sie sich gehütet, Bony auch nur ein Wort zu sagen. Bony fand jedenfalls die Bestätigung für seine Überzeugung, daß Marks ermordet worden war, aber er hatte nach wie vor keine Ahnung, wer der Mörder war. Dank Runtas Geschwätzigkeit wußte er jetzt, daß der Mörder ein weißer Mann war, wie ja auch das Zeichen mit dem Schafsknochen bereits hatte vermuten lassen.

Das aber machte die Geschichte höchstens noch verworrener. Wenn ein weißer Mann einen anderen weißen Mann umgebracht hatte – was ging das die Schwarzen an? Warum versagten plötzlich Moongallitis überragende Fähigkeiten als Spurenfinder? Warum bedrohte er jedes Mitglied seines Stammes mit dem spitzen Knochen, wenn er etwas über Ludbis Beobachtung ausplaudern würde? Was hatten die Eingeborenen mit einer Affäre zu tun, die ganz offensichtlich nur Weiße betraf?

Bony war in seinem Element. Er lächelte Runta zu und knuffte sie wohlwollend in die fettgepolsterten Rippen.

Eines Nachmittags sah er Moongalliti und eine Anzahl seiner Männer mit Jeff Stanton verhandeln. Anschließend nahmen die Schwarzen einen Handwagen vom Gut und fuhren zum Lagerraum hinüber. Auf dem Rückweg kamen sie auch an der Küche vorbei und luden zwei Säcke Mehl und eine Kiste Marmelade auf. Bony wußte jetzt, daß das Corroboree am nächsten Tag stattfinden würde.

Am Tage des großen Festes wimmelte eine Traube Eingeborenenkinder im Schatten eines großen, alleinstehenden Buchsbaumes. Die älteren Jungen saßen in den Zweigen, und die jüngeren Kinder hockten zu ihren Füßen und schrien fortwährend hinauf.

Die Jungen oben im Baum hatten einen ausgezeichneten Blick über die weite Ebene. Im Nordosten sahen sie ein Dutzend dünner Staubfahnen, die langsam näher kamen.

Plötzlich rief einer der Jungen etwas, und die Kinder verhielten sich mäuschenstill. Die Staubfahnen in der Ebene verwehten ostwärts. Der Staub stammte nicht von einem Wirbelsturm, auch nicht von einer Viehherde – menschliche Füße wirbelten ihn auf. Eine Kolonne Eingeborener marschierte geradewegs auf den alleinstehenden Baum zu.

Um fünf Uhr baute sich Moongalliti mit seinen Kriegern am Rande der Ebene auf, um den Nachbarstamm zu begrüßen. Frauen und Kinder standen in gebührendem Abstand hinter ihnen. Die fremden Eingeborenen kamen langsam, offensichtlich erschöpft, näher, aber auf ihren Gesichtern spiegelte sich freudige Erregung. Der Stamm war ungefähr ebenso stark wie der Moongallitis. Der Häuptling schritt voran, hinter ihm seine Krieger mit Speeren und Keulen, und schließlich die Frauen, die wie Maulesel bepackt waren und ihre Habseligkeiten zusammen mit denen ihrer Gebieter schleppten.

Fünfzig Meter vor Moongallitis Stamm hielten sie an, und der fremde Häuptling, er hieß Mertee, trat waffenlos vor, um Moongalliti, der ebenfalls ohne Waffen auf ihn zukam, zu begrüßen.

Sie redeten in einem unverständlichen Kauderwelsch aufeinander ein, umarmten sich und tanzten grunzend auf ihren spindeldürren Beinen.

Bony lungerte mit einigen der Männer in der Nähe und beobachtete das große Ereignis. Das Essen war heute um eine Stunde verschoben worden. Jeff Stanton und Marion saßen etwas abseits in ihrem großen Wagen. Nachdem sich die beiden Häuptlinge ungefähr fünf Minuten lang umarmt hatten, marschierten sie auf Moongallitis Leute zu, während Mertees Stamm in wildem Durcheinander folgte.

Unter Schreien und Gelächter vermischten sich die beiden Stämme. Die Kinder musterten sich abschätzend und überlegten, ob sie sich verprügeln oder anfreunden sollten. Endlich setzte sich die durcheinanderquirlende Menge zu den Lagerfeuern hin in Bewegung.

In einiger Entfernung vom Feuer war die Festtafel errichtet. Sie bestand aus zurechtgeschnittenen Baumrinden und plattgeschlagenen Benzinkanistern. Pfannen und Siebe hatte man sich vom Abfallhaufen des Gutes zusammengesucht. Jeff Stantons Mehl war einfach mit Wasser angefeuchtet und aus diesem Teig ein fliesengleicher Kuchen gebacken worden, der vermutlich auch so hart wie Steinfliesen war. Känguruhteile, Innereien von Hammeln, Leguane, wilde Yamswurzeln aus dem Busch, riesige Emubeine – alles war kochend heiß um die Kuchenfladen aufgetürmt.

Um die Tafel herum saßen die Krieger mit gekreuzten Beinen. Hinter jedem von ihnen kauerte seine Frau oder seine Frauen, und dahinter die Kinder. Die Witwen und Jungfern – von denen es bemerkenswert wenig gab – hockten sich neben ihre glücklicheren Schwestern – sie, die mit niemandem die Liebe, aber auch nicht die Schläge ihres Gebieters teilen mußten.

Kein Protokollchef war anwesend, und man hielt sich nicht mit Höflichkeitsfloskeln auf. Jeder Krieger nahm sich von dem reichhaltigen Mahl das, worauf er Appetit hatte, und die hinter ihm Sitzenden lauschten ungeduldig seinem lauten Schmatzen. Schließlich reichte er die Knochen, an denen noch große Fleischstücke hingen, nach hinten weiter, worauf die Frauen entzückte Schreie ausstießen, in die auch die Kinder mit einstimmten. Auch die unzähligen Hunde – in allen Arten und in jeder Größe waren sie vertreten und bildeten den äußeren Kreis der Festversammlung – vollführten mit Heulen und Bellen einen Höllenlärm.

Die Witwen und Jungfern kamen nicht besonders gut weg, da sie sich ihren Anteil mit Gewalt aus den Händen der verheirateten Frauen nehmen mußten, die ja auch noch ihre Kinder satt bekommen wollten.

An der Tafel der Häuptlinge ging es etwas gesitteter zu. Auf eine große Platte gehäuft lagen Bonys Brot, zwei Hammelkeulen, ein Berg weißer Raupen, zwei kleinere Häufchen dickgeschwollener Honigameisen, Yamswurzeln und schließlich ein mächtiger, fast zwei Meter langer Leguan. Die Familien der Häuptlinge saßen ehrerbietig hinter ihren Gebietern.

Einer nach dem anderen streckten sich die Krieger gesättigt und wohlig seufzend aus. Einer nach dem anderen zündete seine übel stinkende Pfeife oder eine primitiv gedrehte Zigarette an, und die Überbleibsel des Festessens – es war noch mehr als genug vorhanden – wanderten nach hinten zu den Frauen, die laut schmatzend darüber herfielen. Als die Frauen satt waren, zündeten sie sich ebenfalls ihre Pfeife oder eine Zigarette an, und eine Weile später legten sich auch die Kinder gesättigt und müde zur Seite. Und während alle erschöpft von den Anstrengungen des Festessens schliefen, balgten sich zwischen ihnen die Hunde um die Knochen und die letzten Reste.

An diesem Abend kam keine der Eingeborenenfrauen zu Bony, um Essen und ›Tabaki‹ zu erbetteln. Sogar Runta blieb aus. Seufzend saß Bony auf einem leeren Benzinkanister neben der Küchentür und rauchte ungezählte Zigaretten.

Er seufzte nicht, weil Runta an diesem Abend nicht gekommen war. Das schwarze Blut in seinen Adern machte ihn schwermütig.

In dieser Nacht aber hatte das Schicksal ein Pflaster für seine schmerzende Wunde. Er schlief noch nicht, als seine Zimmertür aufging und die fast nackte Gestalt Moongallitis erschien.

»Gut Tag, Bony!« rief er fröhlich. »Gib Tabaki!«

Der Inspektor legte das Buch, in dem er gelesen hatte, beseite und öffnete die Tabakdose. Sie war nur noch halbvoll, und er gab sie dem alten Häuptling. Dann holte er sich eine neue Dose. Er war sehr neugierig, was dieser späte Besuch zu bedeuten hatte.

»Mein Freund Mertee«, murmelte Moongalliti, und da stand der fremde Häuptling auch schon neben ihm. Eine Weile musterten sich die drei Männer schweigend, dann sagte Moongalliti:

»Mertee, er mich nennt Lügner. Du laß sehen Zeichen, Bony.«

Bony verstand, zog sein Hemd aus und ließ seine Brustnarben besichtigen. Mertee brummte, offensichtlich zufriedengestellt. Dann drehte er sich zu Bony um, und nach langen Sekunden tiefen Schweigens rief Moongalliti triumphierend:

»Nun, Lügner, wie?«

Mertee brummte erneut. Bony streifte sein Hemd wieder über und setzte sich auf das Bett. Moongalliti schob sich eine Portion Tabak in den Mund und begann zu kauen. Nachdem Mertee lange genug auf die Tabakdose gestiert hatte, erhielt auch er seinen Teil.

»Was du sagen, Bony?« meinte Moongalliti schließlich. Dann zeigte er auf sich, auf Mertee und zum Schluß auf Bony. »Wir alle gleich – wir Häuptlinge. Du mitkommen zu großen Stein? Du zurück bei Sonnenaufgang. Wir wollen machen Ludbi, Wam und Quinambi wie uns.«

Bony lächelte, und seine Augen glänzten. Warum nicht? Warum sollte er nicht einmal wieder für eine Stunde das Leben seiner schwarzen Vorfahren führen?

Immer noch lächelnd ging er mit ihnen. Der Mond stand fast im Zenit. Im Lager gesellten sich die drei jungen Männer, die in dieser Nacht zu Häuptlingen gemacht werden sollten, zu ihnen. Schweigend marschierten sie eine halbe Meile weit am trockenen Bachbett entlang. Dann ging es noch eine halbe Meile über die Ebene, bis sie den großen Stein erreicht hatten.

Die Zeremonie, die nun folgte, kann nicht geschildert werden. Kein weißer Mann hat sie je gesehen, und kein Schwarzer würde je darüber sprechen. Aber am nächsten Morgen trugen die drei jungen Krieger ein Pflaster aus Lehm und Heilkräutern auf ihrem Rücken.

Bony servierte seinen Männern das Frühstück wie immer. Er war sorgfältig rasiert und frohgelaunt. Es wurde ein Tag voll tiefen Friedens. Die Eingeborenen lagen vollgestopft und faul im Schatten, und selbst die Hunde bellten nur, wenn im Traum ihr Magendrücken zu groß wurde.

Mitternacht war längst vorüber, als im Lager der Eingeborenen der Aufruhr losbrach. Bony wurde durch den Lärm geweckt und lächelte. Gewiß hatte man einen jungen Krieger in flagranti mit der Frau eines anderen erwischt, der obendrein nicht zu seinem Stamm gehörte.

10

Während der Nacht ging der Lärm im Lager der Eingeborenen sporadisch weiter. Als die Morgendämmerung anbrach, machte sich Bony zusammen mit Jack Withers, der ebenfalls starkes Interesse an den Vorgängen zeigte, auf den Weg. Die beiden Stämme standen sich an den Bachufern gegenüber, Frauen und Kinder hinter den Männern. Die Frauen stießen schrille Schreie aus, während sich die Männer in ihrer gutturalen Sprache Drohungen zuriefen.

»Ich möchte nur wissen, was in die Kerle gefahren ist!« meinte Withers kopfschüttelnd.

»Frauen! Fast immer sind Frauen der Grund für diese Streitereien«, erwiderte Bony. »Für neunzig Prozent aller Morde und Schlägereien sind Frauen die Ursache – unsere liebenswerten, friedlichen Frauen.«

»Ich glaube, du hast recht.« Withers schien die Angelegenheit noch nie von diesem Gesichtspunkt aus betrachtet zu haben. »Der alte Moongalliti scheint ja mächtig wütend zu sein, und Mertee sieht auch nicht gerade fröhlich aus.«

Die Häuptlinge standen vor ihren Leuten. Moongalliti trug nur den Lendenschurz, in der Linken hielt er die schwere Kriegskeule, in der Rechten vier hölzerne Speere mit stahlharter, nadelgleicher Spitze.

Mertee trug die gleichen Waffen, und die Krieger, die hinter ihren Häuptlingen standen, hatten ebenfalls Speere und Keulen. Aber nur Moongalliti schien ernstlich wütend zu sein, die Gesichter der übrigen Männer wirkten lediglich mürrisch. Sie schienen den Frieden der Ehre vorziehen zu wollen, und offensichtlich bedauerten sie den versäumten Schlaf der vergangenen Nacht.

Moongalliti stolzierte vor seinen Leuten auf und ab, dabei ließ er den Blick nicht eine Sekunde von Mertee. Aus seinem Mund quollen die unflätigsten Beschimpfungen.

»Ob der andere sich das alles gefallen läßt?« meinte Withers.

»Es wird mit einer gewaltigen Schlägerei enden«, erwiderte Bony.

»Na hoffentlich. Ich habe seit Jahren keine ordentliche Keilerei mehr gesehen.«

»Ich auch nicht«, meinte Bony. »In wenigen Minuten werden die Speere hin und her fliegen. Am besten klettern wir auf diesen Baum, dann haben wir einen besseren Überblick.«

»Großartige Idee!« Dreißig Sekunden später saßen die beiden Männer nebeneinander auf einem Ast.

Das Blut seiner Vorfahren ließ Bony alles um sich herum vergessen. Er dachte nicht mehr an seine Pflichten als Koch, er vergaß, den Männern das Frühstück zu servieren, er genoß lediglich das Schauspiel, das sich ihm bot.

»Da, Bony! Mertee wird langsam warm!«

»Kein Wunder! Kein Eingeborener, der auch nur einen Funken Ehrgefühl hat, wird sich Moongallitis Beschimpfungen gefallen lassen.«

Moongalliti glitt plötzlich das steile Ufer hinab in das trockene, sandige Bachbett, das an dieser Stelle ungefähr fünfundzwanzig Meter breit war. Er warf die Keule weg und nahm alle Speere, bis auf einen, in die linke Hand. Vor seinem Mund stand Schaum, und sein Gesicht war leidenschaftlich verzerrt. Sein narbenbedeckter Körper zitterte, während er Mertee weitere Schmähungen entgegenschleuderte.

»Ah!« Withers seufzte zufrieden, als Mertee mit einem schrillen Schrei ebenfalls in das Bachbett sprang, so daß sich die beiden Widersacher jetzt in etwa zwanzig Meter Entfernung gegenüberstanden.

Blitzschnell flog Moongallitis Arm zurück, der Speer lag horizontal und flog in der nächsten Sekunde mit tödlicher Genauigkeit auf Mertee zu.

»Er hat ihn erwischt!« schrie Withers aufgeregt.

»Nein!« rief Bony, nicht minder aufgeregt.

Den beiden Beobachtern mußte es scheinen, als habe der Speer sein Ziel getroffen, aber Mertee war im allerletzten Augenblick so graziös zur Seite geglitten, daß im Vergleich zu ihm jeder spanische Torero plump wie eine Schildkröte wirken mußte. Der Speer war hinter ihm aufgetroffen und im Sand weitergeschlittert.

Mertee benützte als Wurfholz ein sorgsam ausbalanciertes elastisches flaches Holzstück mit einer Höhlung an der einen Seite, in die der Schaft des Speeres gesteckt wurde. In hohem Bogen schnellte der Speer davon. Er stieg viel höher als der Moongallitis, und stürzte dann steil auf den feindlichen Häuptling herab. Aber der Alte trat zur Seite, und der Speer blieb federnd dicht hinter seinem Rücken im Boden stecken.

»Mensch, Bony, ist das aufregend!« stieß Withers aus.

»Warte nur ab, es wird noch viel aufregender.«

Abermals warfen die beiden Kampfhähne ihre Speere, und wieder sprangen sie zur Seite. Ein drittes und ein viertes Mal wurden die Speere gewechselt, ohne daß einer der beiden getroffen wurde. Aber nun offenbarte sich Moongallitis Schlauheit. Als keiner der beiden mehr einen Speer zur Verfügung hatte, mußte Mertee zurücklaufen, um die flach am Boden liegenden Speere seines Gegners aufzulesen. Seine eigenen steckten dicht hinter Moongalliti im Boden, so daß sich der Alte nur umzuwenden und sie herauszuziehen brauchte. Nicht umsonst hatte der weißhaarige Häuptling schon viele hundert Kämpfe siegreich bestanden.

Er griff nach hinten und riß zwei von Mertees Speeren aus dem Boden, dann rannte er hinter seinem Widersacher her, der sich gerade bückte, um einen Speer aufzuheben. Moongalliti blieb stehen und warf. Mertee packte den ersehnten Speer und sprang zur Seite, aber da steckte Moongallitis Wurfgeschoß bereits in seinem linken Schenkel.

Die Krieger brüllten, die Frauen heulten, die Kinder auf beiden Seiten schrien sich grobe Beschimpfungen zu.

Withers klatschte vor Begeisterung in die Hände und wäre um ein Haar vom Baum gefallen.

In diesem Höllenlärm ging sogar das wütende Gebell der Hunde unter. Moongalliti stand einen Augenblick wie betäubt da, und Mertee tanzte auf seinem rechten Bein und hielt mit beiden Händen den Speer, der aus seinem linken Oberschenkel ragte. Er brüllte, aber wohl mehr aus Wut als vor Schmerz. Plötzlich hatte er den Speer aus seinem Bein gezogen, bückte sich – immer noch brüllend – nach seiner Keule und stürmte auf Moongalliti zu. Der machte rasch kehrt, um seine Keule aufzuheben.

»Nur zu, immer feste!« rief Withers, als die Krieger auf beiden Seiten hinab in das Bachbett sprangen. Speere schwirrten durch die Luft, und die Männer brüllten wild durcheinander.

Jetzt rutschten die Frauen ebenfalls das steile Ufer hinab. Unbeeindruckt von der Gefahr, in der sie schwebten, lasen sie die niederprasselnden Speere vom Boden auf und zerbrachen sie.

Bony und Withers sahen, wie einer der jungen Männer, er trug ein Lehmpflaster auf dem Rücken, mit einem Speer in der Brust zusammenbrach. Ein anderer, den von hinten ein Keulenschlag traf, kippte um wie ein gefällter Baum. Dann wurde es schwer, Einzelheiten zu erkennen. Die Männer bildeten einen wirren Knäuel, während die Frauen immer wieder versuchten, sie auseinanderzuzerren.

Reglos saßen Bony und Withers auf ihrem Ast und beobachteten den unbeschreiblichen Tumult. Plötzlich knallte unmittelbar unter ihnen eine Zwillingsbüchse. Vor Schreck wären sie beinahe von ihrem luftigen Sitz gefallen.

Die Wirkung der beiden Schüsse war erstaunlich. Urplötzlich herrschte Totenstille, niemand bewegte sich. Man hatte den Eindruck, einen Film zu sehen, der plötzlich stillstand. Aber dann, als zwei weitere Schüsse fielen, kam Leben in die wie erstarrt dastehenden Eingeborenen. Mit einem einzigen Angstschrei hasteten sie das ausgetrocknete Bachbett entlang.

Mertee humpelte mannhaft hinter seinen blitzschnell in einem Gehölz verschwindenden Leuten her. Die Einheimischen aber stürmten kopfüber auf ihr Lager zu. Moongalliti bildete zusammen mit Noonee, seiner ersten Frau, die so alt war wie er, aber sechsmal so schwer, die Nachhut.

»Na, dann wollen wir mal nach den Opfern sehen«, meinte Withers und kletterte vom Baum. Bony folgte ihm. Am Bachufer trafen sie mit Jeff Stanton zusammen.

»Zum Teufel, warum habt ihr sie nicht abgehalten!« fauchte Jeff sie an.

»Abgehalten?« meinte Withers erstaunt. »Warum sollten wir

denn? Und wenn mir jemand einen Hunderter dafür in die Hand gedrückt hätte, würde ich sie nicht abgehalten haben. So was bekommt man doch nur einmal im Leben zu sehen.«

»Na, dann freut es mich, wenn du dich schön amüsiert hast!« sagte Jeff mit beißendem Sarkasmus. »Jetzt kümmern wir uns wohl besser um die Toten.«

Stanton, Bony und Withers erreichten gleichzeitig mit den anderen inzwischen von der Farm herübergekommenen Arbeitern die Kampfstätte. In diesem Augenblick richtete sich einer der ›Toten‹ auf, blickte sich verdutzt um und sprang mit einem Entsetzensschrei davon. Mit der Schnelligkeit eines Eichhörnchens war er im Busch verschwunden.

Der junge Mann, den der Speer in die Brust getroffen hatte, war tot. Es war Ludbi, Moongallitis Sohn. Ein dritter, der auf dem Boden lag, lebte noch. Er war wohl nur von einem Keulenschlag betäubt.

»Es ist ihm also ins eigene Auge gegangen«, murmelte Bony. »Der Alte hat unbedingt kämpfen wollen, obwohl die anderen keine Lust hatten. Und der einzige Tote ist sein Sohn, den er über alles geliebt hat.«

»Nanu, was ist denn das?«

Den Bach herauf kam eine Schar Frauen, angeführt von Noonee und Moongalliti. Der alte Mann ging aufrecht wie ein Soldat, den Kopf zurückgeworfen, sein weißer Bart war blutig von einer Wunde im Gesicht. Stanton und seine Leute zogen sich zurück. Moongalliti kam heran und blickte schweigend in das Gesicht seines toten Sohnes. Seine Lippen zuckten. Die Frauen warfen die Arme in die Luft und begannen zu wehklagen. Noonee, Ludbis Mutter, warf sich schluchzend über den Toten.

Und Moongalliti, immer noch aufrecht mit stolzerhobenem Kopf, die Arme steif herabhängend, wandte sich nach Osten. Er schwieg. In seinem völlig unbewegten Gesicht zuckten nur die Lippen.

Bony berührte seine Schulter. Der alte Mann wandte sich langsam um.

»Moongalliti«, sagte Bony leise. »Ludbi ist als Mann gestorben.

Der Mond war Zeuge in der vergangenen Nacht, daß dein Sohn ein Held war.«

Bony hob den rechten Arm.

Langsam fuhr auch der rechte Arm des alten Mannes in die Höhe, und das harte Gesicht wurde plötzlich weich, während dicke Tränen über seine zerschundenen Wangen liefen.

Sergeant Morris traf am Nachmittag ein, nachdem er von Jeff Stanton über den tragischen Ausgang des Corroboree unterrichtet worden war. Marion hatte ihm auf der Veranda Tee und Kuchen serviert, und gegen vier Uhr kam er in die Küche spaziert. Bony bereitete gerade das Abendessen vor. Weder er noch der Sergeant sprachen ein Wort, bis sie sich vergewissert hatten, daß niemand in der Nähe war.

»Guten Tag, Bony«, sagte der Sergeant. »Na, beim Brutzeln?«

»Ich werde heilfroh sein, wenn Jeff endlich einen Koch auftreibt. Mir hängt das schon zum Hals heraus.«

»Aber Ihre Pflicht als Küchenchef hat Sie nicht davon abhalten können, heute morgen bei der Eingeborenenschlacht zuzuschauen, so hörte ich wenigstens.«

»Der Mensch ist von Natur grausam«, meinte Bony seufzend. »Ehrlich gesagt – ich fand es direkt aufregend.«

»Hm.« Morris' Gesicht verriet deutlich, daß er damit nicht einverstanden war. »Sie sind also Zeuge gewesen, und darum möchte ich Ihren Bericht hören.«

»Wenn ich mich nicht irre, haben Sie bereits mit Jack Withers gesprochen«, erwiderte Bony sanft.

»Ganz recht. Seine Aussage habe ich bereits.«

»Also, mein lieber Morris – warum wollen Sie dann mir noch die Zeit stehlen?«

»Ich brauche Ihre Aussage. Sie muß mit der von Withers übereinstimmen. Anscheinend sind Sie die einzigen Augenzeugen.«

»Schicken Sie mir also eine Kopie von Withers Aussage, und ich unterschreibe sie als meine eigene. Ich weiß, Sie sind ein alter, erfahrener Beamter, Morris, aber ich finde, Sie kleben etwas zu sehr an den Paragraphen. Ludbis Tod ist das Resultat einer Stammesfehde, also kein Mord. Und darum geht uns die ganze Geschichte nichts an. Haben Sie den Bericht über Marks?«

»Ja. Wie stehen die Ermittlungen?«

»Sie verlaufen planmäßig. Langsam, aber sicher nähert sich der Fall seinem Abschluß.«

»Und Sie glauben immer noch, daß es sich um Mord handelt?«

»Ich glaube es nicht nur – jetzt weiß ich es sogar.«

»Sie wissen es? Und wer ist der Täter?«

Bony lächelte herausfordernd. »Bis jetzt kenne ich ihn nicht. Und wenn ich ihn kenne, wird es schwer sein, ihn zu überführen.«

»Warum?«

»Das will ich Ihnen erklären.« Bony rollte den Teig für eine Fleischpastete aus. »Weil wir höchstwahrscheinlich die Leiche nicht werden auftreiben können. Ich sagte Ihnen ja schon bei einer früheren Gelegenheit, daß neunundneunzig Prozent aller Mordfälle eine simple Angelegenheit sind, weil die Leiche, oder zumindest Teile davon, am Tatort zurückbleiben. Es sei nichts schwerer, als eine Leiche restlos verschwinden zu lassen – so haben wiederholt Leute von großer Intelligenz behauptet. Eine Behauptung, über die ich wirklich nur staunen kann.«

»Wollen Sie damit sagen, daß Sie imstande wären, eine Leiche völlig zu beseitigen?« Morris hob skeptisch die Brauen.

»Mein lieber Freund, auf sechs verschiedene Arten. Nichts einfacher als das.«

»Und wie macht man so was?«

»Wie würden Sie es denn machen, Sergeant?«

»Na schön! Wenn Sie es mir nicht sagen wollen –«

»Wenn ich es Ihnen sagte, würden Sie vielleicht sofort darangehen, Ihre sämtlichen Feinde zu beseitigen.« Bony lachte und schob die inzwischen gefüllte Fleischpastete in den Ofen. Dann legte er Holz nach, lüftete verschiedene Topfdeckel und füllte schließlich zwei Tassen mit Tee.

»Kommen Sie, Sergeant, kosten Sie echten chinesischen Tee.«

»Echten chinesischen?«

»Ja. Er wird in unseren Großstädten von Chinesen hergestellt. Die sammeln in den Hotels und Restaurants die ausgelaugten Teeblätter, trocknen sie zu Hause überm Ofen und verkaufen das

Zeug dann an die Händler, die die Farmen beliefern. Der Profit muß enorm sein. So, und nun bitte den Bericht.«

Morris reichte ihm das Aktenblatt und nippte schweigend an seinem Tee, während Bony las.

Es war der übliche Bericht mit Geburtsdatum, Schulbesuch, beruflichem Werdegang und Teilnahme am Krieg. Als Polizeibeamter hatte Marks-Green zunächst in Wilcannia Dienst gemacht, später in Sydney. Zuletzt hatte er der Gewerbepolizei angehört. Im Krieg hatte er eine Schädelverletzung davongetragen. Es folgten noch Einzelheiten, und Bony drückte seine Zufriedenheit aus, indem er seine Tasse hob und auf das Wohl der tüchtigen Polizei von Neusüdwales trank.

»Der Bericht entspricht also Ihren Erwartungen?« fragte Morris.

»Und ob, Sergeant!« Bony lächelte. »Und als nächstes möchte ich, daß Sie mir noch über eine Reihe anderer Leute derartige Dossiers beschaffen.«

Er stand auf und verließ die Küche. Nach einer Weile kam er zurück. Er hatte einige Briefe, ein Päckchen und einige Bogen Schreibpapier in der Hand.

»Bitte geben Sie diese Briefe und das Päckchen für mich auf«, bat er. »Von hier kann ich ja lediglich an meine Frau schreiben. Und hier sehen Sie eine Liste derjenigen Weißen, die sich am Tage von Marks' Verschwinden im Umkreis von zehn Meilen aufgehalten haben. Alle diese Leute sind die Fische in meinem Netz. Einer davon ist der Hecht im Karpfenteich. Die harmlosen Fische habe ich in der Zwischenzeit ausscheiden können, lediglich sieben bleiben übrig. Ich möchte, daß Sie mir über jeden dieser sieben erschöpfende Informationen bringen. Hier sind die Namen.«

Neugierig betrachtete der Sergeant die Liste. Er las:

Jeff Stanton senior	Ned Swallow
Jeff Stanton junior	Dot
Mr. Roberts	Dash
Jack Withers	

»Aber von den meisten habe ich Ihnen doch bereits alles erzählt«, wandte Morris ein.

»Macht nichts. Schreiben Sie es noch einmal auf. Einer dieser sieben Männer hat Green alias Marks – wir wollen ihn in Zukunft ruhig Marks nennen – getötet und die Leiche allein oder mit Hilfe eines anderen beseitigt. Wenn ich die Vorgeschichte sämtlicher Leute habe, werde ich vielleicht auf jenen Fingerzeig stoßen, der auf den Schuldigen hinweist. Glauben Sie, daß das Präsidium einen alten Freund von mir aus Nordqueensland herüberkommen läßt?«

»Ich weiß nicht. Warum sollte er denn kommen?«

»Nun, bestimmt nicht, damit ich ihm einen Kuß auf die Wange drücken kann«, erwiderte Bony. »Ich möchte ihn mit Moongalliti bekannt machen.«

»Wozu?«

»Weil er sich mit dem Alten bestimmt gut vertragen wird. Ich versuche gewisse Informationen von Moongalliti zu erhalten, aber meine Bemühungen werden wohl erfolglos bleiben. Mein Freund allerdings könnte es schaffen. Er ist ungewöhnlich charmant, obwohl er sich bestimmt seit siebenundsechzig Jahren nicht mehr gewaschen haben dürfte – so alt ist er nämlich. Ich möchte, daß Sie das Präsidium in Sydney beauftragen, jemanden nach Burke in Nordqueensland zu schicken. Der Beamte soll sich dort mit einem Stamm in Verbindung setzen, dessen Häuptling Illawalli ist. Diesem Häuptling soll er ausrichten, daß Bony ihn zu sprechen wünsche. Der Mann soll dann auf schnellstem Wege mit Flugzeug, Eisenbahn und Kraftwagen hierhergebracht werden.«

»Ich soll das Präsidium ›beauftragen‹?« rief Sergeant Morris ungläubig.

»Selbstverständlich. Wenn Sie höflich um etwas bitten, wird es nur hinausgezögert. Man stellt Rückfragen – warum und wieso –, na, Sie wissen schon. Nein, Sergeant. Sagen Sie den Leuten im Präsidium, wenn sie meinem Ersuchen nicht unverzüglich nachkämen, würde ich den Fall niederlegen.«

»Geben Sie Ihrem Präsidium öfters Anweisungen?« Sergeant Morris bemühte sich, ruhig zu bleiben. Eine solche Respektlosigkeit war für ihn, dem Disziplin über alles ging, einfach unmöglich.

»Ich habe immer wieder die Erfahrung gemacht, daß man nicht untertänigst um etwas bitten, sondern es fordern muß«, erklärte Bony ungerührt. »Meine Vorgesetzten kennen mich. Und Sie kennen auch meine Ansicht über Zeitverschwendung.«

Der Sergeant brach in lautes Gelächter aus.

»Ich werde Ihren Befehl weiterleiten«, versprach er, und sein Gesicht war dunkelrot vor Heiterkeit.

Ludbis Tod geriet schon bald in Vergessenheit. Die Ermittlungen von Sergeant Morris verliefen im Sande. Niemand konnte sagen, wer den tödlichen Speer geworfen hatte, und das war auch nicht verwunderlich. Bei solchen Eingeborenenschlachten herrschte stets ein Tohuwabohu, so daß sich später beim besten Willen niemand mehr an Einzelheiten erinnern konnte. Und da es sich nicht um vorsätzlichen Mord handelte, wurde die Untersuchung des Falles abgeschlossen.

Als die erste Novemberwoche zu Ende ging, mußte Bony immer noch als Koch fungieren. Runta, die regelmäßig bei Sonnenuntergang betteln kam, begann zu jammern, als Bony ihr die Rückkehr Alfs des Nörglers ankündigte.

»Du mit mir kommen in Lager, Bony«, sagte sie in rührender Einfalt. »Du mich heiraten und nicht mehr arbeiten für Old Jeff. Ich viel Essen für dich besorgen.«

»Oh, nix gut!« versuchte Bony skrupellos den Rückzug anzutreten, wobei er ebenfalls in Pidgin-Englisch verfiel. »Du nicht lieben Bony lange. Bony sehr böse Mann. Er sehr zornig. Er zwei Frauen geschlagen mit Stock, ganz schlimm, daß beide tot.«

»Oh, Bony, du mich verulken!« rief Runta ungläubig.

Feierlich schüttelte Bony den Kopf und tippte sich gegen die Stirn. »Irgendwann jetzt, irgendwann bald Bony böser Mensch. Töten schnell. Teufel hier drin.«

Runta schoß mit einem Schrei zur Tür hinaus. Bony wußte, daß er sie zwar erschreckt hatte, daß sie aber am nächsten Abend bestimmt wiederkommen würde, und er täuschte sich nicht. Er hatte auf sie gewartet und bemerkte sie schon von weitem. Als sie ihren Kopf zur Tür hereinsteckte, erstarrte sie zur Salzsäule.

Bony saß auf dem Boden. Sein Haar war zerwühlt, das Gesicht mit Mehl verschmiert. Vor ihm stand eine aus Teig geformte Puppe, die er mit einem handfesten Knüppel bedrohte.

Und dann plötzlich sah Runta, wie sie selbst aus wilden, verdrehten Augen gemustert wurde, wie ihr Held mit dem Knüppel in der Hand langsam auf sie zukroch. Ganz bestimmt war jetzt der böse Teufel über ihn gekommen. Die arme Runta rannte laut heulend davon.

Von der Tür aus sah Bony ihr nach. Es tat ihm leid, daß er dem armen Wesen einen solchen Schrecken einjagen mußte. Er spielte nicht oft den Don Juan, aber diesmal war es notwendig gewesen. Er hatte von Runta eine wichtige Information erhalten und mit ihrer Hilfe die Freundschaft Moongallitis errungen.

Alf der Nörgler kehrte im Triumph zurück und ergriff wieder Besitz von der Küche. Bony kehrte zu seinen Pferden zurück. Fünf Tage später hatte er ein Pferd so weit zugerichtet, daß er wieder jeden Nachmittag nach der Weggabelung reiten und in seinen Schaffellsandalen umherstreifen konnte.

Bei seinen früheren Erkundungsgängen war ihm eine Stelle aufgefallen, wo man den Kadaver eines Känguruhs verbrannt hatte. Ein Stück verkohltes Holz, ein paar Knochen oder der lange, schwarzverkohlte Schwanz des Tieres verrieten trotz des immer weiterkriechenden Sandes solche Feuerstellen. Die Farmer erteilten die Jagdgenehmigung im allgemeinen nur unter der Bedingung, daß der Kadaver der abgehäuteten Tiere unverzüglich verbrannt wurde. Herumliegendes Aas war ein Brutplatz für Schmeißfliegen, und die Schmeißfliege ist der größte Feind des Schafes.

In dem schon früher von ihm abgesuchten Gebiet hatte Bony bis jetzt die Überreste von rund hundert solchen Feuerstellen gefunden. Sie mochten zwischen acht und zwölf Wochen alt sein. Das bedeutete, daß einige vor Marks' Verschwinden, ein Teil aber erst danach angelegt worden war.

Es war nicht ganz einfach zu schätzen, wie alt die einzelnen Feuerstellen sein mochten, aber Bony schaute sich genau an, wie hoch der Sand war, der in der Zwischenzeit darübergeweht war. Auf diese Weise konnte er das ungefähre Alter der Feuerstellen bestimmen.

Dot und Dash hatten etwa um die Zeit, als Marks verschwand, bei einem Brunnen kampiert, der eine Meile südlich der Weggabelung im sogenannten Südpferch lag. Bony zweifelte nicht, daß sie die Feuerstellen angelegt hatten. Er beschloß, sich später einmal ihren Lagerplatz anzusehen. Zunächst wollte er die Feuerstellen noch einmal unter die Lupe nehmen.

Diese Arbeit kostete ihn die Nachmittage einer reichlichen Woche, und zum Schluß entschloß Bony sich, eine dieser Feuerstellen noch ein drittes Mal und diesmal besonders sorgfältig zu untersuchen. Eines Abends schmuggelte er einen kurzstieligen Spaten und ein feinmaschiges Sieb zu einer Stelle, die ungefähr vierhundert Meter nördlich der Weggabelung lag.

Am folgenden Morgen erschien er unter dem Vorwand, nähere Instruktionen über ein bestimmtes Pferd zu brauchen, zur allgemeinen Arbeitseinteilung. Er konnte sich informieren, daß keiner der Leute im Laufe des Tages in der Nähe der Feuerstelle zu tun haben würde, und so konnte er gegen drei Uhr am Nachmittag mit seiner Arbeit beginnen.

Die Stelle war im Vergleich zu allen anderen bemerkenswert: Hier war ein auffallend großes Feuer entfacht worden. Vielleicht hatte man hier mehrere Kadaver verbrannt, aber andererseits ließ sich die Möglichkeit nicht von der Hand weisen, daß sich zwischen unverbrannten Känguruhknochen noch andere Überreste befanden – Überreste, die Bonys Verdacht bestätigen würden.

Sorgfältig entfernte er den Sand, den der Wind über die Feuerstelle geweht hatte. Dann suchte er die Tierknochen unter dem losen Gemenge aus Sand und Asche hervor. Die Knochen wurden meist vom Feuer nicht zerstört. Als er sie schließlich sortiert hatte, stellte er fest, daß sie von drei Känguruhs stammten.

Außerdem machte er die Feststellung, daß das Holz nicht einfach über die Kadaver geworfen und dann angezündet worden war. Man hatte sich streng an Jeff Stantons Anweisung gehalten und einen Scheiterhaufen errichtet. Stanton verlangte dies, damit das Aas auch wirklich restlos verbrannt wurde.

Jetzt begann Bony mit größter Sorgfalt das Asche-Sand-Gemisch durchzusieben. Was im Sieb zurückblieb, schüttete er auf einen alten Futtersack. Als er damit fertig war, lehnte er sich zufrieden zurück und drehte sich eine Zigarette.

Wer immer Marks getötet haben mochte – er hatte schnellstens die Leiche beseitigen müssen. Ein Scheiterhaufen war noch die bequemste Methode. Hier gab es keine stillgelegten Bergwerke, in die man die Leiche hätte werfen können, und in Windee gab es auch keinen Dampfkessel, in dem man sie hätte verbrennen können. Auf der Farm wurde alles mit Benzin und Dieselöl betrieben.

Natürlich war es möglich, daß der Mörder den Leichnam ganz einfach in einem tiefen Loch vergraben hatte. Der erste Sandsturm würde sämtliche Spuren verwischt haben. Ein Neuling im Busch würde auf jeden Fall so verfahren sein.

Jedoch – keiner der Verdächtigen war ein Neuling im Busch. Jeder von ihnen mußte wissen, daß der erste Sandsturm zwar jede Spur verwischte, daß die nachfolgenden aber unweigerlich die Leiche eines Tages wieder freilegen würden. In diesem Falle war dem Mörder der Strick absolut sicher.

Bony war jedoch überzeugt, daß die Leiche nicht mehr existierte. Ludbi hatte den Mörder gekannt und Moongalliti sein Wissen anvertraut. Der Mörder war den Eingeborenen ausgeliefert, und sie würden ihn zu erpressen versuchen – wenn sie konnten. Zunächst vielleicht mit einem Pfund Tee, aber dann würden ihre Ansprüche immer höher werden. Der Australneger war ein Meister in der Kunst der Erpressung, wenn man ihm eine Chance bot. Aber keiner der Eingeborenen schien im Besitz irgendwelcher Kinkerlitzchen zu sein, von denen jeder Schwarze träumt. Es war auch kein Weißer von Windee fortgegangen, um sich etwa auf diese Weise den Erpressungen zu entziehen. Folglich schien es auch gar keine Erpressungen zu geben, und darum war Bony überzeugt, daß die Leiche nicht mehr existierte.

Er drückte seine Zigarette aus und steckte den Stummel in die Tasche. Dann zog er den Sack zu sich heran und besah sich das Resultat seiner mühseligen Arbeit. Es war wenig ermutigend – Holzkohlen, ein paar verkohlte Pelzstückchen und fünf kleine Knochen, die er als Handknöchel erkannte. Da das Känguruh aber zwei Hände besitzt, die in Form und Größe der menschlichen Hand sehr ähnlich sind, gelangte Bony zu dem Schluß, daß er diesen Fund nicht verwerten konnte. Um jedoch sicherzugehen, wollte er die Knochen an die Kriminaltechnische Untersuchungsstelle einsenden.

Das im Sieb zurückbleibende Häufchen verringerte sich zusehends, aber trotzdem bestand noch die Möglichkeit, daß Bony etwas fand, was seine Vermutung bestätigte. Beispielsweise hatte

Marks ein paar Goldzähne besessen. Endlich fand er geschmolzenes Metall. Es war zu unregelmäßigen flachen Plättchen zerlaufen, und Bony stellte enttäuscht fest, daß es Blei war. Er fand drei solcher Plättchen, und er wußte sofort, daß es sich um die Geschosse handelte, mit denen man die Känguruhs getötet hatte. Dot mußte also die Tiere geschossen haben, denn er benützte eine Winchesterbüchse Kaliber 44 mit Bleigeschossen, während Dash eine Savage Kaliber 22 mit vernickelten Kappengeschossen verwendete.

Verbissen setzte Bony seine Arbeit fort, obwohl er jetzt das Gefühl hatte, nur seine Zeit zu vergeuden. Plötzlich stieß er auf einen winzigen verrußten Schuhnagel. Er war nicht einmal einen Zentimeter lang. Hastig durchsuchte er den Rest des Abfalls, aber er fand nichts mehr, was von Bedeutung hätte sein können. Der ganze Lohn dieses anstrengenden Nachmittags war also ein winziger Nagel.

Trotzdem war Bony jetzt felsenfest überzeugt, daß an dieser Stelle nicht nur die drei Känguruhs verbrannt worden waren.

11

Als die erste große Hitzewelle des Sommers einsetzte, befanden sich Dot und Dash bei Carrs Tank, ungefähr zweiundzwanzig Meilen südlich der Range Hut am Westhang der Hügelkette. Der Tank war ein großes, viereckiges Bassin, das man durch Aushebung von dreißigtausend Kubikmeter Geröll geschaffen hatte. Aus diesem Erdaushub hatte man einen Damm errichtet, und in Betonrohren wurde von den Hügeln herab das Wasser eines Baches abgeleitet – wenn der Bach Wasser führte.

Das riesige Bassin war von einem sechsfachen Drahtzaun umgeben, aber die unzähligen Känguruhs hatten ihn längst verbogen und gelockert. Anstatt zu den Schaftränken zu gehen, die durch eine Windturbine gefüllt wurden und die nur wenige hundert Meter entfernt lagen, kletterten sie mit rücksichtsloser Gewalt durch den Drahtzaun und löschten hier ihren Durst.

Ein kleines Stück von dem großen Bassin entfernt stand eine

Hütte aus Wellblech, Jutesäcken und flachgeschlagenen Benzinkanistern – die Unterkunft der beiden Viehhüter. Derartige Blechbuden gab es auf Windee nicht viele, die Farmer waren gesetzlich verpflichtet, ihren Leuten eine anständige Unterkunft zu gewähren. Aber da man sich im Busch nicht ansiedeln, sondern lediglich möglichst rasch viel Geld verdienen wollte, legten auch die Arbeiter nur wenig Wert auf Behaglichkeit.

Die Viehhüter und mit ihnen Dot und Dash aßen früh zu Abend. Die beiden Jäger wollten ihre Plätze am Bassin noch vor Sonnenuntergang einnehmen. Trotz der wahnsinnigen Hitze im Innern der Blechbude schien es den Männern zu schmecken. Der Schweiß rann ihnen in Strömen in den Nacken, und sie tranken siedendheißen Tee aus ihren Kochgeschirren. Der schwüle Wind rüttelte an dem Blech, das nur locker an die Holzbalken genagelt war, und wehte manchmal feinen roten Staub herein. Unzählige Fliegen summten und krochen über Gesicht und Arme der vier Männer. Die Temperatur betrug heute über vierzig Grad im Schatten, aber bei Carrs Tank gab es viele Meilen im Umkreis keinen Schatten.

»Na, 'n bißchen warm heute, wie?« meinte Ned Swallow, ein junger, rothaariger Viehhüter.

»Ach, so schlimm finde ich es gar nicht«, erwiderte Dot und bediente sich mit Plumpudding. Dann wandte er sich an den zweiten Viehhüter. »Hör mal, Tom – dein Pudding war doch sonst immer ganz gut?«

»Der hier ist noch besser als sonst«, brummte Tom beleidigt.

»Na ja, er macht wenigstens satt. Willst du auch mal versuchen, Dash?«

»Lieber nicht!« Dash beäugte das Zeug voller Mißtrauen.

»Der Pudding muß nur richtig kalt werden«, verteidigte sich Tom. »Dann verliert er sein graues Aussehen. Übrigens braucht ihr uns nicht beim Abwaschen zu helfen. Ned und ich besorgen das schon.«

»Wunderbar, Tom. Ich werde mir jetzt noch eine Zigarette drehen und mich dann mit Dot auf den Weg machen.« Dash ging hinaus und wischte sich Gesicht, Hals und Arme mit dem Handtuch ab. Die Sonne stand bereits tief, und Tausende von Galahs umflatterten das Bassin.

Die Ebene um das Bassin war mit feinem rotem Staub bedeckt. Eine Meile weiter begann der Busch. Früher hatte er bis an die Wasserstelle gereicht, aber das täglich zur Tränke kommende Vieh hatte ihn gefressen und niedergetrampelt. Weit im Nordwesten zeigte eine rote Staubwolke an, daß die Schafe zu ihrem Abendtrunk kamen.

Dash ließ sich an dem Teil des Dammes nieder, von wo aus er die Windturbine, einige eiserne Wasserreservoirs und die Rohre übersehen konnte, die das Wasser in zwei angrenzende Pferche leiteten. Von hier aus konnte er auch einen großen Teil der weiten Ebene überblicken. Dot hatte seinen Platz an der gegenüberliegenden Seite.

Langsam kroch der lange Zug der Schafe über die Ebene auf den Damm zu. Die Schatten der Reservoirs und der Windturbine wurden zusehends länger, während der Wind nur noch ein leiser Hauch war.

Die rote Staubwolke kam näher. Dash konnte die weißen Leithammel erkennen, die die Herde von dreitausend Schafen anführten. Auf seiner Seite konnte Dot eine zweite Herde beobachten.

Ungefähr eine Meile entfernt tauchten drei schwarze Punkte auf. Sie hüpften wie Flöhe, und nach jedem Sprung stieg eine Staubwolke auf. Es war die Vorhut der Känguruhs, die sich geruhsam mit Fünfmetersprüngen der Wasserstelle näherten. Am Rande des Busches saßen die Tiere, die den Tag über im Schatten gedöst hatten, und beobachteten ihre Vorhut. Wenige Minuten später konnte Dash mehr als dreißig hüpfende Punkte zählen.

Als die Sonne nur noch vier Finger breit über dem Horizont stand, hatten sich die Schafe bis auf eine Viertelmeile genähert. Fünfzig Tiere bildeten den Vortrupp, Tausende folgten in mehreren parallelen Kolonnen und von dichten Staubwolken eingehüllt.

Gleich darauf drängte sich eine stoßende, staubaufwirbelnde, bähende Masse aus weißer Wolle um die Tröge. Der Wasserspiegel in den Reservoirs sank sofort merklich. Eine Weile später sonderte sich ein Schaf aus der Masse, ein alter Leithammel. Er lief zurück, gefolgt von einer Anzahl anderer Leittiere, und blieb zweihundert Meter von den Trögen entfernt stehen. Zu zweit und zu dritt lösten sich nun die Tiere aus der Menge. Ihre Bäuche waren jetzt prall mit Wasser gefüllt. Bei dem Leittier blieben sie stehen. Kein Schaf lief voraus, und der Leithammel wartete geduldig, bis sich alle Tiere satt getrunken hatten. Dann führte er sie zurück über die weite Ebene.

Scharenweise flogen jetzt die Galahs zu ihren Schlafplätzen in den Mulgabäumen auf den Hügeln. Erneutes Hufdonnern ließ Dash nach links blicken. Eine weitere Schafherde drängte sich um die Tröge. Als sie sich schließlich wieder entfernt hatte, war die Sonne untergegangen, und Dash lag schußbereit auf dem Boden. Sieben Känguruhs befanden sich in Schußweite.

Dash setzte sich zurecht, um sorgfältig zielen zu können, solange das Licht noch günstig war. Die Patronen vom Kaliber 22 kosteten vier Pence pro Stück, darum konnte er sich keinen Fehlschuß leisten. Dot, dessen Patronen fünf Schilling pro hundert Stück kosteten, konnte unbeschwerter in der Gegend herumballern. Aber wenn die Entfernung mehr als zweihundert Meter betrug, war seine Winchester auch weniger tödlich als Dashs Büchse.

Sie fochten jedesmal einen Wettkampf aus. Am Morgen zählte jeder seine Beute, und dann diskutierten sie leidenschaftlich die Vor- und Nachteile ihrer Büchsen.

Das Licht begann jetzt rapide nachzulassen, und Dash fehlte zum erstenmal. Auch der nächste Schuß ging daneben. Er rutschte vom Damm herab und lief unten an ihm entlang, bis er zu einem Platz kam, wo eine längsgefaltete Decke lag, darauf eine doppelläufige Pirschbüchse, mehrere Schachteln Munition, ein Kochgeschirr mit kaltem Tee und eine Sturmlaterne.

Hier war seine Nachtposition. Dot hatte seinen Stand auf der anderen Seite des Bassins. Gegenseitig treffen konnten sie sich nicht, dazu hätten sie über das Becken hinweg schießen müssen.

Dash zündete sich eine Zigarette an und legte sich auf die Decke, die Arme unter dem Kopf verschränkt. Ein Beobachter hätte sich unwillkürlich fragen müssen, welcher Kummer ihn wohl aus seiner Heimat vertrieben haben mochte.

Als er die Zigarette zu Ende geraucht hatte, setzte er sich auf und trank Tee. Über ihm wölbte sich der blauschwarze, sternenübersäte Himmel. Die Krone des Dammes hob sich klar gegen den schwach rötlich schimmernden Westhimmel ab.

Plötzlich schob sich über den Damm eine groteske Form. Dash griff nach dem Zwilling. Die Form wuchs weiter, entwickelte sich zu einer graziösen Gestalt und bildete eine scharfe Silhouette gegen den Himmel.

Ein Blitz, ein Donner, und das Känguruh stürzte tödlich getroffen in den Sand.

»Armer Teufel!« murmelte Dash.

Auch Dot feuerte jetzt. Dash hörte die Wutschreie eines verwundeten Känguruhs. Doch schon im nächsten Augenblick wurde seine Aufmerksamkeit auf zwei neue Schatten gelenkt, die sich über den Damm schoben. Sie waren kaum zwanzig Meter entfernt. Dash feuerte zweimal, und beide Tiere fielen tot zu Boden.

Gegen elf Uhr schlug Dot einen Waffenstillstand vor, und Dash willigte ein. Sie zündeten die Laternen an und machten sich auf den Weg, um die verwundeten Tiere zu töten.

»Na, wie viele?« fragte Dot, als sie wieder an ihrem Standort waren.

»Neunundzwanzig«, erwiderte Dash ein wenig gelangweilt. »Und du?«

»Dreiunddreißig«, sagte Dot stolz.

Dann schwiegen sie. Der Engländer lag auf der Seite, rauchte und grübelte. Es war noch immer warm. Die Stille wurde drükkend, beinahe unerträglich, und die beiden Männer griffen wieder zu ihren Gewehren und gingen bis zum Morgengrauen ihrer Arbeit nach.

»Gott sei Dank, heute ist der letzte Tag für mich«, sagte Tom während des Frühstücks. »Ab morgen bist du wieder dran, Ned. Und dann kannst du mal beweisen, ob du wirklich besser kochen kannst als Bony.«

»Dieser Bony hat wirklich was los«, gab der junge Viehhüter zu. »Ich bin dem Burschen schon mal begegnet, aber ich weiß nicht, wo. Wenn er so lächelt, bin ich immer ganz nahe dran. Auf jeden Fall kann er kochen, und Pferde zureiten kann er auch. Kein übler Bursche, dieser Bony.«

»Nein, da hast du recht.« Dot nickte. »Sehr ruhig, sehr zurückhaltend.«

»Ein stilles Wasser«, brummte Tom.

»Und stille Wasser sind tief«, meinte Ned. »Ich komme schon noch dahinter, wo ich dem begegnet bin. Ich weiß genau, daß er mir schon mal über den Weg gelaufen ist. Vielleicht oben in Queensland – oder im Nordterritorium.«

Dash stand auf und tupfte sich mit dem Taschentuch die Lippen ab. Dot erhob sich ebenfalls.

»Wir waschen ab«, sagte er zu den beiden Viehhütern.

»Gut.«

Nachdem sie das Geschirr gespült hatten, traten sie hinaus vor die Hütte, um eine Zigarette zu rauchen. Sie beobachteten die beiden Viehhüter, die ihre Pferche abritten. Die Galahs sammelten sich wieder am Damm, Krähen umflatterten die toten Känguruhs, und hoch am Firmament zogen drei Adler ihre Kreise.

Eine Weile später holte Dash den Lastwagen und Dot die Wetzstähle und Messer zum Abhäuten. Sie luden ein Dutzend Känguruhs auf und fuhren sie eine Meile näher zu den Hügeln, wo sie sie wieder abluden und Dot mit dem Abhäuten begann. Dash fuhr zurück und brachte in mehreren Fuhren die übrigen Tiere. Dann half er Dot beim Abhäuten.

Es war keine Arbeit, die ein englischer Gentleman freiwillig tun mochte.

Bis zehn Uhr waren alle Tiere abgehäutet. Sie fuhren zur Hütte zurück, tranken kalten Tee und rauchten eine Zigarette. Dann spannte Dot die nassen Felle auf, während Dash einen Mehlpfannkuchen buk und die Kartoffeln für das Abendessen vorbereitete.

Zu Mittag aßen sie kaltes Hammelfleisch, Brot und Marmelade, dazu tranken sie Tee. Erbarmungslos prallte die Sonne auf das Blechdach der Hütte und ließ die weite Ebene flimmern. Die Mittagsruhe hatte sich über das Land gesenkt, und nur die Krähen und Adler, denen die Hitze nichts ausmachte, taten sich an den abgehäuteten Känguruhs gütlich.

Nach dem Essen schliefen die beiden Jäger bis vier Uhr. Dann schob Dash eine Hammelkeule in die Backröhre und bereitete das einfache Abendessen vor. Dot holte inzwischen die aufgespannten Häute, die jetzt hart wie Bretter waren. Ned kam angeritten und hielt dicht vor Dot an.

»Jetzt weiß ich, wo ich Bony schon einmal begegnet bin!« verkündete er triumphierend. »Er war Spurensucher bei der Polizei. Bei der Polizei in Cunnamulla. Und er hat sein Wild erlegt.«

»Was du nicht sagst!« erwiderte Dot ruhig.

Am Morgen des ersten Dezember herrschte eine Temperatur von 38 Grad Celsius. Zwölf Stunden später zeigte das Thermometer auf der Veranda des Herrenhauses 46 Grad im Schatten an.

Jeder Brunnen war jetzt in Betrieb. Drei der großen offenen Staubecken waren bereits leer, und der Wasserspiegel der anderen fiel rapide. Die Gewitter des Frühsommers kamen unregelmäßig und brachten so gut wie keinen Regen. Drei Monate war es nun her, seit der letzte richtige Regen gefallen war.

In dem ganzen riesigen Gebiet, das Windee Station umfaßte, war nicht ein einziger grüner Grashalm mehr zu finden. Auf den Salzbusch östlich der Hügelkette hatte das heiße, trockene Wetter keinen Einfluß, aber die hier weidenden Schafe ernährten sich von den winzigen salzhaltigen Büschen und brauchten darum mehr Wasser als die Tiere, die in den Hügeln und in der unendlichen Ebene westlich davon ihre Weidegründe hatten.

Bony war ausgeritten. Er richtete das letzte Pferd ab. Stanton war sehr zufrieden mit ihm und hatte ihm eine andere Arbeit angeboten. Er sollte einige Koppeln oben am Bach, ungefähr eine Meile vom Gutshaus entfernt, neu einzäunen. Bony hatte sofort eingewilligt. Auf diese Weise konnte er noch länger inkognito auf Windee Station bleiben.

Grübelnd ritt er auf dem temperamentvollen jungen Füllen dahin. Ihm war aufgefallen, daß sich Marion Stantons Haltung ihm gegenüber in den letzten Wochen völlig verändert hatte.

Ihre liebenswürdige Herzlichkeit war einer unerklärlichen Kälte gewichen. An den letzten drei Abenden hatte sie sogar den Stallknecht beauftragt, Graue Wolke zu satteln – eine Arbeit, die bisher Bonys alleiniges Privileg gewesen war. Dann wäre er neulich beinahe mit ihr vor dem Büro zusammengetroffen, aber bei seinem Anblick hatte sie rasch kehrt gemacht und war durch eine Gartenpforte davongegangen.

Ihre Reserviertheit schien sogar Stanton angesteckt zu haben.

Bony war aufgefallen, daß ihn der Gutsherr jedesmal prüfend anschaute, wenn er mit ihm zusammentraf.

An der Weggabelung lenkte er das Füllen von der Straße herunter und band es an den Baum, in dessen Ästen er seine Schaffellsandalen versteckt hatte. Es war ein stiller Tag, und bevor er sich auf den Weg machte, beobachtete er das Pferd eine Weile. Nichts an ihm verriet, daß es Menschen oder ein anderes Pferd witterte. Nachdem Bony etwa fünfundzwanzig Meter zurückgelegt hatte, fand er Hufspuren. Hier mußte ein Pferd im Schritt gegangen sein.

Eine interessante Entdeckung! Soviel er wußte, gab es auf dieser Koppel keine Pferde. Die Spur verlief schnurgerade, und das bedeutete, daß ein Reiter auf dem Pferd gesessen und es gelenkt hatte.

Die Spur mußte etwa drei Tage alt sein und stammte entweder von Graue Wolke oder von Doll, dem Pferd Jack Withers', dessen war Bony absolut sicher. Er kannte die Hufabdrücke dieser beiden Pferde genau.

Er folgte der Spur und gelangte zu der Stelle, wo Marks' Wagen gefunden worden war. Die Spur führte weiter bis zu jener Feuerstelle, die er neulich so sorgfältig untersucht hatte. Zweimal war der Unbekannte darum herumgeritten und war dann in weitem Bogen nach Windee Station zurückgekehrt.

Was bedeutete das? War man ihm gegenüber mißtrauisch geworden und spionierte ihm nach? Wollte man sich überzeugen, ob er sich hier zu schaffen gemacht hatte? Die Absicht des Reiters war schließlich nicht zu verkennen. Leise vor sich hinlächelnd kehrte Bony zu seinem Füllen zurück. Der Unbekannte hatte keinen Beweis dafür gefunden, daß er – Bony – jemals hiergewesen war. Er hingegen wußte nun genau, daß sich jemand für die Feuerstelle interessierte, an der zusammen mit drei Känguruhs zumindest ein Männerstiefel verbrannt worden war.

War hier die Erklärung für die plötzliche Reserviertheit der Stantons? Ihr verändertes Benehmen deutete ja offensichtlich an, daß man ihm plötzlich mißtraute. Dies wiederum aber ließ nur den Schluß zu, daß sie mehr über Marks' Verschwinden wußten, als sie zugeben wollten.

Da es noch früh am Nachmittag war, wählte Bony die Straße

nach Mount Lion, um das Pferd zu bewegen. Er war so in Gedanken versunken, daß er zusammenfuhr, als Sergeant Morris ihn anrief. Er blickte auf und sah den Sergeanten auf seinem Pferd neben der Straße.

»Tag, Bony.«

»Guten Tag, Sergeant! Das trifft sich ja wunderbar.«

»Ich war gerade auf dem Weg nach Windee. Ich wollte Sie sprechen.«

Bony blickte sich um. »Ich sehe da drüben eine Kiefer, die herrlichen Schatten gibt. Und ich habe seit mindestens einer halben Stunde keine Zigarette mehr geraucht.«

»Gute Idee«, erwiderte Morris lächelnd.

Sie stellten ihre Pferde im Schatten einer zweiten Kiefer ab und warfen sich in den kühlen roten Sand. Nachdem sie sich ihre Zigaretten gerollt hatten, fragte Bony:

»Haben Sie etwas Neues, Sergeant?«

»Ja. Das Präsidium hat sich bereit erklärt, einen Beamten zu Ihrem lieben Freund Illawalli zu schicken. Sie scheinen einen Charme zu besitzen, dem selbst mein Chef nicht zu widerstehen vermag.«

»Ihr Chef hat lediglich gesunden Menschenverstand«, meinte Bony trocken.

»Wollen Sie mir nicht verraten, was Ihr Freund aus Nordqueensland hier soll? Sein Besuch kostet immerhin die Kleinigkeit von rund zweihundert Pfund.«

Bony musterte das energische Soldatengesicht des Sergeanten.

»Glauben Sie eigentlich an Spiritismus?« stellte er zunächst die Gegenfrage.

»Wahrscheinlich steckt mehr dahinter, als die Skeptiker zugeben wollen. Warum?«

»Nehmen wir an, Sie adoptieren ein Mischlingskind, erziehen es europäisch und lassen es schließlich einen zivilisierten Beruf erlernen – glauben Sie, daß es sich bis an sein Lebensende wie ein kultivierter Europäer benehmen wird?«

»Bestimmt nicht. Das schwarze Blut wird diesen Menschen wieder hinaus in den Busch ziehen. Jeder, der im Busch lebt, kennt das doch.«

Bony seufzte. »Es gibt intelligente Australier, die das nicht glauben wollen. Da Sie aber gesunden Menschenverstand zu besitzen scheinen, will ich Sie ins Vertrauen ziehen.«

»Gut. Ich bin ganz Ohr.«

»Es gibt in Australien eine Menge Leute, die behaupten, der Australneger befinde sich auf der niedrigsten Kulturstufe«, begann Bony. »Man hat hier keine alten Städte, keine alten Bauwerke ausgraben können, und daraus schließt man nun einfach, daß unsere Eingeborenen seit jeher auf einer niedrigen Kulturstufe standen. Damit mag man sogar recht haben, aber man vergißt, daß der Australneger eine Gabe besitzt, die der weiße Mann sich bisher vergeblich anzueignen versuchte. Der alte Illawalli zum Beispiel ist imstande, die Gedanken eines anderen zu lesen. Für ihn ist das nicht schwerer, als wenn Sie oder ich ein Buch zur Hand nehmen und die Seiten umblättern. Ich freue mich, daß Sie nicht lachen.«

»Ich lebe im Busch«, erwiderte Morris ruhig.

»Gut! Moongalliti weiß, wer Marks umgebracht hat und wie der Mord geschah. Unterbrechen Sie mich jetzt nicht. Ich habe den Alten bereits ausgehorcht, jedoch ohne Erfolg. Und selbst wenn er mir etwas sagen würde, dürfte ich es nicht verwenden, ohne einen Eid zu brechen und meine Ehre zu beschmutzen. Illawalli wird kommen und alles erfahren, was ich wissen will. Er wird Moongalliti hypnotisieren, ohne daß der alte Häuptling überhaupt etwas davon merken wird.«

»Aha. Jetzt verstehe ich, was Sie vorhaben.«

Schweigend drehte sich Bony eine neue Zigarette.

»Aber selbst wenn wir dann den Täter kennen, werden wir nicht viel weitergekommen sein«, sagte der Inspektor nach einer Weile. »Wir müssen zunächst einmal beweisen, daß Marks überhaupt ermordet wurde. Illawallis Aussage würde vor Gericht zudem gar nicht anerkannt. Und dann fehlt uns auch das Motiv. Haben Sie eigentlich die Berichte, um die ich Sie gebeten hatte?«

Vier Fragen beschäftigten Bony, auf die er keine Antwort finden konnte. Was war aus dem Geld geworden, das Marks angeblich bei sich gehabt hatte? Der Kassier der Bank hatte ausgesagt, daß er die dreizehnhundert Pfund in Einpfundnoten ausgezahlt hatte. Die

Nummern der Scheine waren nicht mehr festzustellen. Hatte Marks das Geld tatsächlich bei sich gehabt, als er getötet wurde? Wenn dies zutraf – warum hatte der Mörder Windee Station nicht verlassen, um mit seinem Reichtum etwas anzufangen, zumal der Fall offiziell abgeschlossen schien?

Offensichtlich aber war der Täter viel zu klug, um einen solchen Betrag aufzubewahren. Wahrscheinlich hatte er das Geld mit der Leiche verbrannt – wenn die Leiche verbrannt worden war.

Was hatte Marks von Stanton gewollt? Stantons Erklärung der Polizei gegenüber war reichlich dünn gewesen. Vielleicht lag hier ein Motiv. Aber Jeff Stanton als Mörder? Für ihn wäre das Geld natürlich keine Versuchung gewesen, und er würde es vermutlich sofort vernichtet haben. Aber wieso waren die drei Känguruhs, die wahrscheinlich zusammen mit der Leiche verbrannt worden waren, mit Dots Büchse geschossen?

Ned Swallow und Jack Withers hätten augenblicklich ihren Job als Farmarbeiter aufgegeben, wenn sie in den Besitz von dreizehnhundert Pfund gekommen wären. Sie waren zwar beide normal intelligent, aber einer solchen Versuchung hätten sie kaum widerstehen können. Die beiden strich Bony von seiner Liste. Jetzt blieben noch fünf übrig.

Marks' Mörder mußte ein Mann von starkem Willen, nüchternem Denken und großer Rücksichtslosigkeit sein. Ein solches Charakterbild paßte ausgezeichnet zu Jeff Stanton. In gewisser Hinsicht auch auf Roberts, den Buchhalter. Und was Dot fehlte, besaß Dash – so daß sie beide gemeinsam ebensogut in Frage kamen.

Und weiter: Was bedeutete das seltsame Verhalten Marion Stantons und ihres Vaters? Das war eine klare Frage, und sie verlangte eine klare Antwort.

Die vierte Frage schließlich hieß Moongalliti. Warum hatte er seine Leute mit dem spitzen Knochen bedroht, wenn sie auch nur ein Wort von Ludbis Beobachtungen erzählen würden? Nun, die Antwort darauf würde hoffentlich bald der alte Illawalli geben können.

Die von Sergeant Morris beschafften Akten brachten einige Aufschlüsse. Nur bei Jeff Stanton fehlten Angaben über die ersten zweiundzwanzig Jahre seines Lebens, sogar über seinen Geburtsort.

Nun war dies zwar nicht wichtig, aber doch immerhin ziemlich merkwürdig.

An einem Samstagnachmittag machte sich Bony zu Fuß auf den Weg. Er holte seine Schaffellsandalen und lief nach Süden, dann in einem weiten Bogen nach Westen, bis er an die Windturbine und zu den in der Nähe liegenden Wassertrögen kam. Rund hundert Meter von der Turbine entfernt befand sich ein Lagerplatz. Hier hatten Dot und Dash zu der Zeit kampiert, als Marks verschwand.

Ein paar Zeltstäbe waren zurückgeblieben und gaben den genauen Platz an, an dem die beiden Jäger ihr Zelt errichtet hatten. Zehn Meter entfernt befanden sich die Überreste eines Lagerfeuers. Ein Haufen leerer Konservendosen verriet, daß die beiden Männer eine Vorliebe für eingemachtes Obst, für Orangenmarmelade, Tomatenmark und Kondensmilch hegten. Außerdem fand Bony ein paar Patronenhülsen. Einige stammten von Dashs Savage, zwei von Dots Winchester, und ein paar weitere gehörten zu einem großkalibrigen Zwilling.

Die Überreste des Lagerfeuers ließen darauf schließen, daß sich die beiden Männer mehrere Wochen an diesem Platz aufgehalten hatten. Der Wind hatte den Aschenhaufen abgeflacht und Sand darüber geweht. Plötzlich fiel Bony ein, daß es unter Goldsuchern üblich war, an der Feuerstelle ihren Fund zu verstecken. Er begann, in der Mitte des Aschenhaufens ein Loch auszubuddeln.

Bony grub mit beiden Händen. Er hatte ein etwa einen halben Meter tiefes Loch ausgehoben, als er Metall berührte. Wenige Sekunden später hob er einen Blecheimer heraus, dessen Deckel mit Draht festgebunden war.

Mit zusammengepreßten Lippen öffnete Bony den Eimer. Ein mit Ölpapier umwickeltes Paket kam zum Vorschein. Bedächtig knüpfte er den Bindfaden auf, und ein zufriedenes Lächeln glitt über sein Gesicht, als er die vielen sauber gebündelten Scheine sah.

Es waren dreiundzwanzig Bündel. Er zählte eins nach – es enthielt genau fünfzig Scheine. Insgesamt waren das also elfhundertfünfzig Pfund. Und wie zum Beweis, daß es sich auch wirklich um Marks' Geld handelte, lag eine Zahlungsanweisung für eine Bank in Perth dabei – zahlbar an Mr. Thomas Marks.

Diesen Fund hatte er gewiß Dots Habgier zu verdanken. Der

Amerikaner schien es wohl nicht fertiggebracht zu haben, gutes Geld einfach zu vernichten.

Damit war Bony einen wichtigen Schritt weitergekommen. Er hatte jetzt einen Beweis in Händen – obgleich auch dieser Beweis nur von zweifelhaftem Wert war. Mit dem Fund des Geldes war keineswegs bewiesen, daß Marks ermordet worden war. Die beiden Jäger konnten das Geld gefunden haben. Wenn Marks im Busch verdurstet war und das Geld in einem Anfall von Verzweiflung fortgeworfen hatte?

Grübelnd wickelte Bony die Scheine wieder in das Ölpapier und legte das Paket zur Seite. Dann verschloß er den Blecheimer, stellte ihn zurück in das Loch und schüttete Sand und Asche darüber. Sorgfältig verwischte er alle Spuren. Niemand würde ahnen, daß er sich hier zu schaffen gemacht hatte.

Er nahm das Geldpaket, versteckte seine Sandalen diesmal in einem anderen Baum und machte sich auf den Heimweg.

Als er den Schlafraum betrat, den er mit Jack Withers teilte, legte dieser sein Buch zur Seite.

»Die alte Noonee hat dich gesucht!« brummte er. »Scheint ziemlich aufgeregt zu sein. Du möchtest gleich zu Moongalliti kommen. Der Alte scheint krank zu sein.«

»Na – es wird doch wohl niemand den spitzen Knochen auf ihn gerichtet haben?« meinte Bony lächelnd.

»Kaum anzunehmen. Und wenn, dann höchstens dieser alte Kerl, der vorhin aufgetaucht ist.«

»Ein alter Kerl? Ein Fremder?«

»Ja. Ich glaube, Illawalli nennt er sich.«

»Ach!« Bony hatte sich gut in der Gewalt. »Hast du ihn gesehen?«

»Hm – und gerochen. Der Kerl scheint hundertfünfzig Jahre alt zu sein, aber so sehr hat noch keiner meine Nase beleidigt wie der. Muß Moongallitis Ururgroßvater sein.«

12

Nach dem Abendessen wanderte Bony den Bach entlang zum Lager der Schwarzen. Ein großer Teil der Männer war auf der Jagd, und die Frauen verschwanden bei Bonys Anblick blitzartig in den Hütten. Auch Runta gehörte dazu. Offensichtlich fürchtete sie, der Teufel könne wieder über ihn kommen. Gunda begrüßte ihn jedoch ohne Furcht. Ihr Gesicht verriet deutlich Neugier.

»Na, Gunda, der alte Moongalliti ist krank, wie?«

»Er ganz krumm«, erwiderte Gunda.

»Was fehlt ihm denn?«

»Er hier weh-weh«, erklärte Gunda und preßte ihre Hände auf den Bauch. »Aber bald wieder gut. Großer Häuptling kam weiten Weg. Illawalli, er wird machen Moongalliti bald gesund.«

»Aha. Dann führe mich zu Moongalliti, Gunda.«

Der Häuptling lag unter einem Buchsbaum, auf einige Futtersäcke gebettet. Er krümmte sich und stöhnte. Noonee, Ludbis Mutter, kauerte zu seinen Füßen. Ihr Oberkörper schwang hin und her, und ihre Lippen formten spitze Schmerzensschreie. Ihr gegenüber saß ein großer, ausgemergelter Patriarch mit weißem Haar und wallendem weißen Bart. Er trug einen billigen Konfektionsanzug, und Bony verkniff sich das Lachen, als er sah, wie ihn die Polizei ausstaffiert hatte. Als Illawalli Bony gewahrte, sprang er mit einer Leichtigkeit auf die Füße, die man ihm nie zugetraut hätte. Mit einem Freudenschrei fiel er Bony um den Hals.

»Bony, mein Sohn und mein Vater!« rief er.

Die Wärme des Empfanges wog den Geruch auf, den der alte Mann ausströmte. Und während Illawalli Bony fest an sich preßte, zwinkerte er ihm zu und murmelte:

»Ah, Bony, du wünschen mich. Du Polizei geschickt? Ich sofort kommen! Mit dem Pferd auf Rädern und dem Emu, der fliegt.«

»Hattest du denn keine Angst, Illawalli?«

»Bißchen. Aber, Bony, ich Wolken gesehen von oben!«

»Tja, du bist eben ein Glückspilz. Und nun wollen wir einmal sehen, was Moongalliti eigentlich fehlt.«

»Ihm fehlen gar nichts. Ich ihm gegeben Zauber, der weh tut im Bauch. Später ich ihm geben wieder Zauber, und alles gut.«

»Warum hast du das getan?« fragte Bony neugierig.

»Nun, das ist so. Moongalliti nicht lieben alten Illawalli. Er glauben, ich will werden Häuptling. Also ich ihm geben Teufel in Bauch, und er singen und jammern. Dann machen ich ihn wieder gesund, und er mich lieben.«

Mit sanfter Gewalt schob Bony seinen Freund von sich, und sie gingen hinüber zu Moongalliti. Der Alte hatte zu stöhnen aufgehört und sah den beiden mit offener Neugier entgegen. Bony setzte sich neben ihn und fühlte ihm den Puls. Er war fast normal.

»Oh, mir ganz elend«, hauchte der Patient.

»Du hast zu viel gegessen«, sagte Bony ernst.

»Nein.«

»Doch. Du wirst jetzt bis morgen fasten, sonst wirst du so krank werden, daß du beinahe stirbst.« Die alte Eingeborenenfrau begann bei diesen Worten laut zu wehklagen. »Illawalli ist ein guter Doktor. Er wird dich gesund machen. Illawalli guter Kerl.«

»Oh, dieser verdammte Fluch!« stöhnte Moongalliti und richtete sich auf. Plötzlich brüllte er seine Frau an: »Halt's Maul!«

Das war wieder der normale Ton ihres Gebieters, und das dicke Gesicht der Frau erstrahlte. Als der Alte auch noch nach einem dikken Knüppel griff, sprang sie auf und lief fröhlich davon.

»Spürst du immer noch den Teufel im Bauch?« fragte Bony mit ernster Miene.

»Nein. Er ist fast tot.«

»Aha. Fast tot. Er kann aber wieder lebendig werden. Du bleibst liegen – nicht aufstehen! Ich gehe jetzt mit Illawalli auf die Suche nach einem Blatt, das den Teufel für immer töten wird. Du bleibst hier liegen.«

»Schon gut, Bony«, versprach Moongalliti, der die Schmerzattacke noch in frischer Erinnerung hatte. Dann umklammerte er Bonys Hand. »Du guter Bursche, Bony. Du guter Bursche, Illawalli.«

Illawalli knurrte nur. Die beiden standen auf und gingen das Bachufer entlang. Die untergehende Sonne warf schräge Lichter durch die Buchsbaumblätter. Sie gingen ungefähr eine halbe Meile und ließen sich am Fuße des großen Felsblockes nieder, um zu rauchen. Rings um sie wimmelten unzählige Kaninchen. Sie knabberten abgefallene Blätter und scharrten Graswurzeln aus.

Bony berichtete seinem alten Freund, was ihm über das Verschwinden von Marks bekannt war.

»Der alte Moongalliti ist ein schlauer Bursche«, schloß er. »Ich glaube, daß er von Ludbi unter anderem auch erfahren hat, wer den Mann umbrachte und wie es geschah. Aber er bedroht jeden mit dem spitzen Knochen, der auch nur ein Wort über die Angelegenheit verliert.«

»Was gehen die Weißen die Schwarzen an?« fragte der alte Häuptling.

»Das verstehe ich auch nicht«, gab Bony zu. »Ich bin sehr gut Freund mit Moongalliti.« Er flüsterte dem Alten etwas ins Ohr, worauf dessen Augen aufblitzten. »Es hätte also gar keinen Wert, wenn er mir etwas erzählte, ich könnte es doch nicht verwenden. Aber du wirst ganz einfach seine Gedanken lesen und mir dann alles sagen.«

Der alte Häuptling blieb eine Weile stumm. Wie er auf seinem Platz hockte und schweigend vor sich hin starrte, wirkte er wie ein heidnischer Gott.

»Ich werde alt«, sagte er schließlich. »Vielleicht kann ich nicht in Moongallitis Hirn schauen.«

»Ganz bestimmt kannst du es«, beruhigte Bony ihn. »Schließlich habe ich dich extra deswegen auf dem Rücken des Emus hierherholen lassen.«

»Keine Angst, Bony. Wie der Missionar in Burke in sein großes Buch liest, so werde ich Moongallitis Gedanken lesen. Sag, Bony, werde ich eigentlich alt?«

»Oh, du bist noch immer stark im Geist«, erwiderte der Inspektor.

»Du sogar der Meinung, daß alter Illawalli ein großer Mann ist«, sagte der Schwarze.

»Gewiß. Man sieht also, daß dir keine Gedanken verborgen bleiben. Und nun wollen wir zurückgehen, und du versuchst, Moongallitis Gedanken zu lesen.«

Sie erhoben sich und gingen durch die nächtliche Stille zurück zum Lager. Die Jäger waren inzwischen zurückgekehrt und saßen mit ihren Familien schmausend um die Feuer. Illawalli gab Moongalliti einige Beeren vom Buchsbaum, und nachdem er mystische Zeichen darüber gemacht hatte, kaute sie der Alte. Er war nun sicher, von dem bösen Teufel befreit zu sein.

Die drei Männer saßen lange Zeit schweigend beieinander. Ringsumher schmatzten und lachten die Schwarzen, die Kinder schnatterten und quiekten, und die Hunde zankten sich knurrend um die weggeworfenen Knochen.

Bony brach schließlich das Schweigen und wandte sich an Illawalli.

»Erinnerst du dich noch an Arney? Er hat vor einiger Zeit in der Nähe von Camooweal einen Schwarzen umgebracht. Eingeborene Spurensucher fingen ihn kurz darauf, und als ein weißer Polizeibeamter ihn im Wagen nach Camooweal zurückbringen wollte, ist er während der Fahrt entflohen.«

»Hm!« brummte Illawalli. Er hatte noch nie etwas von diesem Arney gehört.

»Ja. Während der Fahrt fiel Arney über den Polizisten her, der am Steuer des Wagens saß. Er hat ihn beinahe getötet, und dann ist er geflohen. Sie haben ihn bis jetzt noch nicht gefangen.«

»Hm!« brummte Illawalli erneut, aber diesmal klang es interessierter, und Bony war zufrieden. Seine Geschichte mußte Moongallitis Gedanken zwangsläufig in eine ganz bestimmte Richtung lenken. Bony schwieg. Auch Moongalliti sprach nicht. Er drehte sich bedächtig eine Zigarette. Und inzwischen versuchte Illawalli, seine Gedanken zu lesen. Eine Minute verstrich, dann stieß der fremde Häuptling einen Seufzer aus, so, als sei er plötzlich aus tiefem Schlaf erwacht. Seine Stirn war schweißbedeckt, und er rieb sich die Hände, als sei ihm kalt. Bony sah, daß seine Augen triumphierend leuchteten.

Am folgenden Tage verschwand Illawalli auf ebenso mysteriöse Weise, wie er aufgetaucht war. Sergeant Morris hatte diese Angelegenheit mit größter Diskretion erledigt. Niemand erfuhr jemals, daß der alte Häuptling von der Polizei hergebracht worden war.

Am Tage nach Illawallis Abreise hörte Bony zufällig, daß ein Lastwagen nach Mount Lion fahren würde, um die Vorräte zu ergänzen. Statt nun mit Jack Withers die neuen Koppeln einzuzäunen, suchte er Jeff Stanton im Büro auf.

»Morgen, Jeff«, sagte er. »Wie ich höre, fährt Ron heute morgen nach Mount Lion. Würden Sie erlauben, daß ich mitfahre? Ich brauche eine neue Hose.«

Stanton zündete sich eine Zigarette an.

»Ich habe nichts dagegen, Bony. Du kannst dir deine Zeit einteilen, wie du magst. Aber kann Jack Withers denn allein weiterarbeiten?«

»Aber sicher! Er weiß in jeder Hinsicht Bescheid.«

»Schön! Aber vergiß das Zurückkommen nicht.«

Bony lächelte. »Ich werde sogar nüchtern zurückkommen. Trotzdem nehme ich lieber zehn Pfund mit. Pater Ryan wird vermutlich auch von mir sein Scherflein verlangen, und außerdem muß ich ja meine Hose bezahlen.«

»Zehn Pfund, Mr. Roberts«, sagte Stanton zu dem Buchhalter, und während Roberts den Scheck ausschrieb, wandte er sich wieder an Bony.

»Du kommst aus Queensland?«

»Ich bin dort geboren und aufgewachsen.«

»Warum bist du dann nach Neusüdwales gekommen?«

»Wollte mal eine andere Gegend sehen, und außerdem für eine Weile von meiner Frau weg.«

»Hm!«

Roberts legte Stanton das Scheckbuch vor, und der Farmer unterschrieb. Als Bony den Scheck entgegennahm, hatte er das sichere Gefühl, daß Stanton mit seiner Erklärung nicht ganz zufrieden war. In den grauen Augen unter den dichten weißen Brauen leuchtete Mißtrauen.

Als er zu dem wartenden Wagen ging, der hoch mit Dots und Dashs Känguruhfellen beladen war, grübelte er erneut über das veränderte Verhalten des Gutsherrn nach.

Ron, der rotgesichtige junge Engländer, kletterte gerade hinter das Steuer. Er war ein kräftiger Bursche, knapp über Zwanzig.

»Na, hat der Alte heute schlechte Laune?« fragte er.

»Ach, nicht mehr als sonst auch«, erwiderte Bony lächelnd.

»Na ja, der ist schon in Ordnung«, meinte der junge Mann. »Ich glaube, es gibt keinen besseren Boss in der ganzen Gegend. Als Fahrer dieses Wagens bekomme ich vier Pfund die Woche und freie Station. Das ist rund doppelt soviel, wie die anderen bezahlen. Und trotzdem ist er Millionär geworden. Übrigens – erinnere mich später daran, daß ich bei Mrs. Swale ein Päckchen für Miss Marion abholen muß.«

Gegen halb elf kamen sie in Mount Lion an. Ron hielt vor der Polizeistation, um von Sergeant Morris die notwendige Liefergenehmigung für die Känguruhhäute zu holen. Bony blieb im Wagen, während Ron im Büro des Sergeanten verschwand. Durch das offene Fenster konnte er Morris' barsche Fragen hören. Es klang beinahe so, als ob es sich bei Ron und Dot und Dash um notorische Verbrecher handelte. Schließlich kam Ron mit der Liefergenehmigung und einem knallroten Kopf zurück.

»Du armes, heruntergekommenes England«, murmelte er und kletterte hinter das Steuer. »Aber auf deine höfliche Polizei kannst du wenigstens stolz sein.«

»Mach dir nichts draus«, tröstete Bony. »Unhöflichkeit beschämt man am besten durch besonders höfliches Benehmen.«

»Na ja, Schwamm drüber. Ich muß jetzt mit Hugo sprechen, wegen der Rückladung. Aber zuvor trinken wir was.«

Als sie das Hotel betraten, unterhielt sich Mr. Bumpus mit einer auffallend eleganten Dame bei einem Glas Bier. Beim Eintritt der neuen Gäste fuhren sie auseinander und brachen ihr offensichtlich vertrauliches Gespräch ab. Ron bestellte Bier, und während Bumpus die Gläser füllte, beobachtete Bony die Frau unauffällig im Spiegel.

Ihr Gesicht wies ein gekonntes Make-up auf, sie war mittelgroß, hatte goldblondes Haar und schien etwa um die Dreißig herum zu sein. Als Bony sie jedoch gründlicher studiert und sie von ihrem Make-up und dem Wasserstoffblond entkleidet hatte, sah er eine vitale Frau vor sich, die bereits näher an die Sechzig als an die Fünfzig heranreichen mochte.

Bumpus hatte sich wieder an die Theke gehockt, und die vertrauliche Tuschelei mit der Fremden ging weiter. Als Bony und Ron ihre Gläser ausgetrunken hatten und sich zum Gehen wandten, stand die Frau plötzlich auf und trat zu Ron. Bony ignorierte sie völlig.

»Wie ich höre, sind Sie Chauffeur bei Mr. Stanton«, sagte sie. »Ich möchte ihn sprechen. Würden Sie mich mitnehmen?«

»Ja – warum nicht?«

»Wann fahren Sie zurück?«

»Nach dem Mittagessen.«

»Schön, dann werde ich mich bereithalten. Hier, füllen Sie die Gläser nach.«

Bumpus füllte nach, und Ron und Bony tranken auf das Wohl der Dame. Höflich wollte Ron ebenfalls eine Runde spendieren, aber die Lady dankte. Sie sei gestern erst von Broken Hill gekommen und noch ein wenig müde, erzählte sie. Vor dem Essen wolle sie sich noch eine Weile hinlegen. Sie lächelte die Männer an und schwebte hinaus. Ihre jugendliche Gestalt und der kniekurze Rock täuschten leicht über ihr wirkliches Alter hinweg.

»Eine komische Person!« brummte Bumpus. »Vergangene Nacht hat sie rauhe Mengen Whisky verkonsumiert und heute den ganzen Vormittag über Bier. Und sie verträgt das besser als ich.«

»Was will sie denn hier?« fragte Ron.

»Keine Ahnung. Angeblich Jeff Stanton besuchen. Wer weiß, vielleicht sucht sie einen Job als Köchin.«

»Na ja, wir nehmen sie jedenfalls mit hinaus. Und jetzt muß ich zu Hugo. Wir sehen uns dann später, Bony.«

Bony ging langsam hinter Ron her. Vor dem Hotel blieb er stehen und drehte sich eine Zigarette. Er suchte eine Gelegenheit, unauffällig mit Sergeant Morris sprechen zu können. Als Ron in Hugos Laden verschwunden war, lag die Straße völlig verlassen da.

Doch in diesem Augenblick trat Pater Ryan durch das weißgestrichene Gartentor von Sergeant Morris' Haus. Der kleine Geistliche hatte Bony offensichtlich durch das Fenster seines Studierzimmers gesehen. Er trug ein Gewand aus hellgelber Tussahseide und einen abgetragenen Panamahut.

»Guten Tag, Bony!« rief er mit einem strahlenden, liebenswürdigen Lächeln.

»Guten Morgen, Hochwürden«, antwortete Bony mit einer leichten Verbeugung. »Es ist warm heute – darf ich Sie zu einer kleinen Erfrischung einladen?«

»Ich glaube, eine Erfrischung hätte ich mir ehrlich verdient, aber da drinnen ist seit gestern abend eine etwas seltsame Dame aufgetaucht ...«

»In der Beziehung kann ich Sie beruhigen«, sagte Bony lachend. »Die Lady hat sich auf ihr Zimmer zurückgezogen.«

»Nun, in diesem Fall ...« Der Pater ergriff Bonys Arm und führte ihn zu Mr. Bumpus' Privatsalon. Als ihnen der Kneipier folgte, blickte Bony den Pater fragend an.

»Ein Glas Wein, Bumpus«, sagte er und zwinkerte.

»Und mir eine Flasche Bier«, erklärte Bony.

Mr. Bumpus verschwand.

»Was halten Sie eigentlich von dieser seltsamen Dame?« fragte Bony mit seiner angenehmen Stimme. Pater Ryans Augen verschleierten sich.

»Ich habe mir bis jetzt kaum eine Meinung gebildet«, erwiderte er zurückhaltend. »Augenscheinlich trinkt sie bis zum Exzeß. Dabei macht sie aber einen offenen und ehrlichen Eindruck. Ich versuchte eine Spende von ihr zu bekommen, aber noch ehe ich richtig ausgesprochen hatte, rief sie schon: ›Bumpus! Einen Drink für die Kirche. Einen doppelten Whisky!‹ Ich konnte ja nicht unhöflich sein und habe immerhin die Hälfte getrunken, aber in der halben Stunde, die ich mit ihr zusammensaß, bin ich einfach nicht mehr zu Wort gekommen.«

Mr. Bumpus brachte die Getränke. Nachdem Bony dem Pater den Wein gereicht und sich selbst sein Bier genommen hatte, legte er den Scheck auf das Tablett und bat Bumpus, ihn einzulösen.

»Ich nehme an, daß nicht viele Fremde nach Mount Lion kommen?« fragte er.

»Nun ja, bis auf die Reisenden im Postbus, und die bleiben im allgemeinen nur eine Nacht. Ich glaube, der letzte Besucher, der nach Mount Lion gekommen ist, war dieser Marks. Eine traurige und mysteriöse Geschichte.«

Bumpus kam zurück und zählte Bony das Geld hin – Scheine

und Silber. Bony wollte es einstecken, als der Pater ihn am Arm tippte.

»Sie könnten mir eigentlich auch einen Schilling für meinen Wohltätigkeitsfonds spendieren«, meinte er jovial. »Für Sie ist das gleichzeitig eine Art Versicherung gegen Unpäßlichkeit.«

Bony lächelte und reichte dem Pater eine Pfundnote

»Ich hatte eigentlich erwartet, daß Sie mir mehr abknöpfen.«

»Sie müssen sich erst entsprechend benehmen, dann bin ich vielleicht gezwungen, die Summe zu erhöhen. Ich hoffe jedoch, daß es nicht nötig sein wird. – Und nun kommen Sie mit zu mir. Dort können wir uns ungestört unterhalten.«

Pater Ryan führte Bony zum Seiteneingang des Hauses. Als sie durch die Gartentür traten, öffnete Sergeant Morris ein Fenster und bat den Inspektor zu sich ins Büro. Der Pater legte die Hand auf Bonys Arm und flüsterte:

»Sie kommen unbedingt noch zu mir, wenn Sie bei dem Sergeanten fertig sind! Ich möchte mich endlich einmal wieder mit einem intelligenten Menschen unterhalten.«

13

»Ich habe ein paar Briefe für Sie«, sagte Sergeant Morris in seiner barschen Art, als Bony sich gesetzt hatte. »Und wie ist Ihr Experiment mit Illawalli verlaufen?«

»Nicht ganz so, wie ich erwartet hatte, mein lieber Sergeant. Er hat mir alles erzählt, was Moongalliti weiß, aber das war doch nicht ganz soviel, wie ich gehofft hatte.«

»Was haben Sie denn nun überhaupt erfahren?«

»Das erzähle ich Ihnen, wenn ich denjenigen kenne, den Moongalliti uns nicht nennen konnte. Wenn Sie gestatten, möchte ich jetzt erst einmal die Briefe lesen.«

Der erste war von der Kriminaltechnischen Untersuchungsstelle aus Sydney und enthielt ein Gutachten über einen Schuhnagel. Der zweite Brief befaßte sich mit Marks' Vorleben und dem einer gewissen Mrs. Thomas. Das dritte Schreiben kam von Colonel Spender, der Bony beschwor, augenblicklich nach Queensland zurückzukehren. Der vierte Brief war von seiner Frau und konnte warten, während sich der fünfte auf eine kleine silberne Scheibe bezog. Der Schreiber dieses Briefes war Sir Alfred Worthington, ein berühmter australischer Wissenschaftler.

Sergeant Morris saß, während Bony las, ungeduldig an seinem Schreibtisch. Endlich legte der Inspektor die Briefe beiseite. In seinen Augen stand Triumph, den er nur schwer verbergen konnte. Nachdenklich betrachtete er zwei Emueier, die den Kaminsims schmückten.

»Ich hätte ein dringendes Telegramm aufzugeben«, sagte er schließlich.

Der Sergeant griff nach Papier und Bleistift. Bony diktierte:

»Inspektor Sutley, Kriminalpolizei Sydney. Erbitte umgehend Einzelheiten über Mrs. Thomas. Nach Möglichkeit Bild. B.«

Morris reichte seinem Assistenten den Text und wies ihn an, das Telegramm sofort aufzugeben. Als der Mann hinausgegangen war, nahm Bony die beiden Emueier vom Kaminsims. Sie hatten zwei Löcher, je oben und unten, durch die sie ausgeblasen worden waren.

»Können Sie eine Winchesterbüchse oder eine Remington Kaliber 44 und eine Savage Kaliber 22 besorgen?« fragte er Morris.

Der Sergeant nickte. »Mein Assistent hat eine Savage, und die Winchester kann ich mir borgen. Warum?«

»Ich halte es für notwendig, ein kleines Experiment zu machen. Kann man in Ihrem Garten hinter dem Haus beobachtet werden?«

»Kaum anzunehmen. Aber was haben Sie vor?«

»Besorgen Sie sich bitte die Winchester und sagen Sie Ihrem Assistenten, er möchte seine Savage holen. Wir brauchen je zwei Schuß Munition.«

Als Morris gegangen war, riß Bony sich zwei kleine Stücke von einem Klebestreifen ab, klebte sie über die unteren Löcher der beiden Eier und versiegelte die Stelle außerdem noch mit Siegellack.

Der Sergeant kehrte mit dem Gewehr zurück. Er fand Bony mit einer Zigarette zwischen den Lippen bequem in seinem Stuhl zurückgelehnt.

»Mein Assistent ist nach Hause gegangen und holt rasch seine Savage«, sagte Morris.

Bony stand auf und nahm die beiden großen, blaugrünen Eier in die Hand.

»Man kann sie mit Wasser füllen, wenn man sie in ein Gefäß hält. Würde Ihre Frau vielleicht so liebenswürdig sein?«

»Sie sind reichlich mysteriös, Bony. Was haben Sie vor?«

»Nur Geduld, mein Freund. In ein paar Tagen kann ich Ihnen vielleicht einen perfekten Mord beschreiben.«

Sie gingen in die Küche, wo Mrs. Morris gerade Pasteten zubereitete. Nach einigen kleinen Schwierigkeiten waren die Eier zu Bonys Zufriedenheit gefüllt, und er versiegelte die oberen Löcher ebenfalls.

Inzwischen war auch der Assistent mit einer tadellos gepflegten Savagebüchse zurückgekommen. Die beiden Beamten folgten Bony in den hinteren Teil des schmucken Gartens. Am Rande der winzigen Rasenfläche, dem ganzen Stolz von Mrs. Morris, baute Bony zwei kleine Hügel aus Erde, auf die er die beiden Eier setzte. Nachdem er sich überzeugt hatte, daß hinter dem Gartenzaun nichts als die weite Ebene lag, wandte er sich um.

»Wer von Ihnen ist der bessere Schütze?«

»Rowland«, gab Morris sofort zu.

»Schön. Also, Mr. Rowland, dann legen Sie sich bitte ungefähr sechs Meter von den Eiern entfernt ins Gras und schießen Sie mit der Winchester genau durch die Mitte des einen Eies. Danach wiederholen Sie das Ganze mit dem anderen Ei – nehmen aber dazu die Savage. Lassen Sie sich Zeit, Sie dürfen auf keinen Fall danebenschießen. Vermutlich werden wir in ganz Mount Lion keine Emueier mehr auftreiben können.«

Rowland lud die Winchester und nahm seine Stellung ein. Als der Schuß krachte, kollerte das Ei sehr langsam von dem Erdhügel. Bony hob es auf.

»Sehen Sie, das Geschoß ist durch das Ei hindurchgegangen und hat vorn und hinten je ein schönes rundes Loch hinterlassen. Ich werde jetzt mit einem Taschenmesser ein ›W‹ hineinritzen. Und nun das nächste, Mr. Rowland.«

Sowohl der Knall als auch die Wirkung des Schusses waren eine völlig andere. Das Ei fiel in sich zusammen und das Wasser spritzte in alle Himmelsrichtungen. Nur ein winziges Stückchen Schale blieb übrig, alles andere hatte sich in tausend winzige Fragmente aufgelöst. Auf das übriggebliebene Stückchen Schale ritzte Bony den Buchstaben ›S‹.

»Vielen Dank«, sagte er. »Unser Experiment ist erfolgreich verlaufen. Und nun wollen wir ins Büro zurückgehen.«

Sergeant Morris setzte sich hinter seinen Schreibtisch, während Bony sich eine Zigarette drehte.

»Ich erwähnte schon einmal«, begann Bony nach einer Weile, »daß ich sechs verschiedene Methoden kenne, um einen menschlichen Leichnam zu vernichten. Auf Windee habe ich noch eine siebente Methode kennengelernt. Ich weiß jetzt, wie der Mord begangen und der Leichnam vernichtet wurde. Ich ahnte, daß zwei, vielleicht auch drei Männer an der Tat beteiligt waren. Ich kenne den Namen des einen Täters, und deshalb sei es mir gestattet, den Namen des zweiten zu raten. Die Identität des dritten ist allerdings noch ein Rätsel für mich. Um den Fall abschließen zu können, brauche ich den Namen dieses Mannes und das Motiv.«

»Wer sind die beiden, die Sie zu kennen glauben?« wollte Morris wissen.

Bony lächelte. »Ich glaube, wir sollten es wie die Autoren von Kriminalromanen halten. Der Name wird erst am Schluß genannt.«

»Zum Donnerwetter!« explodierte der Sergeant. »Wer sind die beiden?«

»Soviel ich weiß, sind sie in Mount Lion nicht unbekannt«, erwiderte Bony und erhob sich. »Und nun entschulidgen Sie mich. Ich habe noch eine Verabredung mit Pater Ryan.«

Bony verbrachte eine Stunde bei Pater Ryan. Als er gerade das Gartentor hinter sich zumachen wollte, kam Rowland und bat ihn noch einmal ins Büro, da Sergeant Morris noch etwas mit ihm zu besprechen habe. Lächelnd kehrte Bony um, sank auf einen Stuhl und drehte sich eine Zigarette.

»Da sind noch ein paar Punkte, die Sie mir etwas genauer erklären müssen«, bat der Sergeant mit beschwörender Stimme.

»Na, dann schießen Sie los!«

»Sie behaupten zu wissen, wie Marks' Leiche beseitigt wurde. Soll das nun heißen, daß sie tatsächlich restlos vernichtet ist?«

»Genau das hatte ich Ihnen klarzumachen versucht.«

»Dann dürfte es sehr schwer sein, die Geschworenen zu überzeugen, daß der Mann überhaupt tot ist. Haben Sie denn tatsächlich Beweise für Ihre Behauptung?«

»Absolut. Ich besitze den Beweis, daß Marks tot ist, auch wenn wir keine Leiche vorweisen können.« In Bonys Stimme schwang leise Genugtuung. »Ich kann nämlich beweisen, auf welche Art er ums Leben gekommen ist.«

»Und wie wollen Sie das beweisen?«

»Mittels einer kleinen silbernen Scheibe, die der Rückdeckel einer Armbanduhr sein könnte – es aber nicht ist.«

»Erklären Sie das! Verdammt noch mal, so rücken Sie doch endlich mit der Sprache heraus!«

»Noch nicht, Morris. Ich bin noch nicht ganz soweit. Wie heißt eigentlich die Dame, die drüben im Hotel logiert?«

»Thomas – Mrs. Rose Thomas. Sind Sie vielleicht an ihr interessiert?«

»Nicht persönlich«, erwiderte der Inspektor lächelnd. »Ich finde es nur merkwürdig, daß sie ausgerechnet nach Windee will. Anscheinend will sie Jeff Stanton besuchen. Übrigens – falls ich schon weg sein sollte, wenn die Antwort vom Präsidium kommt, dann vergessen Sie nicht, sie mir sofort nachzuschicken.«

Bony stand auf und verabschiedete sich. An der Tür blieb er noch einmal stehen.

»Noch etwas«, sagte er gedehnt. »Vielleicht können Sie dieses Zeug hier in Ihrem Geldschrank aufbewahren.«

Der Sergeant riß die Augen auf, als Bony aus den verschiedensten Taschen immer neue Bündel mit Pfundnoten hervorzauberte und sie vor ihn auf den Schreibtisch legte.

»Zum Teufel, was –«, stammelte er verblüfft.

Bony ließ ihn gar nicht erst zu Wort kommen.

»Das ist das Geld, das Marks bei sich trug, als er umgebracht wurde«, sagte er ruhig. Und noch ehe der verdutzte Sergeant eine weitere Frage stellen konnte, schlug draußen die Gartentür zu.

Es war kurz nach zwölf Uhr. Bony bummelte hinüber zum Hotel und setzte sich in den Schatten der Pfefferbäume, um jetzt in aller Ruhe den Brief seiner Frau zu lesen.

Seine Gedanken weilten noch bei seiner Familie, als vom Hotel her der Gong zum Mittagessen ertönte. Ron tauchte auf, und Bony erhob sich. Die beiden beschlossen, vor dem Essen noch einen Drink zu nehmen.

Im Gastzimmer war Mr. Bumpus damit beschäftigt, Gläser zu spülen. Gelangweilt bediente er die beiden Männer.

»Wenn du willst, komme ich nach dem Essen mit rüber und helfe dir beim Aufladen«, erbot Bony sich.

»Das ist bereits geschehen«, erwiderte Ron. »Jetzt brauche ich nur noch den Auftrag für Miss Marion zu erledigen, die Post zu holen, noch mal ein Glas zu trinken und unseren wasserstoffblonden Passagier einzuladen. Dann . . .«

Bedächtig lehnte sich Mr. Bumpus über die Theke.

»Das ist vielleicht 'ne Nummer!« flüsterte er. »Eben hat sie sich für ihren Besuch in Windee mit Alkohol eingedeckt. Zwei Flaschen Whisky und eine Flasche Gin! Na, mit der müßte ich verheiratet sein!«

»Scheint jedenfalls mehr Geld zu haben als ich«, meinte Ron trocken.

Mr. Bumpus füllte die Gläser nach.

»Mensch, ist das 'ne Nummer«, wiederholte er. »Wenn die meine Frau wäre . . .«

»Na, was wäre dann?« fragte Bony amüsiert.

»Ich würde ihr die Kehle durchschneiden!« erwiderte der Kneipier mit ehrlicher Entrüstung.

Die beiden Männer lachten und gingen hinüber in den Eßraum. Dort waren die Rollos zu drei Viertel herabgelassen, und es herrschte eine erträgliche Temperatur. Drei Tische standen in dem Raum, und an einem davon saß die Dame, die sich Rose Thomas nannte. Ein blutarmes junges Wesen servierte ihr das Essen.

In dem halbverdunkelten Raum wirkte Mrs. Thomas noch jugendlicher. Sie schien fröhlich – ein wenig zu fröhlich.

Aufgeräumt bat sie die beiden Männer zu sich an den Tisch. An ihren Fingern blitzten verschiedene Ringe, und eine enorme Brillantbrosche zierte ihren Busen. Während des Essens unterhielt sie sich ausschließlich mit dem jungen Engländer, ohne jedoch Bony absichtlich zu schneiden, der im übrigen absolut nicht böse über diese Nichtachtung seiner Person war. So hatte er wenigstens Gelegenheit, die Frau unauffällig zu beobachten.

Über Stanton und Windee Station wollte sie eine Menge wissen. Immer wieder fragte sie Ron über Jeff Stanton aus. Wie alt er sei, wie er aussähe, wie lange er schon in Windee lebe ... Bony zerbrach sich den Kopf, was sie von dem Viehzüchter wollte. Für eine Frau, die lediglich einen Job als Köchin suchte, war diese Neugier etwas eigenartig.

Als man endlich vom Tisch aufstand, war Bonys Neugier aufs höchste geweckt. Ron versprach, Punkt zwei Uhr abzufahren.

Zwanzig Minuten vor der Abfahrt brachte ein Junge Bony ein Telegramm. Es war an Sergeant Morris adressiert und lautete:

Alter achtundfünfzig. Größe einsachtundsechzig. Wasserstoffblondes Haar. Braune Augen. Auffallend gekleidet. Trägt viel Schmuck. Spricht schnell und schrill. Mädchenname Green.

Das Telegramm kam aus Sydney und trug keinen Absender. Bonys Augen bildeten nur noch zwei schmale Schlitze. Was wollte Marks' Schwester in Windee?

Am gleichen Morgen saß Jeff Stanton in seinem Büro. Vor sich hatte er eine große Karte von Windee Station, die auf einem Reißbrett befestigt war. Jede Koppel, jeder Brunnen, jedes Wasserloch waren eingezeichnet, und bunte Stecknadeln und winzige Fähnchen mit weißen Nummern zeigten exakt die augenblickliche Situation an. In dieser Koppel ging das Futter zu Ende, an jenem Staudamm sank der Wasserspiegel bedenklich – und so weiter. Es war die Generalstabskarte eines erfolgreichen Viehzüchters.

Stanton hob den Hörer des Telefons ab. An der gleichen Leitung hing nicht nur Nullawil, sondern auch noch ein halbes Dutzend Schäferhütten.

»Guten Tag, Mrs. Foster. Bitte verbinden Sie mich mit Carrs Tank. Warm heute morgen.«

»Ja, Mr. Stanton«, erwiderte die junge Frau. »Das Thermometer steht bereits auf siebenunddreißig Grad.«

»Na, da haben Sie noch Glück. Bei uns sind es bereits achtunddreißig.«

Während Jeff auf die Verbindung wartete, studierte er die Karte. Endlich meldete sich die angenehme Stimme von Hugh Trench.

»Guten Tag, Dash«, sagte Stanton. »Wie steht es da draußen?«

»Wir sind hier zunächst einmal fertig«, antwortete Dash.

»Gut! Und wieviel habt ihr?«

»Nicht ganz siebentausend. Mit den Känguruhs haben wir aufgeräumt.«

»Hm. Jetzt paß mal auf, Dash. Ich habe gehört, daß am Frenchman die Karnickel zu Millionen zum Saufen kommen. Könntet ihr da nicht einmal so schnell wie möglich nach dem Rechten sehen? Vielleicht morgen?«

Dash zögerte. »Das klappt aber schlecht. Wir haben drei Ballen Wolle zu liefern, und für die Häute wäre es auch nicht vorteilhaft, sie länger liegenzulassen. Sie verlieren an Gewicht.«

»Ich schicke am Nachmittag einen Lastwagen hinaus«, erwiderte Stanton sofort. »Den könnt ihr heute abend beladen, und der Fahrer kann ihn morgen nach Broken Hill bringen. Ich muß sowieso nach Broken Hill schicken, um Eisen zu holen. Also?«

»So würde es natürlich gehen. Am Frenchman sind keine Netze?«

»Nein.«

»Wie wäre es dann, wenn du vierhundert Meter mitschicktest? Der Fahrer könnte sie ja an der Weggabelung zum Frenchman abwerfen. Dann brauchen wir hier nicht erst die Netze aufzuwickeln. In einem Monat sind die Karnickel ja doch wieder hier, und da fängt die Sache von vorn an.«

»Geht in Ordnung. Ich werde das Nötige veranlassen. Es bleibt also dabei – ihr fahrt morgen zum Frenchman?«

»Ja. Die Dürre greift ziemlich um sich, wie?«

»Gewiß, aber bis jetzt ist die Situation nicht bedrohlich. Ned hat mir gesagt, daß bei euch das Gras kniehoch steht und trocken wie Zunder ist. Also ein gutes Jahr für einen Buschbrand. Vor allem die trockenen Gewitter machen mir Sorgen.«

»Vielleicht haben wir Glück«, meinte Dash. Nach einem kurzen

Zögern fuhr er fort: »Am ersten Weihnachtstag komme ich aufs Gut. Du erinnerst dich ja, daß dieses Weihnachtsfest als Ende der Probezeit festgesetzt war.«

»Wirklich?« sagte Stanton gedehnt.

»Das weißt du doch ganz genau! Ich habe mein Wort gehalten, das ich dir vor zwei Jahren gab. Du kannst auch nicht behaupten, daß ich mich nicht bewährt hätte.«

»Darüber diskutiere ich nicht!« schrie der alte Mann plötzlich los, und Mr. Roberts machte vor Schreck einen dicken Klecks ins Hauptbuch. »Ich stehe zu meinem Wort. Ich habe gesagt, daß du in zwei Jahren wieder vorsprechen kannst, wenn du es dir inzwischen nicht anders überlegt hast. Ich habe auch ein paar harte Jahre durchmachen müssen, als ich jung war. Also, dann komm am Heiligen Abend.«

»All right!« sagte Dash lachend. »Ich glaube, wir werden uns ganz gut vertragen.«

»Vertragen?« Stanton schnaufte verächtlich. »Gibt es jemanden, mit dem ich mich vielleicht nicht vertrage? Ich habe in den letzten zwölf Jahren nicht einen einzigen meiner Leute rausgeschmissen. Aber an deiner Stelle würde ich nicht gar so siegessicher sein. Es gehören immer noch zwei dazu, wenn man sich ein ganzes Leben lang streiten will.«

»Klar. Es wäre natürlich hart für mich, wenn ich einen Korb bekäme.«

»Na, na! Nur Mut!« meinte Stanton besänftigend.

Er hielt den Hörer noch am Ohr, aber Dash hatte schon aufgelegt. Nachdem er ebenfalls aufgelegt hatte, zündete er sich eine Zigarette an und starrte lange gedankenverloren auf die Landkarte. Als er schließlich in die Wirklichkeit zurückfand und auf die Uhr blickte, war es Viertel vor zwölf.

»Verbinden Sie mich mit Bumpus«, sagte er zu Roberts.

Drei Minuten später meldete sich der Wirt in Mount Lion.

»Ist Ron schon in der Stadt?« fragte Stanton.

»Er ist vor anderthalb Stunden angekommen«, erwiderte Bumpus.

»Dann lehnt er jetzt wohl an der Theke, wie?«

»Nein. Er ist drüben bei Hugo.«

»Ist Bony schon betrunken?«

»Der nicht! Er ist vor einiger Zeit zum Pater gegangen, wurde aber von Sergeant Morris ins Büro gerufen.«

»Nanu, was hat er denn ausgefressen?«

»Nicht, daß ich wüßte.«

»Ist er lange dort geblieben?«

»Er ist bis jetzt noch nicht wieder herausgekommen, aber ich habe ja nicht immer aufgepaßt.«

»Na ja, es geht uns ja auch nichts an, Bumpus. Lassen Sie die beiden sich jedenfalls nicht betrinken. Ich möchte sie heute noch wieder hier sehen. Und schicken Sie zwölf Flaschen Portwein mit, ja?«

»In Ordnung, Jeff!«

Wieder verfiel der alte Mann in tiefes Brüten. Seit Dash einmal zufällig erwähnt hatte, Ned sei Bony schon einmal begegnet, damals sei er bei der Polizei gewesen, hatte er schon oft über diesen seltsamen Mischling nachgedacht. Was wollte der Mann hier? Was hatte er mit Sergeant Morris zu besprechen?

Als der Gong zum Mittagessen ertönte, kostete es Jeff einige Anstrengung, sich aus seinen Grübeleien zu reißen.

Er ging mit Roberts hinaus. Der junge Mann elastisch und in aufrechter Haltung, der Gutsherr hingegen seltsam gebeugt, als fühle er sich plötzlich alt. Im Speisezimmer erwartete sie Marion.

»Ich will froh sein, wenn Weihnachten vorüber ist«, sagte Marion und wedelte mit ihrem Taschentuch. »Ich habe immer das Gefühl, daß es vor Weihnachten viel heißer ist als danach.«

»Nach Weihnachten ist es heißer, aber im Januar hat sich der Körper an die Hitze gewöhnt, und deshalb empfinden wir sie dann nicht mehr so schlimm.«

»So wird es wohl sein, Dad«, meinte sie in ihrer fröhlichen Art. »Wir sollten überhaupt dankbar sein, daß wir in einem großen kühlen Haus wohnen, anstatt in diesen Blechhütten, in denen die Schäfer hausen müssen.«

»Ach, man wundert sich, woran sich der Mensch gewöhnt«, sagte Stanton barsch. »In meiner Jugend habe ich in einer Bude kampiert, die nicht besser war als die Hütten der Eingeborenen. Außerdem sind meine Leute immer noch besser untergebracht als der breite Durchschnitt.«

Dann versank Jeff Stanton in Schweigen. Eine unangenehme Vorahnung plagte ihn, aber er schob es auf seine Leber. Nach dem Essen ging er hinaus auf die schattige Veranda, wo er in einen Korbliegestuhl sank und sich eine Zigarette drehte. Er dachte jetzt nicht mehr an Bony, er dachte an seine Tochter. Marion war es auch, die ihn aus seinen Gedanken aufschreckte, als sie sich plötzlich auf die Armlehne seines Liegestuhls setzte.

»Kommt Jeff heute, Dad?«

»Nein. Er muß noch Schafe von Whittocks nach Deep Bend treiben. Übrigens – ich schicke morgen einen Wagen nach Broken Hill. Wenn du etwas Besonderes für Weihnachten brauchst, dann gib deinen Auftrag mit.«

»Fein, Dad.« Sie lächelte träumerisch. »Bis Weihnachten ist es noch lange hin. Ich glaube, ich kaufe dir eine neue Zigarettenmaschine. Dieses Ding, das du gerade rauchst, hat ja Höcker wie ein Kamel.«

Stanton lachte betreten. »Dann bist du vielleicht so nett und machst mir eine schönere. Es ist gar nicht mehr so lange bis Weihnachten, und dann wirst du vielleicht keine Zeit mehr haben, für mich Zigaretten zu drehen.«

»Warum nicht?«

»Dash kommt am Heiligen Abend.«

Marion blickte ihrem Vater prüfend in die Augen.

»Du glaubst, daß er es sich nicht anders überlegt hat?«

»Ich weiß es sogar ganz genau. Und wie steht es mit dir?«

Marions dunkle Augen schlossen sich sekundenlang. Als sie sie wieder öffnete, strahlten sie wie zwei Sterne.

»Wie könnte ich es mir anders überlegt haben, wenn ich schon seit langem die Tage zähle?« Mit geröteten Wangen stand sie vor ihrem Vater und blickte hinab in sein wettergebräuntes Gesicht. »Du bist manchmal hart, Dad, aber du bist eben sehr weise. Das habe ich inzwischen eingesehen.«

Jeff Stanton saß noch auf der Veranda, als Ron zurückkam. Er beobachtete, wie der Lastwagen vor dem Gartentor hielt und eine Dame ausstieg. Er beugte sich weit vor, und im Bruchteil einer Sekunde war jeder Blutstropfen aus seinem Gesicht gewichen. Seine Augen glänzten glasig vor Furcht.

14

Die Tage, die nun folgten, brachten Bony viel Stoff zum Nachdenken.

Sir Alfred Worthington hatte sich für die Herkunft der Silberscheibe verbürgt, aber das war noch kein schlüssiger Beweis für Marks' Tod. Wie dem auch sei, nur Dot und Dash schienen als Mörder in Frage zu kommen. An ihrem Lagerplatz war Marks' Geld versteckt gewesen, und ein Schuhnagel legte den Schluß nahe, daß an ihrer Feuerstelle zusammen mit Känguruhs ein menschlicher Leichnam verbrannt worden war. Der Mann jedoch, der mit Marks im Wagen gekämpft hatte, war weder Dot noch Dash gewesen. Das wußte Bony jetzt, nachdem Illawalli Moongallitis Gedanken gelesen hatte.

Die Ankunft von Mrs. Thomas hatte allerdings die Fäden, die der Inspektor so mühsam entwirrt hatte, wieder völlig durcheinandergebracht. Es hatte ganz den Anschein, als sei Marks nicht wegen seines Geldes ermordet worden. Der Inspektor hatte einen neuen Verdacht – vorausgesetzt, daß Jeffrey Stanton mit einem Mann namens Joseph North identisch war.

Mrs. Thomas hatte eine phantastische Lebensgeschichte. In ihrer Jugend war sie in eine Romanze verwickelt gewesen, die die Schlagzeilen sämtlicher Zeitungen gebildet und sogar das Interesse der Polizei gefunden hatte. Das war jetzt vierzig Jahre her. Mrs. Thomas hieß mit Mädchennamen Green. Sie war die Tochter eines kleinen Viehzüchters in der Gegend von Louth am Ufer des Darling.

Rose Green war mit achtzehn ein ungewöhnlich hübsches Mädchen gewesen, und sämtliche junge Männer des Distriktes hatten ihr den Hof gemacht. Sie schien indessen zwei bevorzugt zu haben, denen sie ihre Zuneigung zu gleichen Maßen schenkte – einen jungen, wohlhabenden Viehhändler namens Joseph North, und einem Viehzüchter, der Thomas Thomas hieß. Die Eltern des Mädchens wollten allerdings ausschließlich den letzteren zum Schwiegersohn.

Rose Green war ein eigensinniges Mädchen, und die starre Haltung der Eltern veranlaßte sie wohl aus reinem Widerspruchsgeist, Joseph North ihre Hand zu versprechen. Sie wollte ihn heiraten, wenn er von seinem Viehtransport zurückkehrte, einem Treck, der sieben Wochen dauern sollte. Vor seiner Abreise kaufte North noch ein Stück Land in Louth und beauftragte einen Baumeister in Wilcannia, ein hölzernes Haus zu errichten.

Nachdem sich North mit sechstausend Schafen auf den Weg gemacht hatte, setzten die Greens ihre Tochter unter Druck. Schließlich gab Rose nach, und die Hochzeit mit Thomas wurde augenblicklich festgesetzt, damit sie es sich nicht mehr anders überlegen konnte. Die Vermählung sollte vor Norths Rückkehr stattfinden – man wollte ihn vor die vollendete Tatsache stellen.

North kam eine Woche früher zurück als vorgesehen, aber es war trotzdem zu spät. Die Trauung hatte am gleichen Tag stattgefunden. Er ging in Louth ins Hotel, zahlte seine Treiber aus und zog sich um, um sofort seine Angebetete aufzusuchen. Die Hochzeitsgesellschaft hatte sich inzwischen im Hause der Brauteltern eingefunden.

Neben dem Brautpaar saßen vierzehn Leute an der Festtafel. Es war der letzte Junitag, das Wetter kalt, und die Tafel war im Salon gedeckt. Es ging hoch her. Ein Faß Bier stand in der Ecke, und besonders die Männer führten das große Wort. Plötzlich kam Joseph North zur Tür hereinspaziert, in jeder Hand einen silberbeschlagenen Colt.

Er trug einen eleganten Cut mit einer weißen Rose im Knopfloch. In dieser Aufmachung hatte er wohl Rose Green zum Altar führen wollen.

Bony konnte sich die Szene lebhaft vorstellen, und seine ganze Sympathie gehörte dem verschmähten Liebhaber. North drohte, jeden zu erschießen, der sich zu rühren wage. Und er mußte wohl den Eindruck gemacht haben, daß seine Drohung ernst zu nehmen war. Alle gehorchten, sogar der Bräutigam, der von North den Befehl bekam, die Gäste auf ihren Stühlen festzubinden. Anschließend mußte er es sich dann gefallen lassen, daß seine jungvermählte Frau ihm das gleiche antat.

»Sie haben mich hinters Licht führen wollen«, wandte North sich dann an die Brauteltern. »Sie haben Rose dazu getrieben, Thomas zu heiraten, und Sie haben sie daran gehindert, mir zu schreiben. Hätte Rose sich in freier Wahl für Thomas entschieden, hätte ich diese Entscheidung akzeptiert. So aber sehe ich mich genötigt, einzugreifen. – Rosie, zieh dir die Reitstiefel an und einen Mantel über.«

»Nein! Ich bin doch nicht wahnsinnig!« hatte die Braut protestiert.

North ließ sich durch das Geschrei der Gäste nicht irremachen. Er packte das Mädchen am Arm und führte es hinaus. Sekunden später hörten die Zurückbleibenden die sich entfernenden Hufschläge, und als es endlich einem von ihnen gelungen war, sich und die andern zu befreien, war keine Spur mehr von North und der Braut zu sehen.

Die Polizei wurde benachrichtigt, die Verfolgung aufgenommen, und ganz Australien sprach in diesen Tagen nur noch von der ›gestohlenen Braut‹.

Aber weder Braut noch Entführer wurden gefunden. Die Weite Australiens hatte sie verschluckt. Die Wochen wurden zu Monaten. Es war um drei Uhr morgens am ersten Juli des darauffolgenden Jahres, als ein Hotelpächter in Louth Hufgetrappel vor seinem Schlafzimmerfenster vernahm. Wenig später donnerte jemand gegen die Haustür. Als der Mann halb angekleidet zur Tür lief, sah er eine heftig schluchzende Frau auf den Stufen der Veranda hokken. Bei näherem Hinsehen entpuppte sie sich als Mrs. Thomas, geborene Green. Pferd und Reiter waren längst über alle Berge.

Die Rückkehr der ›gestohlenen Braut‹ lieferte den Zeitungen neue Schlagzeilen, aber zu berichten wußten sie nicht viel. Mrs. Thomas weigerte sich nämlich standhaft, auch nur ein Wort über das vergangene Jahr zu sagen. Sie bestand sogar darauf, daß der gegen North erlassene Steckbrief zurückgezogen wurde. Schließlich ging sie zu Thomas Thomas und informierte ihn, daß er als ihr rechtmäßiger Ehemann die Pflicht habe, ihr Unterhalt zu gewähren.

Thomas schien diesem Verlangen ohne Widerspruch nachgekommen zu sein. Sie lebte mit ihm zusammen, bis er fünfzehn Jahre später starb. Er hinterließ ihr viertausend Pfund und weitere neuntausend für ihren gemeinsamen Sohn, der damals zwölf Jahre alt war. Nachdem Mrs. Thomas das Gut für weitere zweitausendfünfhundert Pfund verkauft hatte, zog sie nach Sydney, wo sie in das Hotelgeschäft einstieg.

Eine bemerkenswerte Frau, mußte sich Bony eingestehen. Und eine starke Persönlichkeit, denn sie hatte niemals in all den Jahren auch nur ein Sterbenswörtchen über jene Zeit verlauten lassen, die sie mit North verbracht hatte.

Joseph North mußte damals ungefähr dreiundzwanzig gewesen sein. Ein mittelgroßer Bursche mit grauen Augen und schwarzem Haar. Jeff Stanton war ebenfalls mittelgroß, hatte graue Augen, und das Haar seiner Tochter war schwarz.

War Stanton identisch mit Joseph North? Hatte der Besuch von Marks alias Green etwas mit der Affäre zu tun, die vierzig Jahre zurücklag? Offensichtlich war Marks aus einem ganz bestimmten Grund nach Windee gekommen, und nachdem er nun verschwunden war, tauchte die Schwester auf, um nach dem Rechten zu sehen.

Bony wartete darauf, daß sich etwas ereignete. Inzwischen arbeitete er mit Jack Withers an den Schafkoppeln.

Aber nichts geschah. Mrs. Thomas schien sich auf Windee Station häuslich niedergelassen zu haben. Doch plötzlich reiste sie Hals über Kopf ab. Sie bestellte sich telefonisch Mr. Bumpus' Wagen und ließ sich nach Mount Lion bringen.

Und ein überaus verwunderter Bony blieb zurück.

Am Tag nach Mrs. Thomas' Abreise ging Bony allein zur Arbeit, da Jack Withers sich nicht wohl fühlte.

Den ganzen Tag grübelte er über Mrs. Thomas und deren plötzliche Abreise nach. In zwei Tagen war Weihnachten, und er fand es merkwürdig, daß sie nicht über die Feiertage geblieben war.

Um halb fünf machte er Feierabend. Nachdem er sich eine Zigarette gerollt hatte, nahm er sein Kochgeschirr und trottete hinüber zu den eine Meile entfernt liegenden Gutsgebäuden. Die Hitze des Tages hatte noch nicht nachgelassen, kein Lüftchen bewegte sich. Vereinzelte riesige Gewitterwolken standen wie gigantische Eisberge am Himmel.

Bony marschierte am Ufer des ausgetrockneten Baches entlang und atmete auf, als er in den Schatten der Buchsbäume kam. Seine Ermittlungen hatten nun ein Stadium erreicht, in dem er nicht mehr länger warten konnte. Irgend etwas mußte er jetzt unternehmen, damit die Dinge in Fluß kamen. Er konnte die Verhaftung von Dot und Dash anordnen, er konnte auch Mrs. Thomas festnehmen lassen – irgend etwas würde dann auf jeden Fall passieren.

Bony ging mit gesenktem Kopf und betrachtete unbewußt die Spuren von Tieren und Insekten, die seinen Weg kreuzten. Er bemerkte Marion Stanton nicht, die auf Grauer Wolke angeritten kam. Und da sich das Mädchen in Gedanken sehr mit Mrs. Thomas beschäftigte, sah auch sie den Inspektor erst im letzten Augenblick.

Bony hatte sich schon lange ein solches Zusammentreffen gewünscht. Er riß seinen Hut vom Kopf.

»Guten Abend, Miss Stanton!«

Stumm betrachtete ihn Marion einige Augenblicke. Sie schien beinahe versucht, ohne ein Wort davonzureiten.

»Ich fürchte, Ihr Mißfallen erregt zu haben«, ging Bony zum offenen Angriff über. »Falls dies zutrifft, so geschah es völlig unbewußt. Vielleicht läßt sich alles erklären!«

»An Ihren Erklärungen bin ich nicht interessiert«, lautete ihre reservierte Antwort. Ihr Gesicht war eine unbewegliche Maske, nur ihre Augen glitzerten eisig wie Saphire. Bony stand vor ihr, und in seinen dunklen Augen leuchtete es amüsiert auf. Das machte sie wütend.

»Sie erinnern sich vielleicht noch, mir einmal von Ihrer Frau und Ihren Kindern erzählt zu haben?«

Bony nickte.

»Sie haben mir erzählt, welch wundervoller Mensch Ihre Frau sei und wie stolz Sie auf Ihre Söhne sind. Ich gewann in jeder Hinsicht den Eindruck, daß Sie ein Mann von Bildung und tadellosem Benehmen sind. Ich hielt Sie für einen Gentleman. Und nun erklären Sie mir, wie Sie sich mit einem Eingeborenenmädchen namens Runta einlassen konnten.«

Diese Anklage kam so unerwartet, daß es Bony die Sprache verschlug. Er hatte die ganze Zeit über geglaubt, die Stantons hätten durchschaut, daß er sich in seiner Eigenschaft als Polizeibeamter auf Windee aufhielt. Am liebsten hätte er jetzt einen tiefen, erleichterten Seufzer ausgestoßen. Er suchte nach einer Erklärung, die wenigstens ein Körnchen Wahrheit enthielt.

»Vielleicht ist wirklich unentschuldbar, daß ich mich mit Runta abgegeben habe«, begann er. »Aber bedenken Sie bitte, daß im

Dienste der Wissenschaft schon schlimmere Sünden begangen wurden. Bevor die Schwarzen nach Windee zurückkehrten, entdeckte ich eines Abends in der Nähe des Baches den Felsblock, der offensichtlich seit Jahrhunderten von den Eingeborenen zu rituellen Zwecken benützt wird. Da ich ein wissenschaftliches Werk über die Folklore der Eingeborenen schreiben möchte, interessierte ich mich dafür. Als Mischling werde ich jedoch von den Schwarzen genauso schief angesehen wie von den Weißen. Um Moongallitis Vertrauen zu erwerben, machte ich Runta – übrigens auf völlig harmlose Weise – den Hof. Ich wußte ja, daß sie unverheiratet ist.«

»Ich kann das nicht als Entschuldigung gelten lassen«, erwiderte Marion kühl. »Denn am allerschlimmsten finde ich die Art, wie Sie das arme Wesen davongejagt haben.«

Jetzt stieß Bony einen Seufzer aus. Nur mühsam unterdrückte er das Lachen, und sie bemerkte es.

»Unglücklicherweise nahm Runta das Ganze sehr ernst«, verteidigte er sich. »Aber ich bin felsenfest davon überzeugt, daß sie weniger mich als meine Pfirsiche und meine Toffees liebte.«

»Und was würde Ihre Frau sagen, wenn sie von Ihren – wissenschaftlichen Ambitionen erführe?« Marions Ton klang schon eine Nuance wärmer.

»Kein Mann ist ein Ritter in glänzender Rüstung, Miss Stanton, und schon gar nicht in den Augen seiner Frau. Meine Frau kennt mich ganz genau. Das hat sie mir erst in ihrem letzten Brief bestätigt. Sie schickte mir nämlich auf meine Bitte hin ein prächtiges Kleid für Runta.«

»Sie hatten ihr von Runta geschrieben?«

»Ich glaubte, daß Runta eine Entschädigung verdient hatte, und darum bat ich meine Frau, mir ein Geschenk zu besorgen. Es kam vor zwei Tagen an – gelb, mit großen roten Tupfen. Eine Übergröße, und darum dürfte es wohl –«

Er brach verdutzt ab. Marion hatte den Kopf zurückgeworfen und lachte aus vollem Halse. Schließlich glitt sie vom Pferd und stellte sich neben ihn.

»Bony, Sie sind der seltsamste Mensch, dem ich je begegnet bin«, sagte sie, noch immer lachend. »Die beiden Eingeborenenfrauen, die bei uns in der Küche helfen, erzählten Mrs. Poulton von Ihrer

Liebesaffäre, und da nahm ich natürlich das Übliche an. Es war eine tiefe Enttäuschung für mich, Bony, und darum bin ich heilfroh, daß Sie mir eine Erklärung für Ihr Verhalten geben konnten. Ich bin auch noch in anderer Hinsicht froh darüber. Ich brauche nämlich Ihren Rat.«

»Ich stehe Ihnen jederzeit zur Verfügung«, sagte Bony strahlend.

»Dann wollen wir nach Hause gehen.«

Marion hing sich die Zügel über den Arm, und sie gingen langsam in Richtung auf das Gutshaus zu. Zunächst schwiegen sie noch.

»Sie waren doch mit auf dem Lastwagen, als Ron Mrs. Thomas brachte, ja?«, fragte sie dann.

»Ganz recht. Ich sah die Dame zum erstenmal bei Bumpus.«

»Was halten Sie von ihr?«

»Ich denke, sie ist eine bemerkenswerte Persönlichkeit.«

»Sie trinkt – und zwar ganz schrecklich.«

»Die Beobachtung habe ich selbst gemacht, und Mr. Bumpus hat sie bestätigt.«

»Hat sie gesagt, was sie in Windee wollte?«

»Nein. Ich vermutete, daß sie eine Stelle suchte.«

»Nein, sie suchte keine Stellung«, erwiderte das Mädchen. »Ich wünschte, es wäre nur das gewesen. Ich wünschte vor allem, ich hätte eine Ahnung, was sie überhaupt bei uns wollte. Für mich war sie eine völlig Fremde, aber sie kennt Vater von früher und hat ihn wegen irgendeiner alten Geschichte immer wieder verspottet. Vater war zuletzt ganz verängstigt, er ist jetzt noch ganz krank. An dem Abend, an dem sie sich so schrecklich betrank, beschuldigte sie Vater sogar, er habe diesen Marks umgebracht. Sie wissen, dieser Mann, der vor vier Monaten im Busch verschollen ist.«

»Da müssen Sie ja heilfroh sein, daß diese Person wieder abgereist ist«, meinte Bony ausweichend.

»In gewisser Hinsicht schon. Aber Vater leidet immer noch. Irgendein Geheimnis scheint ihn zu bedrücken, und zwar im Zusammenhang mit dieser Frau. Wie könnte ich ihm nur helfen? Halten Sie es für klug, wenn ich in ihn dringe und völlige Offenheit von ihm verlange?«

»Ich glaube, das wäre das beste. Wenn es sich um eine Jugendtorheit Ihres Vaters handeln sollte, würde es bestimmt eine Erleichterung für ihn sein, sich Ihnen anzuvertrauen. Wissen Sie zufällig, warum Mrs. Thomas so Hals über Kopf wieder abgereist ist?«

»Nein, Bony, ich habe nicht die geringste Ahnung. Am Abend vorher hatte sie mit Vater einen gräßlichen Streit. Sie saßen im Speisezimmer und hatten die Tür geschlossen. Ich war mit Mrs. Poulton auf der Veranda. Wir konnten ihre Stimmen hören, ohne etwas zu verstehen, aber dann schrie mein Vater plötzlich: ›Nein! Kommt überhaupt nicht in Frage!‹ Mehrmals hintereinander schrie er das. Es klang ganz verzweifelt, Bony.«

»Als wenn er genau gewußt hätte, daß er sich ihren Wünschen würde fügen müssen?«

»Genau so.«

Schweigend gingen sie weiter.

»Und ich hatte mich so auf Weihnachten gefreut«, murmelte das Mädchen nach einer Weile. »Die Fosters sind eingeladen und Pater Ryan. Dot und Dash werden ebenfalls kommen, und Vater gibt für alle Männer ein Festessen . . .«

Die Tatsache, daß Dot und Dash nach Windee kommen würden, war für Bony eine interessante Neuigkeit. Und Mrs. Thomas hatte also Jeff gegenüber Forderungen erhoben! Kein Zweifel, daß Jeff Stanton mit Joseph North identisch war. Hatte die Frau Stanton erpressen wollen? Wußte sie etwas über den Tod ihres Bruders? Fast schien es so. Oder hingen ihre Forderungen mit der längst verjährten Liebesromanze zusammen?

Bony kam zu dem Schluß, daß er Marion Stanton am besten helfen konnte, wenn er den Fall Marks forcierte. Er entschloß sich, noch heute die Verhaftung von Dot und Dash anzuordnen. Mit Mrs. Thomas würde man schon fertig werden. Vielleicht genügte es schon, wenn Sergeant Morris ihr bedeutete, sie solle aus Mount Lion verschwinden.

»Sehen Sie die Wolke da drüben?« fragte Bony. »Unten ist sie tiefschwarz, oben aber ganz hell und licht. Morgen wird wahrscheinlich überhaupt keine Wolke mehr am Himmel sein, Miss Stanton. Unternehmen Sie alles, damit Ihr Vater sich Ihnen anvertraut.«

*

Gleich nach dem Abendessen schrieb Bony einen Brief an Sergeant Morris. Er ordnete die Verhaftung von Dot und Dash wegen Ermordung von Luke Green alias Marks an. Er informierte Morris, daß die beiden Männer am folgenden Tag in Windee erwartet würden. Den Brief beförderte Wam, ein Eingeborener, der ein Pferd besaß und sehr verschwiegen war.

Es war Jeff Stanton zur Gewohnheit geworden, abends auf der Veranda zu sitzen. Er rauchte dann seine Zigarette, las die Zeitung, oder er lehnte sich mit geschlossenen Augen zurück und lauschte Marions Klavierspiel. Sein Korbsessel stand zwischen der Wohnzimmertür und dem Fliegendraht, von dem die ganze Veranda eingeschlossen war.

Diese Abende waren die einzige Erholung, die Jeff Stanton sich gönnte. Wenn er allein auf der Veranda saß und der Musik seiner Tochter lauschte, war der alte Viehzüchter ein völlig anderer Mensch als der, dem man tagsüber begegnete. Wahrscheinlich kannte ihn außer Marion überhaupt niemand von dieser Seite. Nur Bony hatte sich oft in der Dunkelheit durch das Gartentor gestohlen und sich unterhalb der Veranda hingehockt. Von diesem Versteck aus konnte er sehen, ohne selbst gesehen zu werden.

Er kam, um Marions Klavierspiel zu lauschen. An diesem Abend, nachdem er die Verhaftung der beiden Jäger angeordnet hatte, suchte er wieder seinen Platz auf, aber heute wollte er nicht nur Marions Musik hören – er wollte mehr. Nach dem Gespräch am Nachmittag rechnete Bony damit, daß es zu einer Aussprache zwischen Vater und Tochter kommen würde. Marions Klavierspiel versetzte den alten Mann stets in eine weiche Stimmung, und möglicherweise vertraute er sich seiner Tochter an.

Bony kauerte im Dunkeln unterhalb der Veranda, lauschte auf die Musik und beobachtete ein fernes Wetterleuchten. Wie würde es jetzt weitergehen, wenn Morris die Verhaftung vorgenommen hatte, grübelte er. Würden Dot und Dash ein Geständnis ablegen und Marks' Mörder nennen? Oder würden sie schweigen und behaupten, das Geld gefunden zu haben?

Die beiden Männer waren intelligent. Im Grunde genommen bewunderte Bony das ungleiche Paar, aber er konnte sich nicht von seinen Sympathien oder Antipathien leiten lassen. Er mußte Marks'

Mörder finden und ihn und seine Komplicen der gerechten Strafe zuführen.

Marion kam auf die Veranda. Jeff Stanton saß zurückgelehnt im Sessel, den Kopf auf den verschränkten Armen, die Augen geschlossen. Er machte einen müden, abgehetzten Eindruck und wirkte älter, als er war.

»Müde, Vater?« fragte das Mädchen zärtlich.

»Ein bißchen«, erwiderte er mit gequältem Lächeln. »Der Tag war anstrengend. Jeff hat bei der Range Hut Schwierigkeiten mit einer Hammelherde. Wahrscheinlich wird er Weihnachten gar nicht kommen können.«

»Ach, das ist schade, Vater. Könnte man ihn denn nicht ablösen lassen?«

»Natürlich. Aber er ist nun mal zu dieser Arbeit eingeteilt, und darum wird er sie ausführen. Ich habe ihn in Verdacht, daß er in letzter Zeit mit Sauftouren beginnt, und da draußen ist er weitab von jeder Versuchung. Außerdem bezweifle ich, daß er abgelöst werden möchte.«

»Ja, da hast du sicher recht, Dad. Er will sicher nicht abgelöst werden. Aber von Sauftouren weiß ich nichts. Und ich kann das auch nicht glauben, es würde ja gar nicht zu Jeff passen.«

Marion verließ die Veranda, um Kaffee zu holen. Die Minuten krochen dahin, und Bony fragte sich, ob Wam inzwischen seinen Auftrag erledigt und Sergeant Morris wohl vor Überraschung vom Stuhl gefallen war. Dann kehrte Marion zurück und reichte Jeff Stanton seine Tasse. Sie setzte sich neben ihn und ging sofort zum Angriff über.

»Nicht nur Jeff macht dir Kummer, Vater«, sagte sie leise. »Es ist diese schreckliche Frau, die soviel Aufregung in unser Haus gebracht hat. Du machst dir furchtbare Sorgen ihretwegen, ich weiß das. Sag mir doch, was los ist – damit ich dir helfen kann.«

»Du könntest mir auch nicht helfen«, murmelte Jeff.

»Tausend Soldaten können eine Festung besser verteidigen als fünfhundert«, begann das Mädchen erneut. »Ein wenig weiß ich ja schon. Ich habe nicht absichtlich gelauscht; du sprachst so laut, daß man es einfach nicht überhören konnte. Du weigerst dich, etwas für sie zu tun. Deine Stimme klang so . . . so verzweifelt.«

Jeff Stanton schwieg und starrte genau in die Richtung, wo Bony vor der Veranda hockte. Das Mädchen stellte ihre Kaffeetasse auf den Tisch und legte ihre Hand auf die ihres Vaters.

»Dad!« flüsterte sie.

Stanton starrte weiter ins Leere.

»Dad!« drang sie erneut in ihn.

Plötzlich hob er sein Gesicht, und sie sah die Verzweiflung in seinen Augen. Sie warf die Arme um seinen Hals.

»Laß mich deinen Kummer mit dir teilen. Was will diese Frau? Was verlangt sie von dir?«

»Sie will, daß ich sie heirate.«

»Daß du sie heiratest? Du?«

Stanton nickte.

»Ich hätte sie schon vor vielen, vielen Jahren heiraten sollen«, erwiderte er. Der alte Mann wirkte plötzlich greisenhaft zerbrechlich. »Ich will dir alles erzählen, Marion. Aber vergiß nicht, daß ich dein Vater bin.«

Und nun erzählte er die Geschichte, die sich vor vierzig Jahren abgespielt hatte. Bony hörte jetzt auch den Teil, der ihm noch unbekannt war.

»Als ich sie aus dem Haus geführt hatte und wir zu den Pferden kamen, wollte sie nicht aufsitzen. Ich schrie sie an, ich würde ihr den Hals durchschneiden, und ich glaube, es war mir sogar ernst damit. Ich war völlig von Sinnen. Ich haßte und liebte sie zugleich. Sie gehorchte schließlich, und wir ritten wie die Teufel, bis die Dunkelheit hereinbrach. Da hatten wir eine leere Hütte erreicht. Zunächst mußte ich ihr das Hochzeitskleid ausziehen. Ich verbrannte es, dann gab ich ihr Reithosen und Stiefel. Sie hat gebissen und gekratzt wie eine wilde Katze, als ich ihr mit einem Messer die Haare kurz schnitt. In der Nacht brach ich ihren Willen, und am Morgen gab ich ihr eine Tracht Prügel, weil sie sich weigerte, das Frühstück zu machen. Aber sie machte keinen Versuch, zu fliehen, weil sie genau wußte, daß sie mir nicht entkommen würde. Später wurde sie dann etwas vernünftiger.

Drei Tage lang ritten wir nach Westen und mieden jede Ansiedlung. Am vierten Tag ritten wir nach Norden und erreichten am Mittag die Farm eines alten Schulkameraden von mir. Er wußte alles. Am Tage zuvor war eine Polizeipatrouille bei ihm gewesen. Ich bat ihn, mich und meine Braut zu verstecken, und er willigte ein. Er brachte meine Pferde fünfzig Meilen weit weg und ließ sie von dort allein nach Hause trotten.

Mit ihrer Kleidung und ihrem Haarschnitt hielt kein Mensch Rosie für eine Frau. Sie besorgte das Haus, kochte und zeigte sich durchaus gehorsam. Ich fragte mich schon, ob sie mich eigentlich haßte oder liebte. Sie war mir ein Rätsel geworden.

Eines Tages, als ich mit Fred von der Schafmusterung nach Hause kam, sahen wir vor dem Gartentor fünf Pferde angebunden. Als wir näher heran waren, kam ein Polizist aus dem Haus. Ich glaubte, erledigt zu sein, aber zu meiner Überraschung begrüßte er uns sehr freundlich. Er würde uns hoffentlich nicht stören, wenn er mit seinen Kameraden Rast mache, aber der junge Mann in der Küche habe ihn ausdrücklich zum Bleiben aufgefordert. In der Küche fanden wir Rosie. Sie bereitete für die Polizisten eine Mahlzeit. Auf dem Kopf trug sie einen alten Filzhut, ihr Gesicht war rußverschmiert. Sie hatte mich nicht verraten, sondern im Gegenteil alles getan, um nicht erkannt zu werden.

Danach schien sie mich dann weniger zu hassen, aber um so mehr zu lieben. Aber ich mochte sie nicht mehr. Ich litt immer noch darunter, lächerlich gemacht worden zu sein. Mein Stolz war verwundet.

Als das Baby kam, war ich Arzt und Hebamme zugleich. Ich konnte es ja nicht riskieren, sie nach Wilcannia zu schicken. Das Kind lebte nur eine Woche, und das gab wohl den Ausschlag. Wäre das Kind am Leben geblieben, hätte ich durch dick und dünn zu ihr gehalten. Nach dem Tod des Kindes begann sie sich sehr zu verändern. Sie ließ sich gehen, nörgelte fortwährend und warf mir sogar vor, ich hätte das Kind getötet. Ein Mann kann alles ertragen, nur keine ewig nörgelnde Frau. Ich hatte genug von ihr. Ich dankte Fred für seine Hilfsbereitschaft und brachte Rosie zurück nach Louth. Bei Morgengrauen erreichten wir die Stadt, und ich setzte sie vor einem Hotel ab.

Von diesem Zeitpunkt ab hörte und sah ich nichts mehr von ihr. Seltsamerweise hat sie niemals versucht, sich an mir zu rächen. Sie gelangte in Sydney zu Wohlhabenheit. Dann muß sie wohl eines

Tages in einer Illustrierten mein Bild entdeckt und im Suff ihrem Bruder erzählt haben, wer dieser Jeff Stanton in Wirklichkeit war.

Dieser Bruder nannte sich Marks. Er sah eine günstige Gelegenheit, mich zu erpressen, und das hat er neun Jahre lang mit Erfolg getan. Jetzt wollte er aus irgendeinem Grund aus Australien verschwinden und kam noch einmal zu mir, um eine größere Summe zu fordern. Seine Schwester hatte lange Zeit nichts mehr von ihm gehört und vermutete, er habe Australien längst verlassen. Daß er sich Marks nannte, erfuhr sie erst kürzlich. Jetzt beschuldigt sie mich, ihn umgebracht zu haben – natürlich hat sie nicht den geringsten Beweis für diese ungeheuerliche Behauptung. Ihr Schweigen soll ich mir damit erkaufen, daß ich sie heirate. Falls ich die Eheschließung bis zum ersten Januar nicht vorbereitet habe, will sie die ganze Geschichte von damals auspacken und mich auf die Art ruinieren.«

Jeff Stanton schwieg. Marion saß unbeweglich, und als sie jetzt sprach, bewegte sie nur unmerklich die Lippen.

»Soll sie dich doch bloßstellen, Dad. Aber heiraten wirst du sie nie.«

»Ich werde es aber müssen«, stöhnte der alte Mann. »Bevor mein alter Schulfreund starb, fertigte er ein Dokument an, das er sogar von Zeugen unterschreiben ließ. Er schildert darin, wie er mir bei der Beerdigung eines Babys half. Marks erzählte mir, er besäße dieses Dokument. Er zeigte mir eine Fotokopie davon. Rose hingegen behauptet, das Original besäße niemand anders als sie selbst. Wenn ich diese Person nicht heirate, wird sie mich ruinieren.«

15

Rund achthundert Kaninchenfelle hingen über dem Draht. Es war der letzte Fang von Dot und Dash in White Well.

Die beiden Jäger hatten spät gefrühstückt, weil es nichts mehr zum Abhäuten gab. Nur der Ballen mußte noch gepackt werden, der rund dreitausend Felle enthalten würde. Die vier Seiten der offenen Ballenumhüllung waren an anderthalb Meter hohen Pfosten befestigt. Dash, der schwerere von beiden, kletterte hinein, und Dot reichte ihm die Felle zu.

In diesem Sommer wurden gute Preise für Kaninchenfelle gezahlt, und Dot und Dash hofften, zum Jahresschluß noch hundertfünfzig Pfund zu kassieren.

Kurz vor Mittag hatten sie alles auf dem Wagen verladen. Sie setzten sich, um einen Becher Tee zu trinken und eine Zigarette zu rauchen.

Dot fuhr sich mit der Hand durch seinen flammend roten Bart. »Ich habe absolut keine Lust, mich zu rasieren. Wenn der Bart ab ist, erkälte ich mich möglicherweise. Können wir unsere Bärte nicht stehenlassen?«

Dash runzelte die Stirn. »Wenn wir uns unter zivilisierte Menschen begeben, haben wir uns auch entsprechend zu zeigen. In zehn Minuten wirst du das Vergnügen haben, mir sehr sorgfältig die Haare zu schneiden. Und anschließend kommt dann der Bart runter.«

»Und ich?«

»Dir werde ich den gleichen Liebesdienst erweisen. Es wird wohl das letzte Mal sein.«

»Wie meinst du das?«

»Genau wie ich es sagte. Ich glaube nicht, daß ich mir jemals wieder einen solchen Bart stehenlasse.«

»Gehst du vielleicht auf ein galantes Abenteuer aus?« Dot vergaß vor Überraschung den Mund zu schließen.

»Eigentlich nicht. Immerhin habe ich ernstlich in Erwägung gezogen, mich zu verehelichen.«

»Heiraten!«

»Findest du diese Idee vielleicht komisch?«

»Heiraten!« Dot brachte nur noch ein heiseres Krächzen heraus. »Das ist doch nicht dein Ernst?«

»Doch, Dot.« Der Engländer verlor plötzlich seine übertrieben hochnäsige Art und schien jetzt sein wahres Wesen zu zeigen. Das war der zweite Schock für Dot. »Bevor ich dein Partner wurde, gestattete mir das Vermögen meines Vaters, in England ein vornehmes Leben zu führen, ohne arbeiten zu müssen. Vor fünf Jahren geriet meine Familie in finanzielle Schwierigkeiten. Damit mein

Vater und meine liebe Mutter ihren gewohnten Lebensstil fortsetzen konnten, verzichtete ich auf vier Fünftel meines Monatswechsels, nahm meinen Abschied im besten Regiment der Welt und kam als Volontär nach Windee, wie dir ja bekannt ist.

In Windee verliebte ich mich in eine junge Dame. Trotz meiner Armut erhörte sie mich. Als nächstes bat ich den alten Jeff um seinen Segen. Und weiß du, was Jeff geantwortet hat?«

»Vermutlich ›scher dich zum Teufel!‹« sagte Dot prompt.

»Er drückte es etwas vornehmer aus, meinte aber genau dasselbe. Auf seine rauhe Art sagte er mir ganz offen heraus, daß ich nur hinter Marions Geld her sei. Am liebsten hätte ich ihn zusammengeschlagen, aber er ist ein alter Mann und außerdem Marions Vater. Ich bat ihn, mich auf die Probe zu stellen, und auf diesen Vorschlag ging er bereitwillig ein.«

»Und was verlangte er von dir?«

»Ich sollte zwei Jahre lang im Busch leben – mit dir zusammen.«

»Hm.« Der kleine Amerikaner zündete sich eine Zigarette an. »Ich wundere mich wirklich, daß du diese Zeit durchgestanden hast. Wir sind gut miteinander ausgekommen. Es wird mir komisch vorkommen, wieder allein zu sein. Schließlich gewöhnt man sich aneinander.«

»Ich weiß genau, wie das ist, Dot.«

»Wann sind deine zwei Jahre denn um?«

»Heute um Mitternacht. Der alte Jeff weiß es. Er weiß auch, daß wir heute nach Windee kommen und daß ich morgen Marion um ihre Hand bitten werde.«

»Und was kommt dann?«

»Das weiß ich noch nicht. Vielleicht kaufe ich mir ein kleines Grundstück in der Nähe von Adelaide, eine Obstplantage.«

»Na ja, wenn dir mal die Puste ausgehen sollte, dann denke daran, daß du mich jederzeit melken kannst. Ich habe mehr Geld, als du denkst.«

»Dann müßtest du ja ein Vermögen besitzen«, sagte Dash lächelnd und stand auf. »Aber – wenn wir auch jetzt unsere Partnerschaft aufgeben, mit unserer Freundschaft bleibt alles beim alten. Wo ist die Schere?«

Sie sprachen nur wenig, während sie sich gegenseitig die Haare schnitten und die Bärte abnahmen. Die Verwandlung, die mit ihnen vorging, war erstaunlich. Dash machte den Eindruck eines eleganten jungen Offiziers, während Dots rundes, glänzendes Gesicht eher das eines Geistlichen zu sein schien.

Es war nicht nur die bevorstehende Trennung, die Dot zu bedrücken schien.

Schließlich fragte Dash: »Was ist eigentlich schiefgegangen, Dot?«

»Tja, da ja nun bald die Stunde der Trennung geschlagen hat, möchte ich gern zuvor noch meine Sünden bekennen. Ich muß jetzt von einer Sache sprechen, die eigentlich tabu sein sollte.«

»Oh!« Dashs Stimme klang plötzlich schneidend.

»Ja – ich war ein großer Narr. Du wirst mir wahrscheinlich ins Gesicht springen, und das habe ich eigentlich auch verdient. Erinnerst du dich an das Geld, das ich verbrennen sollte?«

»Was ist damit?«

»Ich habe es nicht verbrannt. Das ist alles.«

Dash, der sich gerade seine eleganten Schuhe anzog, blickte mit gemischten Gefühlen seinen Gefährten an. »Wie war das?« fragte er auffallend ruhig.

»Ich habe es versteckt. Ich habe die Scheine in einen Blecheimer getan und unter der Feuerstelle an unserem alten Lagerplatz vergraben. Lieber Himmel, ich brachte es einfach nicht fertig, das viele gute Geld zu verbrennen –« Er brach ab und blickte Dash unruhig an. »Und was machen wir jetzt?«

»Wir werden heute abend in aller Stille zum Lagerplatz gehen. Und vor meinen Augen wirst du Schein um Schein verbrennen«, erwiderte Dash langsam.

Dot seufzte erleichtert auf. »Allright. Ich hatte schon befürchtet, du würdest verlangen, daß ich den ganzen Reichtum aufesse.«

Am Morgen des 24. Dezember herrschte drückende Schwüle. Bis elf Uhr war der Himmel völlig wolkenlos. Urplötzlich kamen dann die Wolken, wie es in Zentral-Australien oft geschieht. Majestätisch türmten sie sich auf und glitten langsam am Himmel dahin. Die Arbeiter schauten auf und wünschten, daß sich eine vor die Sonne schieben möge, aber immer wieder wurden sie enttäuscht. Erst gegen vier Uhr nachmittags brauten sie sich zu einer dichten blauschwarzen Masse zusammen, und die ersten Blitze zuckten auf. In der Ferne grollte der Donner.

Als Bony mit Jack Withers auf die Farm zurückkehrte, tauchte gerade Sergeant Morris auf. Er befand sich in Begleitung seines Assistenten. Die Ankunft der beiden Polizeibeamten verführte die Farmarbeiter augenblicklich zu den tollsten Spekulationen.

Marion Stanton kam auf ihrem Wallach angeritten, und Morris unterhielt sich kurz mit ihr. Gleich darauf kehrte das Mädchen um und ritt wieder den Bach entlang. Bony beobachtete die Szene und lächelte. Die beiden Uniformierten ritten jetzt zum Herrenhaus hinüber, saßen ab und marschierten militärisch steif ins Büro.

Zwanzig Minuten lang blieb die Bürotür geschlossen, dann eilte Roberts heraus, ohne Hut und mit einem Notizbuch in der Hand. Er schlenderte um das Haus herum und verschwand in seinem Zimmer. Wenige Augenblicke später tauchte er schon wieder auf, und Bony beobachtete, wie er sich verstohlen umblickte, bevor er durch die Gartenpforte schlüpfte und den Bach entlanglief.

Wenige Minuten später verließen auch der Sergeant und sein Assistent das Büro. Mit gewichtigen Mienen gingen sie hinüber zum Leutequartier und ließen sich von Bates ein Drahtseil geben. Mit Bates' Hilfe schafften sie es hinüber zur Straße, die nach Nullawil führte.

»Mensch, die wollen doch wohl Bates nicht aufhängen?« meinte Withers.

»Nein. Die wollen sicher eine Schaukel bauen – als Weihnachtsüberraschung für uns«, rief Ron und grinste.

»Na, ich werde mal sehen, was die da machen«, sagte Bony und schlich, hinter jedem Baum Deckung nehmend, hinter den Polizeibeamten her. Sie waren gerade dabei, das Drahtseil quer über die Straße zu spannen.

»Sie kommen!« rief Rowland seinem Chef zu, als in der Ferne eine Staubwolke sichtbar wurde.

Morris stieß ein zufriedenes Knurren aus. Bony schienen diese Vorbereitungen für die Verhaftung reichlich übertrieben. Andrerseits waren die beiden Männer mit ihrem Lastwagen den berittenen Polizeibeamten natürlich weit überlegen. Darum hatte Morris wohl auch sorgfältig erwogen, wo er die Straßensperre errichten sollte.

Es war Essenszeit, und Alf der Nörgler betätigte den Triangel. Bony ließ sich jedoch nicht irremachen, er blieb in seinem Versteck. Als Bates sich zum Gehen wandte, hielt Morris ihn zurück. Er würde vielleicht seine Hilfe benötigen, meinte er. In Wirklichkeit wollte er wohl nur verhindern, daß Bates mit den Leuten zusammenkam. Sie wären vermutlich in Scharen angeströmt gekommen, wenn sie gewußt hätten, was auf der Straße vor sich ging.

Die Staubwolke näherte sich. Sie mochte vielleicht noch fünf Meilen entfernt sein, als am Horizont eine zweite Staubwolke sichtbar wurde. Es war nicht zu erkennen, ob das erste Fahrzeug den Verwalter aus Nullawil brachte oder Dot und Dash.

Wäre nicht zufällig im Differential des ersten Wagens ein Zahnrad gebrochen, hätten sich die Ereignisse vermutlich anders abgespielt. Die Panne passierte etwa eine Meile vor der Straßensperre. Die Beobachter sahen zunächst nur, daß die Staubwolke in sich zusammensank und verschwand, während die zweite sich unbeirrt weiter ihren Weg durch die Ebene bahnte. Sergeant Morris drehte sich eine Zigarette und starrte angestrengt nach vorn. Es war immer noch nicht zu erkennen, ob der liegengebliebene Wagen Dot und Dash gehörte oder dem Verwalter von Nullawil. Aber letzten Endes war das uninteressant. Der zweite Wagen würde die Insassen des ersten bestimmt mitbringen.

Zwanzig Minuten vergingen. Inzwischen war der zweite Wagen an der Unfallstelle angekommen. In diesem Moment wurde die Aufmerksamkeit der beiden Beamten abgelenkt, und auch Bates blickte nach Norden, zum Rande der Ebene. Bony war von seinem Platz aus die Sicht versperrt, und es dauerte volle zwei Minuten, bis seine Neugier gestillt war.

Quer über die Ebene jagte ein graues Pferd mit einem weißgekleideten Reiter. Die trommelnden Hufe des Tieres wirbelten eine lange Staubwolke auf. Sein Kopf war weit vorgestreckt, der Reiter lag geduckt im Sattel. Marion Stanton galoppierte auf Grauer Wolke zu der Unfallstelle hin.

Morris beobachtete die Szene mit Genuß. Er freute sich über den Anblick des herrlichen Tieres und den guten Sitz der Reiterin.

Marion Stanton mußte die Panne beobachtet haben und wollte augenscheinlich nach dem Rechten sehen. Wie konnte Morris auch ahnen, daß Marions scharfer Ritt mit Mr. Roberts' vorzeitigem Verlassen des Büros in Zusammenhang stand.

Marion traf gleichzeitig mit dem zweiten Auto an der Unfallstelle ein. Aber niemand schien sich um den defekten Wagen zu kümmern. Offensichtlich war der Schaden so groß, daß man ihn nicht an Ort und Stelle beheben konnte.

Einige Minuten lang geschah gar nichts. Dann trabte Graue Wolke ein wenig zur Seite, und durch die Stille drang das Aufheulen eines Motors bis zu den wartenden Männern herüber. Eine riesige Staubwolke wirbelte auf, und der zuletzt gekommene Wagen raste in Richtung Nullawil davon.

Der graue Wallach trabte im Schritt auf das Gutshaus zu. Endlos dehnten sich die Minuten. Dann konnten Morris und die anderen erkennen, daß das Pferd zwei Reiter trug. An der Unfallstelle bewegten sich ein paar Gestalten um den defekten Wagen, während das andere Auto weiter nach Westen raste. Bony rieb sich zufrieden die Hände. Marion Stanton war von Roberts informiert worden und hatte Dot und Dash gewarnt. Genau das hatte Bony beabsichtigt.

Die beiden Reiter auf Grauer Wolke waren Marion und ihre Freundin, Mrs. Foster. Die Gestalten, die sich an der Unfallstelle bewegten, waren Harry Foster und zwei Viehhüter. Sie warteten darauf, daß der Lastwagen des Gutes den Wagen abschleppte.

Als der Wallach eine Viertelmeile vor den wartenden Polizisten von der Straße abbog und direkt auf das Gutshaus zuritt, befahl Morris, das Drahtseil wieder zu entfernen. Dann ging er mit seinem Assistenten den Bach entlang. Noch vor dem Haus trafen sie mit Marion und Mrs. Foster zusammen.

»Na, wie geht's Ihnen denn, Sergeant?« rief Mrs. Foster fröhlich und mit spöttisch blitzenden Augen. Sie kletterte vom Pferd, während Marion zu den Stallungen ritt.

»Was ist passiert, Mrs. Foster?« Morris' Stimme klang scharf. Man merkte ihm deutlich seine Verärgerung an.

»Das Differential ist gebrochen«, erklärte Mrs. Foster unbefangen. »Wir wollten natürlich mit Dot und Dash weiterfahren, aber als die beiden hörten, daß Sie hinter ihnen her sind, machten sie auf der Stelle kehrt und türmten. Was haben die beiden eigentlich ausgefressen, Sergeant?«

»Von wem haben die beiden erfahren, daß sie verhaftet werden sollten?« bellte der Sergeant.

»Wieso ...?« Mrs. Foster blickte kurz in die Richtung, in der Marion verschwunden war. »Sie müssen mich mißverstanden haben. Marion hat kurz erwähnt, daß Sie hier sind.«

»Ach! Sie hat das nur erwähnt?«

»Ganz recht.«

»Aber eben noch sagten Sie wörtlich, die beiden hätten erfahren, daß ich hinter ihnen her bin.«

»Sagte ich das? Nun, ich habe mich wohl falsch ausgedrückt. Warum wollen Sie die beiden denn verhaften?«

»Die ganze Sache scheint mir reichlich mysteriös«, brummte Morris. »Mir ist überhaupt nicht klar, woher Miss Stanton wissen konnte, was wir vorhaben. Rowland, bitten Sie die junge Dame her.«

Irgendwo brüllte eine Stimme ›Mr. Roberts!‹, und als Morris sich umblickte, sah er Jeff Stanton auf der Veranda. Der Buchhalter kam eilig vom Leutequartier herüber. Endlich erschien auch Marion.

»Wer hat Ihnen gesagt, daß wir Dot und Dash verhaften wollten?« fragte Morris barsch.

»Spielt das eine Rolle?« Ihre Stimme klang trotzig.

»Vielleicht nicht. Aber es spielt eine Rolle, daß Sie die beiden gewarnt haben. Warum taten Sie das?«

»Tat ich es wirklich? Das war mir gar nicht bewußt. Ich ritt hinüber, weil ja offensichtlich etwas nicht in Ordnung war, und dabei erwähnte ich zufällig, daß Sie und Mr. Rowland hier sind. Außerdem bin ich überzeugt, daß sie nichts Schlimmes getan haben.«

»Das steht hier nicht zur Debatte, Miss Stanton«, entgegnete Morris kühl. »Sie haben sich wahrscheinlich gar nicht überlegt, daß Sie mich an der Ausübung meiner Pflicht hinderten. Entschuldigen Sie mich jetzt bitte. Ich muß mit Ihrem Vater sprechen.«

Die beiden Beamten marschierten zum Büro. Die zierliche Mrs. Foster schob ihren Arm unter den von Marion.

»Ich fürchte, es ist meine Schuld. Ich habe dem Sergeanten nämlich erzählt, du hättest Dot und Dash gewarnt. Es tut mir schrecklich leid, aber ich war zu neugierig, was die beiden eigentlich ausgefressen haben.«

»Mach dir nichts draus. Sergeant Morris wird mir schon wieder vergeben.«

Morris war inzwischen vor der Bürotür mit Jeff Stanton zusammengetroffen.

»Ihre Tochter hat Dot und Dash – ich vermute, ohne Absicht – gewarnt. Die beiden sind natürlich sofort getürmt. Ich möchte jetzt Ihr Telefon benutzen, um alle umliegenden Farmen zu informieren und den Leuten zu verbieten, den Flüchtigen Benzin zu geben. Haben Sie eine Ahnung, wieviel sie mithaben könnten?«

»Da fragen Sie mich zuviel«, brummte Stanton. »Das, was im Tank ist, und dann gewöhnlich noch dreißig Liter im Kanister. Vielleicht kann Foster Ihnen da nähere Auskunft geben.«

»Gut, ich werde ihn fragen. Zunächst telefoniere ich jetzt. Und dann muß ich Sie noch bitten, uns Ihren Lastwagen zur Verfügung zu stellen – und einen Chauffeur. Rowland und ich können nicht fahren.«

»Nehmen Sie meinen Wagen, wenn Sie wollen«, brummte Stanton. Schließlich blieb ihm nichts anderes übrig.

»Ausgezeichnet. Er ist bedeutend schneller als der Lkw, mit dem die beiden geflüchtet sind. Die Jagd wird sowieso nicht lange dauern. Sie werden ihr Benzin bald verbraucht haben, und zu Fuß kommen sie nicht weit. Vielleicht sollten wir noch einen Spurensucher mitnehmen. Rowland, holen Sie den alten Moongalliti.«

Als Morris endlich seine Telefongespräche beendet hatte, die, so hoffte er wenigstens, ein Entkommen der beiden Jäger vereiteln würden, war es eine Stunde vor Sonnenuntergang. Weit im Norden stand eine blauschwarze Wolkenwand. Auch am westlichen Horizont braute sich ein Unwetter zusammen. Sergeant Morris blickte besorgt zum Himmel, als die ersten Blitze aufzuckten. Er ging eilig hinüber zum Leutequartier, wo er Jeff Stanton vorfand, der wütend und mit funkelnden Augen auf die Männer einredete.

»Ein Streik!« wandte er sich jetzt an Morris. »Es ist nicht zu glauben – die Burschen streiken!« Er schüttelte immer wieder ungläubig den Kopf. »Meine Leute streiken – hören Sie das? Meine Leute!«

»Warum streiken sie denn?« fragte Morris, ohne sich darüber klar zu sein, daß dieser Streik ihn persönlich am härtesten treffen mußte.

Stanton hob hilflos die Arme. »Morgen gebe ich meinen Leuten ein Festessen. Jetzt habe ich der Reihe nach fünf gebeten, sie möchten Sie fahren – aber sie weigern sich. Fragen Sie sie selbst, warum sie streiken.«

Jack Withers schien sich zum Sprecher gemacht zu haben. Man merkte ihm förmlich an, welche Willensanstrengung es ihn kostete, nicht zu schielen.

»Wir sind der Meinung«, begann er, »daß unser Boss, dem wir das ganze Jahr über helfen, Millionen zu scheffeln, uns zu Weihnachten eine -- eine Gratifikation geben sollte. Wir wollen Geld. Und wir arbeiten nicht eher wieder, als bis er es uns gibt.«

»So ein Blödsinn!« schnauzte Morris. »Mr. Stanton hat mir seinen Wagen geliehen, und ich frage euch jetzt, wer mich fahren will. Ich zahle Tariflohn und Überstunden – oder was so in Frage kommt. Also, Ron! Los, hol den Wagen, aber dalli!«

Der Engländer scharrte verlegen mit den Füßen.

»Kommt nicht in Frage!« sagte er entschlossen. »Ich bin kein Streikbrecher.«

»Ich verlange, daß einer von euch fährt!« rief Morris verzweifelt. »Ich habe mit eurem Streik nichts zu schaffen. Der betrifft Jeff Stanton, nicht mich. Wenn mich jemand fährt, so ist er bestimmt kein Streikbrecher.«

»Nichts zu wollen«, sagte Withers bedächtig. »Wir machen keinen Handgriff, bis wir nicht unsere Gratifikation haben.«

»Verdammt noch mal!« brüllte der alte Mann los. »Wieviel wollt ihr denn haben?« Er fühlte sich aufs tiefste verletzt. Überall stand er im Ruf, daß es bei ihm niemals einen Streik gab.

»Oh!« erwiderte Withers. »Jetzt kommen wir der Sache schon näher. Wie wäre es mit fünfhundert Pfund pro Mann?«

»Was?«

Jeffs Mund klappte auf und zu, und er brachte kein Wort mehr heraus. Er blickte sich hilflos um. Bony stand etwas abseits und schien sich köstlich zu amüsieren. Roberts kam vom Büro herübergelaufen, und im Westen schob sich die schwarze Wolkenwand immer näher. Fünfhundert Pfund pro Mann. Die Leute waren wahnsinnig geworden. Oder hatte er selbst den Verstand verloren?

Jeff schreckte aus seinen Gedanken hoch. Roberts stand vor ihm. Er sagte etwas von Feuer und Telefon. Wie war das? Der Blitz war in eine der Nordwestkoppeln geschlagen. Ned Swallow hatte angerufen. Sechstausend Schafe waren in diesen Koppeln eingesperrt. Im gleichen Augenblick sausten Ron und Evans zur Garage. Zwei Leute liefen mit Roberts zum Lagerraum. Jack Withers aber schlug dem alten Farmer kräftig auf die Schulter.

»Streik abgeblasen, Jeff«, sagte er dröhnend. »Jetzt wird der Brand gelöscht – und zwar schnellstens. Sonst verpassen wir morgen noch unser Weihnachtsessen. Und der Sergeant muß sich schon um einen anderen Fahrer bemühen – von uns hat jetzt niemand Zeit!«

Und da kapierte Jeff Stanton endlich, und es kam wieder Leben in ihn.

16

Der Ausbruch des Buschbrandes warf Bonys Pläne völlig über den Haufen. Er war sozusagen gezwungen, das Drama mitten im zweiten Akt zu unterbrechen.

Ein Blitz hatte an der nordwestlichen Grenze von Windee das kniehohe Gras entzündet. Die Koppeln dort unterstanden Ned Swallow, der freiwillig draußen geblieben war. Von der Hütte aus, in der kürzlich noch Dot und Dash kampiert hatten, sah er eine dünne Rauchspirale aufsteigen. Sie war mehrere Meilen entfernt. Sorgfältig beobachtete er sie, um sicherzugehen, daß es kein Rauchzeichen der Eingeborenen war. Als jedoch die Spirale zur Säule und schließlich zu einer dicken schwarzen Wand wurde, handelte er sofort.

Er rief auf dem Gut an und blieb am Telefon, bis Roberts Jeff Stanton informiert hatte.

Während Stanton ins Büro eilte, tankten zwei Leute die schweren Motorräder auf. Die übrigen Männer versammelten sich vor dem Büro und warteten auf die Befehle. Morris und sein Assistent wurden völlig ignoriert. Bony, der bei den wartenden Männern stand, beobachtete amüsiert das wütende Gesicht des Sergeanten.

Endlich kam Stanton aus dem Büro. Eine geborene Führerpersönlichkeit, strahlte er Ruhe und Zuversicht aus.

»Durch Blitzschlag ist ein Brand im Black Horse Paddock entstanden«, erklärte er. »Wie ihr wißt, ist das Gras dort zundertrokken. Es wird also nicht leicht sein, das Feuer zu löschen.

Die meisten Schafe kommen jetzt an die Wasserstelle, und Ned Swallow wird sie bei Carrs Tank festhalten. Jim und Tom, ihr nehmt die Motorräder und geht Ned zur Hand. Pferde sind noch draußen. Die übrigen fahren mit Ron. Ron, du tankst sofort den Anderthalbtonner auf und nimmst noch zusätzlich vier Kanister Benzin mit. Ed, du nimmst den Fünftonner. Jack und Bony werden dir helfen, den Fünfzehnhundertlitertank aufzuladen. Den füllt ihr mit Wasser. Mr. Roberts wird euch Verpflegung bereitstellen. Und nun – an die Arbeit!«

Gleich darauf herrschte fieberhafte Tätigkeit. Sekunden später schon donnerten die beiden Motorräder davon. In einer riesigen Staubwolke verschwanden sie in der Ebene. Der erste Lastwagen folgte wenige Minuten später. Verärgert beobachtete Sergeant Morris, wie Bony half, den Wassertank aufzuladen – ein Kriminalinspektor, der sich wie ein Farmarbeiter benahm!

»Tut mir leid, Morris, aber wir können im Augenblick nichts für Sie tun«, sagte Stanton.

»Ach, ich glaube, das spielt kaum noch eine Rolle. Die ganze Sache war in dem Augenblick verpatzt, als Ihre Tochter die beiden warnte. Und dazu noch dieser Streik, den Ihre Leute nur vorgetäuscht haben! Na ja, wir werden die Angelegenheit später noch untersuchen. Ich reite jetzt nach Mount Lion zurück und werde versuchen, dort einen Wagen zu bekommen. Rowland wird die Verfolgung zu Pferd aufnehmen. Moongalliti kann ihn begleiten. Sie könnten dem Alten ein Pferd leihen, Jeff.«

»In Ordnung! Die Pferde werden bereits gesattelt, weil ich ein halbes Dutzend Schwarze mit an die Brandstelle nehmen will. Ich werde Moongalliti rufen lassen.«

Eine Minute später erschien der Stallbursche mit dreißig gesattelten Pferden. Seine Gestalt war beinahe unsichtbar in der riesigen Staubwolke, die die Tiere aufwirbelten. Auch die Polizisten holten jetzt ihre Pferde. Sie kamen an Bony vorüber, und da niemand in der Nähe war, hielten sie an.

»Es tut sich was!« sagte Bony.

»Gewiß, es tut sich was! Wir werden sie schon kriegen. Ich –«

Sergeant Morris brach plötzlich ab. Verdutzt musterte er Bony.

»Haben Sie mir nicht einmal erzählt, daß Sie einen Führerschein besitzen?« fragte er grollend.

»Ja, mag sein. Warum?«

»Zum Donnerwetter, die Leute streiken, sie wollen mich nicht fahren, und Sie tun keinen Mucks. Warum haben Sie sich nicht gemeldet?«

Bony lachte. »Weil es gar nicht so wichtig ist, ob Dot und Dash verhaftet werden. Weder heute noch morgen.«

Der Sergeant schnappte nach Luft. »Aber Sie selbst haben doch diese Verhaftung angeordnet!«

»Natürlich, Morris. Aber die Verhaftung war für mich weniger wichtig als zu beobachten, wie gewisse Leute darauf reagieren würden. Aber verhaften Sie die beiden nur, obwohl ich bezweifle, daß einer der beiden einen Mord begangen hat. Ich warte inzwischen darauf, daß sich der dritte Mitspieler verrät.«

»Ihre Methoden sind wirklich ziemlich ungewöhnlich.«

»Das sagt man mir öfter«, meinte Bony und ließ den Sergeanten stehen.

Nach dem Abendessen saß Pater Ryan in seinem Studierzimmer. Gleich würde die Sonne untergehen. Von der Straße herauf drang das fröhliche Lärmen spielender Kinder.

Pater Ryan hörte es nicht. Seine Gedanken beschäftigten sich mit dem einzigen Gast, den Bumpus im Augenblick beherbergte. Was suchte diese seltsame Frau in Mount Lion? Er hatte beinahe ein wenig Angst vor ihr. Wenn sie ein Mann gewesen wäre, hätte er ihre Trunksucht wortlos hingenommen, aber eine Frau, die derartig trank, war ihm unheimlich.

Dabei wußte der Pater mehr von ihr als die übrigen Bewohner der kleinen Buschstadt. Mrs. Thomas war nämlich bei ihm erschienen und hatte ihm in seiner Eigenschaft als katholischer Priester anvertraut, daß sie die Schwester des verschollenen Marks war. Mehr hatte sie allerdings nicht verraten, und darum wußte Pater Ryan auch nicht, daß sie die Hauptfigur jener Geschichte gewesen war, die sich vor vierzig Jahren abgespielt hatte.

Sie hatte es jedoch fertiggebracht, ihn zu überzeugen, daß ihr Bruder nicht auf natürliche Weise im Busch ums Leben gekommen war. Nun grübelte der Pater schweren Herzens darüber nach, wer von diesen Menschen, die er doch durch und durch zu kennen glaubte, eine solche Untat begangen haben könnte.

Mrs. Morris riß ihn aus seinen Grübeleien.

»Ein Unglück in Windee, Hochwürden!« rief sie aufgeregt. »Oh, es ist einfach entsetzlich. Mein Mann sollte Dot und Dash verhaften, aber sie sind geflohen, und der Busch brennt – und morgen ist Weihnachten und –«

»Nun mal langsam, Mrs. Morris«, sagte der Pater in seiner tiefen, melodischen Stimme. Sanft drückte er die Frau in einen Sessel. »So, und nun erzählen Sie. Aber langsam und der Reihe nach.«

Zunächst hörte er geduldig zu, aber dann begannen seine Gedanken zu kreisen. Dot und Dash und Mrs. Thomas – die Namen verwirrten sich. Die Stimme von Mrs. Morris leierte eintönig weiter, und vor seinem geistigen Auge erschien in Flammenschrift: ›Dot und Dash? Dot oder Dash?‹

Einer der beiden oder beide gemeinsam? Zwei Jahre hatte Marion auf Dash – auf Hugh Trench, wie er in Wirklichkeit hieß – gewartet! Marion, die er seit ihrer Kinderzeit in sein Herz geschlossen hatte. Er mußte sofort zu ihr. Sie würde jetzt seine Hilfe brauchen.

Wortlos griff er nach seinem Rock. Den Hut vergaß er. Verdutzt und atemlos folgte ihm Mrs. Morris zur Gartenpforte und sah, wie er hinüber ins Hotel stürmte.

Auf einem Faß am Ende der Theke saß Mrs. Thomas. Sie hatte ein Glas vor sich, das gut einen halben Liter enthalten mochte. Vier

Männer spielten Siebzehn und vier. Schließlich wußte man, daß die Polizei im Augenblick nicht in der Stadt war. Mr. Bumpus zapfte Bier ab. Er hielt ebenso wie die Kartenspieler erschrocken inne, als der Pater eintrat.

Geistesgegenwärtig nützte Pater Ryan die Situation.

»Ah! Siebzehn und vier! Verbotenes Glücksspiel. In einem öffentlichen Lokal – in Ihrem Lokal, Mr. Bumpus! Das ist schlimm. Rufen Sie Ihre Frau, Bumpus.«

»Sagen Sie ihr, die Kirche verlange nach ihr«, rief Mrs. Thomas.

»Warum wollen Sie sie sprechen?«

»Rufen Sie Ihre Frau, Bumpus!«

»Die Kirche verlangt nach deinem Weib, Bumpus«, grölte Mrs. Thomas. »Für mich Schnaps und für die Kirche dein Weib.«

Einer der Spieler, der wie ein Seeräuber aussah, trat zu ihr hin und blickte sie drohend an.

»Sie wollen doch wohl Pater Ryan nicht beleidigen, wie?« fragte er auffallend ruhig.

Mrs. Thomas zog es vor zu schweigen.

»Na, dann ist's ja gut«, brummte der Mann und strich mit seiner sonnengebräunten Tatze über seine Kehle. Noch bevor Pater Ryan eingreifen konnte, kam Mrs. Bumpus herein.

»Guten Abend, allerseits. Hallo, Pater Ryan!«

»Guten Abend.« Der Pater lächelte. »Ich möchte Sie bitten, die Theke zu übernehmen. Ihr Mann wird mich und diese vier Gentlemen mit seinem Wagen hinaus nach Windee bringen. Sehen Sie zu, daß wir genügend Benzin haben, Bumpus.«

»Was soll das, Pater?« fragte Bumpus unwirsch.

»Ein kleiner Auftrag für Sie, Bumpus. Beeilen Sie sich. So, Jungs, und nun noch ein Glas, bevor wir aufbrechen. In Windee wartet viel Arbeit auf uns.«

»Was sollen wir eigentlich, Pater?« fragte der Seeräuber.

»Soviel ich weiß, brennt der Busch. Da wird jeder Mann gebraucht. Und da ich vermute, daß ihr beleidigt wärt, wenn ich euch hier sitzenließe, nehme ich euch mit.«

»Ach so! Ja, Pater, selbstverständlich«, erwiderte der Unrasierte. Es klang allerdings nicht sehr begeistert.

»Aber klar!« meinte der Nachbar.

17

Ned Swallow hatte mit Hilfe seiner Kelpiehündin sechstausend Schafe bei Carrs Tank zusammengetrieben. In der Koppel jenseits der Hütte galoppierten vier Pferde im Kreis herum. Normalerweise kündigte dieses Verhalten Regen an, aber heute war es die immer drohender aufsteigende Rauchwolke, die die Tiere völlig konfus machte. Auch Neds Pferd verriet Nervosität.

Die Galahs erhoben sich von ihrem Platz bei Carrs Tank und flogen hinüber in die Hügel, wo sie ihre Schlafplätze hatten. Hoch in den Lüften kreiste einsam ein Adler. Von allen Seiten kamen die Känguruhs angehüpft. Sie schienen noch nicht beunruhigt durch die Rauchwolke im Norden, obwohl der Wind von Norden wehte – schwach, aber doch stetig.

Die Dunkelheit senkte sich über die Ebene. Immer wieder ging Swallows Blick in die Richtung, wo Windee Station lag. Im letzten Tageslicht sah er eine Staubwolke. Endlich kamen sie.

Ned Swallows Aufgabe war nicht leicht gewesen. Ohne die Hilfe seines Hundes hätte er sie überhaupt nicht bewältigen können. Bei Carrs Tank stießen zwei Koppeln zusammen. Sie waren durch den üblichen Drahtzaun voneinander getrennt. In jedem dieser mehrere Quadratmeilen umfassenden Gelände befanden sich rund dreitausend Schafe. Die eine Herde war von Ned, die andere von der Hündin zusammengetrieben worden.

Am nördlichen Horizont flackerte es rot. Das war der Buschbrand. Aber Ned Swallow sah noch ein anderes Licht – hell und gleißend bewegten sich die Scheinwerfer eines Autos durch das wellige Gelände. Endlich hatte der Wagen die Ebene passiert. In wenigen Minuten würde er die Hütte erreicht haben.

Dann tauchte noch ein Scheinwerfer auf, weit in der Ferne, und dahinter ein zweiter. Swallow hätte am liebsten geschrien vor Erleichterung, aber er durfte die Schafe nicht noch unruhiger machen, die sich laut blökend aneinanderdrängten. Die Lichter draußen waren die Scheinwerfer der beiden Motorräder.

Der Wagen war inzwischen so nahe, daß seine Scheinwerfer die durcheinanderwogende Masse der weißen Schafsrücken erfaßte. Ned Swallow sah, wie er neben der Hütte anhielt.

Wen Ned eigentlich erwartet hatte, wußte er selbst nicht zu sagen, aber an Dot und Dash hatte er mit keiner Silbe gedacht.

Auf ihrer Flucht waren die beiden, noch ehe sie die Hügel erreicht hatten, in tiefen Sand geraten. Und im Norden stieg die schwarze Rauchwand auf.

»Na, das kann ja heiter werden!« meinte Dot.

»Wenn wir bis zu Quakers Sumpf durchkommen, bevor das Feuer nach Süden dringt, haben wir einen wundervollen Schutzwall zwischen uns und die Polizei gelegt.«

»Stimmt. Aber da müßten wir wie ein geölter Blitz fahren.«

»Nun ja«, erwiderte Dash in seiner überlegenen Art, »mit zwei guten Pferden haben wir noch jede Chance. Und ich glaube bestimmt, daß Ned wegschaut, wenn wir sie uns nehmen. Außerdem warst du doch schon zweimal im Nordterritorium und kennst die Wasserlöcher.«

»Stimmt auch. Trotzdem bin ich immer noch der Meinung, daß wir ruhig nach Windee hätten fahren sollen. Wir hätten dem Sergeanten guten Tag gewünscht, und er hätte uns nicht das geringste anhaben können.«

»Mein lieber Dot, damit hast du vollkommen recht. Aber es geht hier um die dritte Person. Durch unser Verhalten haben wir eine Spur gelegt, die von ihr wegführt.«

»Tja.« Dot nickte. Er starrte angespannt in die Dunkelheit. »In Neds Villa brennt kein Licht. Scheint gar nicht dazusein.«

»Wahrscheinlich ist er bei den Schafen.«

Die beiden Männer stiegen aus und versuchten sich durch Rufen bemerkbar zu machen. Als Dash den Motor abstellte, drang das laute Bähen der vielen tausend Schafe herüber.

»Er hat die Schafe zusammengetrieben. Offensichtlich wartet er auf Hilfe.«

»Ja, sieht ganz so aus.« Dot wandte sich um. »Da kommen sie wohl schon. Könnte aber auch die Polente sein.«

Auch Dash bemerkte jetzt die sich rasch nähernden Scheinwerfer.

»Na, was machen wir?« drängte Dot.

»Ich glaube nicht, daß es die Polizei ist«, meinte Dash. »Ohne Neds Hilfe können wir kein Pferd einfangen. Wir helfen ihm jetzt also zunächst bei seinen Schafen und holen uns anschließend die Pferde.«

»Und wenn es doch die Polizei ist?«

»Na ja, sie werden doch wohl nur zu zweit sein – und wir sind doch ebenfalls erwachsene Männer.«

»Da hast du recht! Los – Ned wartet bestimmt schon.«

Ned Swallow war mächtig überrascht, als die beiden Gestalten, die aus der Dunkelheit auf ihn zukamen, sich als Dot und Dash entpuppten.

»Na, wie gefällt dir dein Weihnachtsfest, Ned?«

»Oh, vielen Dank«, erwiderte Ned. »Aber ich hatte gedacht, daß ihr in Mount Lion seid und wie die Löcher sauft. Wie wäre es, wenn ihr zunächst einmal den Lkw so hinstellt, daß die Scheinwerfer die Schafe anleuchten? Ich habe Angst, daß sie mir in der Dunkelheit ausbrechen. Was wollt ihr eigentlich hier?«

»Erzähl du es ihm, Dot. Ich hole inzwischen den Wagen«, sagte Dash.

Ned Swallow hörte sich die Geschichte schweigend an.

»So, so!« meinte er schließlich. »Und was kann ich für euch tun?«

»Du kannst uns Pferde geben. Mit dem Wagen kämen wir nicht mehr weit, denn aus den Mulgabäumen kann man leider kein Benzin zapfen. Und da der alte Jeff das Geld für unsere letzte Ladung Känguruhfelle kassieren kann, wären die Pferde bezahlt.«

Dash manövrierte den Lastwagen an einen günstigen Platz. Die gesamte Schafherde wurde von den Scheinwerfern erfaßt. Die Tiere drehten ihre Köpfe zum Licht, und das aufgeregte Blöken verstummte allmählich.

Inzwischen hatten auch die beiden Motorräder die Hütte erreicht. Es gab ein lautes Hallo zwischen den Männern, und Dot und Dash erfuhren von dem Streik auf der Farm.

Dot lachte laut auf. Seine kleine Stupsnase hüpfte vor Vergnügen. Dash verzog keine Miene. Er grübelte, wieviel Marion wohl wissen mochte.

»Und was habt ihr jetzt vor?« fragte der eine Motorradfahrer.

»Ich denke, je weniger ihr wißt, desto besser ist das für eure Gesundheit.«

»Und für eure Gesundheit wäre es gut, wenn ihr so schnell wie möglich von hier verschwindet«, sagte Swallow. »Jim, sieh nach den Pferden. Dot und Dash helfen mir inzwischen, die Schafe in die Koppel zu treiben. Dann besorge ich Sättel. Aber geht vorsichtig damit um, ich muß euch meine eigenen geben.«

Die Motorradfahrer brausten zur Pferdekoppel. Hier fuhrwerkten sie mit donnerndem Auspuff und viel Gehupe hin und her, während sie mit den Scheinwerfern die Büsche und Senken absuchten. Das war die moderne Art der Pferdeausmusterung, und die beiden Männer waren mit Begeisterung dabei.

Sie entdeckten die Pferde schließlich und jagten sie mit Hupen und Schreien zur Hütte hinüber.

Inzwischen hatten Swallow und die beiden Jäger die Schafe hinter Windturbine und Damm gegen den Zaun der Pferdekoppel getrieben. Dreißig Minuten nach Ankunft der Männer waren beide Herden in der kleineren Pferdekoppel in Sicherheit. Von dort konnten sie ohne Schwierigkeit hinaus in die Ebene geführt werden, wenn das Feuer gefährlich nahe rücken sollte.

»So, weiter können wir nichts tun. Jetzt müssen wir auf Jeff warten«, sagte Swallow, als die fünf Männer vor der Hütte saßen.

»Na ja, was sollten wir auch schon tun«, sagte Jim bedächtig. »Wenn man nicht weiß, was man tun soll, dann soll man gar nichts tun. Das hat Bony neulich gesagt. Ein kluger Bursche, dieser Bony.«

»Hm!« Swallow trank einen Schluck, dann räusperte er sich. »Bony hatte ich ganz vergessen. Jetzt gebe ich euch keine große Chance mehr, Dash.«

»Wieso?«

»Weil Bony der beste Spurenfinder ist, den man sich vorstellen kann.«

»Na schön! Wir werden ihm schon eine harte Nuß zu knacken geben«, meinte Dot optimistisch.

Swallow zuckte die Achseln. »Wette zehn Pfund, daß er euch kriegt.«

Zehn Minuten später tauchten Scheinwerfer in der Ebene auf.

Die drei Wagen hatten das Hügelland hinter sich gebracht und näherten sich jetzt in schneller Fahrt der Hütte.

»Jetzt wird es Zeit für euch! Haltet euch geradewegs nach Port Darwin!« rief Swallow aufgeregt.

»Macht's gut!« sagte Dot.

»Wir werden ihnen sagen, daß ihr nach Westen geritten seid. Ihr schlagt doch eine andere Richtung ein, wie?«

»Nein«, gestand Dash. »Wir setzen uns nach Westen ab. Wenn ihr schon unseretwegen lügen wollt, dann sagt, wir seien nach Süden geritten.«

»Aber da riskiert ihr ja, daß euch das Feuer den Weg abschneidet«, sagte der eine der Motorradfahrer, der sich bis jetzt sehr wortkarg gezeigt hatte.

»Dieses Risiko müssen wir eingehen. Also – lebt wohl! Und vielen Dank für eure Hilfe.«

Die beiden Jäger verschwanden in der Dunkelheit. Sie ritten genau nach Westen. An ihrer rechten Flanke war der Buschbrand nur knapp zwei Meilen entfernt, und sie konnten deutlich die aufzüngelnden Flammen erkennen. Wenn es ihnen gelang durchzukommen, ohne nach Süden ausweichen zu müssen, würden ihre Spuren größtenteils ausgelöscht sein.

»So, Dot! Von jetzt an hast du das Kommando«, sagte Dash, nachdem sie eine halbe Stunde schweigend geritten waren. »Wie geht es nun weiter?«

»Wir kehren um und sagen den Bullen, sie sollen sich zum Teufel scheren«, antwortete Dot, ohne mit der Wimper zu zucken.

»Komm, laß uns nicht unnütz argumentieren. Es gibt für uns kein Zurück.«

»Nun, du zum Beispiel könntest doch ohne weiteres zurück.«

»Bitte, Dot. Der Fall ist erledigt. Wir bleiben zusammen. Wohin geht der Ritt?«

»Du bist wirklich der sturste Mensch, der mir je begegnet ist. Also – westlich von hier ist Freemans Run. Windees Westgrenze ist durch den Zaun markiert. Dort werden wir den Pfad von Freemans Station nach Nullawil erreichen. Ich möchte wetten, daß der alte Freeman seine Leute herausschickt, um Jeff bei der Brandbekämpfung zu helfen. Wir reiten also den Pfad entlang, bis wir sie kommen hören. Dann halten wir uns nach Nordwesten. Sie werden über unsere Spuren hinwegreiten, so daß selbst Bony nicht mehr feststellen kann, wo wir geblieben sind.

An der Nordwestgrenze von Freemans Run wohnt ein alter Freund von mir, er kocht dort für zwei Grenzreiter. Bis dorthin sind es noch siebenundvierzig Meilen. Wir werden also morgen mittag dort eintreffen. Bis zum Einbruch der Dunkelheit ruhen wir uns aus, und dann geht es hinein in die Never-Never-Wüste.«

»Also aus dem eingezäunten Gebiet hinaus?«

»Richtig. Man kann nicht nach Port Darwin gelangen, ohne über den Zaun zu klettern oder durch ein Gatter zu reiten.«

»Aber wir wollen doch nicht nach Darwin?«

»Nein, wir reiten zum Eyre-See.«

»Was ist das für eine Gegend?«

»Hast du noch nie vom Eyre-See gehört?«

»Nein.«

»Nun, dann male dir mal aus, wie die Welt nach einem Atomkrieg aussehen wird – wenn es nichts anderes mehr gibt als Insekten, Sand und Schlamm, dazu vielleicht ein paar Baumstümpfe. Kurz, ein Treffpunkt aller verlorenen Seelen. Ein Platz, wo es sogar dem Satan eiskalt über den Rücken laufen würde. So sieht es am Eyre-See aus, und dort ist genau der richtige Platz für uns.«

18

Inspektor Napoleon Bonaparte half den Männern, die Lebensmittel auf den Fünftonner zu laden. Plötzlich bemerkte er, daß Marion Stanton ihn seit einer Weile beobachtete. Sie winkte ihm unauffällig zu.

»Bevor Sie abfahren, muß ich Sie unbedingt noch sprechen. Bitte kommen Sie an die Nordseite des Hauses.«

Kurz darauf fand Bony Gelegenheit, sich unauffällig aus dem Staub zu machen. Er fand das Mädchen auf den Stufen der Nordveranda. Sie legte den Finger auf den Mund und bedeutete ihm, ihr zu folgen. Sie führte ihn in ihr privates Wohnzimmer, das niemand ohne ihre ausdrückliche Einladung betreten durfte. Sorgfältig schloß sie die Tür hinter sich.

»Nehmen Sie Platz, Bony. Ich muß mit Ihnen sprechen.«

Bony setzte sich. Das Gesicht des Mädchens war auffallend blaß. Sie schien geweint zu haben. Bony wartete geduldig auf das, was nun kommen würde.

»Ich habe gehört«, begann sie schließlich mit unsicherer Stimme, »daß Sie ein ausgezeichneter Spurensucher sind. Ich glaube, mein Vater erwähnte es. Stimmt das?«

Bony nickte erstaunt. »Gewiß. In Queensland habe ich bereits als Spurensucher gearbeitet.«

Sie blickte ihn schweigend an.

»Wenn ich irgendwelche Nachforschungen für Sie anstellen soll, Miss Stanton, bin ich gern bereit«, sagte Bony, als die Stille im Zimmer drückend zu werden begann. »Ich stehe Ihnen mit Freuden zur Verfügung.«

»Warum?«

»Warum?« wiederholte er verdutzt. »Ich bin ein Mischling, Miss Stanton. Sie als Tochter eines Millionärs, als weiße Frau, waren stets überaus freundlich zu mir. Sie haben mich wie Ihresgleichen behandelt. Ich möchte Ihnen dafür danken.«

Wieder betrachtete ihn Marion schweigend.

»Sie wissen, daß Rowland mit Moongalliti und Wam losgeritten ist, um Dot und Dash zu verhaften«, sagte sie schließlich mit tonloser Stimme. »Haben Sie eine Ahnung, ob die beiden Schwarzen gute Spurensucher sind?«

Bony überlegte, was diese Frage zu bedeuten haben könnte. Nach kurzem Zögern antwortete er: »Ich habe sie zwar noch nicht beobachten können, aber bei der Suche nach dem verschollenen Marks haben sie versagt. Es scheint also nicht weit her zu sein mit ihrer Kunst. Aber warum interessiert Sie das?«

Marion antwortete nicht sofort. Bony sah, wie es in ihrem Gesicht arbeitete.

»Angenommen, Moongalliti und Wam versagen auch diesmal«, meinte sie endlich. »Es wäre möglich, daß man dann Sie hinzuzieht. Und Sie würden sicher Erfolg haben?«

»Ich denke schon.«

Wieder blickte sie ihn wortlos an. Dann biß sie sich auf die Unterlippe. »Bony ...! Kann ich Ihnen trauen? Kann ich Ihnen restlos vertrauen?«

»Ich bin bereit, alles für Sie zu tun, Miss Stanton. Ich möchte das mit allem Nachdruck wiederholen.«

»Vielen Dank, Bony.« Die nächsten Worte sprudelte sie förmlich heraus. »Ich möchte, daß Sie Dot und Dash suchen. Moongalliti und Wam dürfen die beiden nicht finden.«

»Wenn es weiter nichts ist – ich werde Dot und Dash in kürzester Zeit gefunden haben.«

»Bony, Sie haben mich noch nicht verstanden. Ich möchte, daß Sie den beiden helfen, der Polizei zu entkommen.«

Bony starrte das Mädchen an. Es machte ihm Mühe, das eben Gehörte zu verdauen. Er selbst hatte doch die Verhaftung der beiden Jäger angeordnet. Und jetzt verlangte das Mädchen, er solle den beiden die Flucht ermöglichen – er, der er Polizeibeamter war.

»Warum sollte ich das tun?« fragte er kühl.

Sie spürte sofort seine Reserviertheit, aber sie war schon zu weit gegangen, um jetzt noch den Rückzug antreten zu können.

»Diese Frage möchte ich Ihnen nicht beantworten«, murmelte sie. »Sie sagten, Sie wollten alles für mich tun. Bitte tun Sie es – ohne Fragen zu stellen.«

»Aber die Umstände erfordern es, Miss Stanton«, rief Bony erregt. »Ich habe in Queensland einen guten Ruf als Spurensucher. Wenn ich tue, was Sie von mir verlangen, zerstören Sie diesen Ruf. Für mich steht viel auf dem Spiel, und darum müssen Sie mir den Grund für Ihre ungewöhnliche Bitte nennen.«

Marions Wangen hatten sich gerötet. Ihre Finger öffneten und schlossen sich vor innerer Erregung.

»Sie wollen meinen Wunsch nur erfüllen, wenn ich Ihnen den Grund nenne?«

Bony nickte. »Sie verlangen viel von mir, Miss Stanton. Sagen Sie mir den Grund. Je schwerwiegender er ist, um so eher wäre ich bereit, Ihre Bitte zu erfüllen.«

»Sie versprechen mir, keinem Menschen ein Wort darüber zu sagen?«

Der Inspektor nickte. Hinter dem Haus ertönte Stantons Stimme. Er rief nach Bony.

Marion senkte den Kopf. »Wenn Sie es also wissen müssen – ich liebe Hugh Trench. Ich bin heimlich mit ihm verlobt.«

Bony sprang unwillkürlich auf. Unbeweglich stand er da und starrte auf das Mädchen.

»Sie lieben – Dash?«

Sie beugte ihren Kopf noch tiefer.

Jeff Stanton brüllte lauter, aber Bony hörte es nicht. Er hörte nur Marions leises Schluchzen, und er vermochte nichts anderes zu denken, als daß dieses Mädchen, das er verehrte, ausgerechnet den Mann liebte, den er jagen mußte.

Jeff Stanton hatte es aufgegeben, nach Bony zu rufen. Ein Motor heulte auf, und der Lastwagen fuhr davon.

Bony hatte sich noch nicht von seiner Überraschung erholt. Er starrte auf Marion herab, die noch immer mit gesenktem Kopf vor ihm saß. Auf dem Korridor näherten sich Schritte. Es wurde leise an die Tür geklopft.

»Marion!« rief Mrs. Poulton.

Bony gewann beinahe den Eindruck, daß sich das Mädchen überhaupt nicht mehr rühren würde. Doch plötzlich stand sie auf, und während sie Bony fest anblickte, rief sie:

»Ja, Mrs. Poulton. Was gibt es?«

»Ihr Vater fährt hinaus an die Brandstelle. Er möchte sich noch von Ihnen verabschieden.«

»Sagen Sie ihm, ich würde gleich kommen.«

Die Schritte entfernten sich, und Marion trat dicht vor Bony hin.

»Nun, werden Sie meine Bitte erfüllen?«

»Sie bringen mich in einen furchtbaren Gewissenskonflikt, Miss Stanton«, erwiderte er langsam. »Lassen sie mich noch nachdenken, während Sie sich von Ihrem Vater verabschieden. Sie müssen mir etwas Bedenkzeit geben. Sie verlangen mehr von mir, als Sie ahnen können.«

Er wandte sich ab, um ihr nicht in die Augen sehen zu müssen. Er hörte, wie die Tür ging. Dann sank er auf einen Stuhl und stützte den Kopf schwer in die Hände.

Was sollte er tun? Der Fall Marks stand kurz vor der Aufklärung. Sollte er nach Sydney zurückkehren und sein Versagen eingestehen? Wenn er Dash entkommen ließ, mußte er zwangsläufig auch Dot laufenlassen. Es gab keine Möglichkeit, Dash allein frei ausgehen zu lassen. Andererseits hatte er Marion sein Wort gegeben, alles für sie zu tun.

Als er die Hände vom Gesicht nahm, fiel sein Blick zufällig auf den Schreibtisch. Einige Briefe waren mit einer Heftklammer zusammengesteckt. Unbewußt erfaßte sein Auge den Namen eines Juweliers in Adelaide. Er zog den Brief zu sich heran und las ihn. Er betraf einen Saphir.

Hätte er das alles nur früher gewußt! Jetzt hatte er in Sydney verschiedene Informationen angefordert, er hatte ein Gutachten über die winzige Silberscheibe eingeholt, und zu guter Letzt hatte er auch noch den alten Illawalli kommen lassen. Wie sollte er Morris gegenüber die Annullierung der Verhaftung begründen? Ganz abgesehen davon war er Polizeibeamter, und der Mörder von Marks lief noch frei herum.

Er überhörte Stantons Abfahrt. Er hörte auch nicht, wie die Tür ging. Er bemerkte Marion erst, als sie dicht vor ihm stand.

»Bony – warum fällt es Ihnen derart schwer, meine Bitte zu erfüllen?« Eine nachdenkliche Falte stand auf ihrer Stirn.

»Jetzt fällt es mir nicht mehr ganz so schwer«, erwiderte er mit einem gequälten Lächeln. »Ich versprach Ihnen, alles für Sie zu tun, und ich stehe zu meinem Wort. Aber was würde ich darum geben, wenn ich vorher gewußt hätte, daß Sie Dash lieben!«

»Was wollen Sie damit sagen?« Erneut stieg ihr das Blut in die Wangen, und Bony beeilte sich, das zu erklären.

»Bitte verstehen Sie mich nicht falsch, Miss Stanton. Ich wünsche von Herzen, daß Sie mit Dash glücklich werden. Und ich will nicht nur dafür sorgen, daß ihm die Polizei nichts anhaben kann, ich will ihn sogar persönlich zu Ihnen zurückbringen.«

»Oh, Bony! Wie wollen Sie das denn anstellen?«

»Diese Frage wird Dash Ihnen eines Tages beantworten. Dann werden Sie auch verstehen, warum die Entscheidung so schwer für mich war, die Sie mir in dieser Stunde auferlegt haben. Ich muß jetzt noch eine Kleinigkeit erledigen, und anschließend werde ich sofort aufbrechen. Nur etwas erklären Sie mir noch –«

»Ja?«

»Was bewog Dash dazu, Jäger zu werden?«

Ohne Zögern erzählte Marion, welche Bedingung ihr Vater an eine Heirat geknüpft hatte.

»Diese Probezeit ist heute zu Ende«, schloß sie leise. »Und statt ihn hier willkommen zu heißen, mußte ich ihn vor der Polizei warnen. Oh, was kann er denn nur getan haben? Doch gewiß nichts Unehrenhaftes, dessen bin ich ganz sicher.«

Bony lächelte. »Jetzt verstehe ich alles. Ich sehe schon ...«

»Was sehen Sie?«

»Daß ich ein Hochzeitsgeschenk für Sie besorgen muß. Und das wird noch heute geschehen.«

Und ehe sie noch etwas erwidern konnte, war er schon gegangen.

Mrs. Thomas war es zwar gewöhnt, riesige Mengen Alkohol zu verkonsumieren, aber im Verlaufe dieses Vergnügens geriet sie dann doch in einen Zustand, den man höflicherweise als ›beschwipst‹ bezeichnen konnte. Trotzdem hatte sie ihre Zunge stets im Zaum. Vor allem über ihre Absichten und Geschäfte verriet sie auch in trunkenem Zustand kein Wort. Statt dessen bekam sie regelmäßig das heulende Elend.

An diesem Abend schluchzte Mrs. Thomas laut und ohne Unterlaß. Immer wieder beteuerte sie Mrs. Bumpus, sie würde nicht eher damit aufhören, bis sie etwas gegen ihren Durst bekäme. Aber in bezug auf Whisky blieb Mrs. Bumpus stur. Sie offerierte ihrem Gast Flaschenbier aus winzigen Gläsern, und auch das nur in gewissen Zeitabständen.

Mrs. Thomas hockte auf ihrem Faß am Ende der Theke und jammerte vor sich hin. Mrs. Bumpus blickte ununterbrochen auf die Uhr. Sie war wütend auf ihren Mann. Wie konnte er sie nur mit dieser schrecklichen Person allein lassen.

Um halb neun erschien Sergeant Morris auf der Suche nach Fred Slatter. Er brauche ihn und seinen Wagen dringend, erklärte er. Als Mrs. Bumpus eine halbe Stunde später im Begriff war, das Lokal zu schließen und Mrs. Thomas – wenn nötig, mit Hilfe des Hausknechts – auf ihr Zimmer zu verfrachten, hörte sie den Wagen ihres Mannes über die Hauptstraße näher kommen. Sie erkannte ihn sofort, weil ein Kotflügel und die Stoßstangen nicht in Ordnung waren und klapperten. Der Wagen fuhr in den Hof, und eine Minute später erschien Bumpus hinter der Theke.

»So, endlich wieder zurück!« sagte er und nahm sich ein Glas.

»Wurde aber auch Zeit!« fuhr ihn seine Frau an. »Ich habe das hier restlos satt! Es ist Polizeistunde, und Sergeant Morris ist in der Stadt. Also wollen wir ins Bett gehen, damit wir wenigstens noch etwas Schlaf mitbekommen.«

»Du kannst ruhig schon gehen, Ethel«, meinte Bumpus gemütlich. Er hatte sein Glas mit einem Zug geleert. »Ich habe diesen Bony aus Windee mitgebracht. Er möchte gern noch einen Scheck auf den Kopf hauen.«

»Gib mir was zu trinken, Bumpus!« grölte Mrs. Thomas und wühlte in ihrer Handtasche.

Bumpus blickte sie prüfend an und wollte sich schon weigern, als er feststellte, daß so gut wie nichts in der Ladenkasse war. Mrs. Thomas warf ihm ein Zweischillingstück zu.

»Was soll's denn sein, Mrs. Thomas?«

»Einen Whisky Soda. Aber rasch, wenn ich bitten darf! Die ganze Zeit mußte ich gefärbtes Wasser trinken. Ihre Frau hat ja keine Ahnung, wie man ein Lokal führt. Keinen blassen Dunst hat sie. Hier, trinken Sie einen mit.«

Wortlos verschwand Mrs. Bumpus, aber ihr unheildrohender Blick ließ vermuten, daß sie ihrem Mann noch gehörig die Leviten lesen würde.

Als Bumpus seinem Gast das zweitemal zutrank, trat Bony ein. Er blickte sich kurz um, lächelte zufrieden und schloß die Tür hinter sich.

»Guten Abend, Mrs. Thomas! Ich dachte, Sie würden die Feiertage in Windee verbringen?«

Mrs. Thomas richtete sich hoch auf und musterte Bony aus benebelten Augen.

»Guten Abend, Mister«, lallte sie. »Nein, nicht in Windee. Das Mädel streicht doch ewig um den Alten herum. Feiere hier fröhliche Weihnachten. Kommen Sie, trinken Sie ein Glas mit.«

»Mit Vergnügen! Ein Glas Bier, bitte.«

»Ach, Bier! Whisky Soda – hier, trinken Sie!«

Lachend nahm Bony das Glas und trank. Dann ließ er sofort eine neue Runde auffahren. Wieder lächelte er zufrieden. Er war mit einer bestimmten Absicht nach Mount Lion gekommen, und jetzt erkannte er, daß sie leichter auszuführen sein würde, als er gehofft hatte. Mrs. Thomas war bereits ziemlich betrunken.

Er stellte aber auch fest, daß sie trotz ihrer Trunkenheit noch genau wußte, was sie sprach oder tat. Mit ihrem verschmierten Make-up sah sie allerdings ganz anders aus, als er sie von ihrem ersten Zusammentreffen in Erinnerung hatte. Ein betrunkener Mann sieht widerlich aus, eine betrunkene Frau jedoch ist ein tragischer Anblick.

Aber Bony hatte seinen Plan auszuführen. Er trank Bier und Mrs. Thomas Whisky. Während sie ihr Glas bis zum letzten Tropfen leerte, kippte Bony den größten Teil unauffällig ins Abwaschbecken. Er animierte sie immer wieder zum Trinken, und insgeheim bewunderte er ihre Standfestigkeit. Allmählich aber wurden ihre Augenlider immer schwerer.

Und dann kam der Moment, wo sie die Augen nicht länger offenhalten konnte, obwohl ihr Geist noch durchaus wach und ihre Sprache verständlich war.

»Na, wie wär's jetzt mit dem Bett?« schlug Mr. Bumpus gähnend vor.

»Glänzende Idee!« Bony nickte zustimmend. »Welches Zimmer habe ich?«

»Nummer vier.«

»Gut! Mrs. Thomas, gestatten Sie, daß ich Sie zu Ihrem Zimmer geleite?« Er machte eine galante Verbeugung.

»All right! Aber zuvor noch einen Schlaftrunk, Bumpus. Und eine halbe Flasche für morgen früh.« Sie fummelte mit geschlossenen Augen in ihrer Handtasche herum und brachte schließlich eine Pfundnote heraus. Mit ihrer rechten Hand tastete sie blind um sich, und Bony schob ihr das Glas hinein. Ohne die Augen zu öffnen, trank sie es leer.

»So, damit hätten wir's«, meinte Bony freundschaftlich. »Ihren Arm, bitte, Mrs. Thomas. Welches Zimmer haben Sie?«

»Sieben, Mr. Bony. Aber wo ist mein Morgentrunk?«

»Ich habe ihn.«

»Okay! Also gute Nacht, Bumpus. Sie sind ganz in Ordnung, aber Ihre Frau ist keine gute Geschäftsfrau. Ja, ich kann schon noch laufen. Also, haben Sie die Flasche? Himmel, ist das dunkel! Man kann ja überhaupt nichts sehen.«

Mr. Bumpus winkte Bony kameradschaftlich zu, und der winkte auf eine Art zurück, die darauf schließen ließ, daß er ebenfalls ganz schön einen sitzen hatte.

Bony führte die Frau durch den mangelhaft beleuchteten Flur zu ihrem Zimmer. Sie benahm sich jetzt wie ein Backfisch und kicherte unaufhörlich. Mrs. Bumpus, die noch wach im Bett lag, hörte sie sagen: »Nein, Bony, nur bis an die Tür. Ein junger Mann darf ein junges Mädchen nur bis zur Tür bringen. Oh, Sie Böser!«

Die Beleuchtung war so schlecht, daß Bony rasch ein Streichholz anzündete, um sich zu informieren. Glücklicherweise standen sie bereits vor Nummer sieben.

»Ach, schnell ins Bett! Kommen Sie, Bony, bringen Sie mich ins Bett!« kommandierte die erstaunliche Frau plötzlich mit lauter Stimme. »Haben Sie die Flasche? Gut! Stellen Sie sie auf den Tisch und das Glas daneben, damit ich morgen früh gleich alles griffbereit habe.« Bony führte sie zum Bett, und sie fiel drauf wie ein Sack. »Gute Nacht, lieber Freund«, lallte sie noch, dann rollte sie sich zur Seite und war im nächsten Moment fest eingeschlafen.

Bony steckte noch rasch den Zimmerschlüssel ein, dann schloß er vernehmlich die Tür hinter sich. Wenige Sekunden später machte er seine eigene Tür ebenfalls mit gehöriger Lautstärke hinter sich zu.

Zwei Stunden wartete er noch, dann konnte er annehmen, daß alles schlief. Nach einer weiteren Stunde hatte er das schriftliche Bekenntnis eines gewissen Fred Sims gefunden, das ein von Joseph North beerdigtes Baby betraf.

Am nächsten Morgen um sieben Uhr konferierte Bony bereits mit Morris. Es war ihm endlich mit verschiedenen Argumenten gelungen, den Sergeanten zu überzeugen, daß eine Verhaftung von Dot und Dash nunmehr überflüssig sei. Er überzeugte ihn außerdem, daß Mrs. Thomas eine höchst unerwünschte Besucherin in Mount Lion war und daß es in ihrem eigenen Interesse sei, wenn sie mit dem Bus um halb elf aus der Stadt verschwand.

Bony war schon am Vorabend mit dem Sergeanten zusammengetroffen, als dieser eben im Begriff war, mit Fred Slatters Wagen nach Windee zu fahren. Er hatte ihn davon in Kenntnis gesetzt, daß die Verhaftung der beiden Jäger inzwischen unwichtig geworden sei – er würde ihm am folgenden Morgen alles erklären. Sergeant Morris war höchst unzufrieden gewesen, andrerseits aber auch erleichtert, daß er sich nicht die Nacht um die Ohren schlagen mußte.

Auch die Erklärungen, die der Inspektor ihm am nächsten Morgen gab, befriedigten ihn nicht restlos, aber Bony hatte es eilig. Er wartete nicht erst, bis Mrs. Bumpus das Frühstück bereitet hatte, sondern fuhr sofort mit Slatters Wagen hinaus nach Windee. Es war acht Uhr, als er im Gutshaus eintraf.

Einer der vier Männer, die der Pater Ryan mitgebracht hatte, fungierte als Koch. Die vier saßen in der Küche des Herrenhauses, während Pater Ryan mit Marion und Mrs. Poulton im Speisezimmer frühstückte. Am Abend vorher war ausgemacht worden, daß Slatter den Pater und die vier Männer hinaus an die Brandstelle fahren sollte.

Nach dem Frühstück kam Pater Ryan mit Marion in die Küche und erkundigte sich, ob alle bereit seien.

»Fahren Sie nur schon voraus«, sagte Bony. »Ich nehme ein Pferd.«

»All right.« Pater Ryan verabschiedete sich von den Damen, dann fuhren die Männer los.

»Und jetzt hätte ich Sie gern ein paar Minuten gesprochen, Miss Marion«, sagte Bony.

»Gut. Gehen wir ins Büro.«

»Darf ich mich kurz an diesen Schreibtisch setzen?« bat er, und als sie nickte, warf er ein paar Zeilen auf einen Briefbogen und steckte ihn zusammen mit dem Dokument, das er sich bei Mrs. Thomas ›besorgt‹ hatte, und dem in Seidenpapier gewickelten Saphir, den ihm die Ameise vor die Füße gelegt hatte, in einen Umschlag. Diesen versiegelte er und schrieb in großen Buchstaben darauf:

›Von Miss Stanton am Tage ihrer Vermählung zu öffnen. Bonys Hochzeitsgeschenk.‹

Er stand auf und übergab ihr den Umschlag. Schweigend las sie die Aufschrift, las sie ein zweites und drittes Mal. Dann blickte sie ihn forschend an.

»Bony – soll das ein Scherz sein?«

»Nein. Ganz bestimmt nicht. Sie erinnern sich vielleicht, daß Sie mich kürzlich in einer Angelegenheit um Rat fragten, die Ihren Vater und diese Mrs. Thomas betraf. Je eher Sie heiraten, um so eher wird Ihr Vater aufatmen können – und damit auch Sie. Das Mittel dafür steckt in diesem Umschlag. Aber Sie dürfen ihn erst an Ihrem Hochzeitstag öffnen.«

»Ich finde das alles seltsam. Wie soll ich denn heiraten, wenn Dash von der Polizei gehetzt wird? Ich finde mich überhaupt nicht mehr zurecht. Auch Sie umgibt ein Geheimnis, Bony.«

»Es wird bald keine Geheimnisse mehr geben, Miss Marion. Ein paar Sorgen kann ich jetzt schon von Ihnen nehmen. Noch heute vormittag wird Mrs. Thomas Mount Lion mit dem Postbus verlassen. Ferner – Sergeant Morris ist zu der Ansicht gelangt, daß kein Grund mehr für eine Verhaftung von Dot und Dash besteht. So, das wär's fürs erste. Und nun möchte ich Sie bitten, mir Graue Wolke zu leihen.«

»Ich soll Ihnen den Wallach leihen? Warum?«

»Weil er das schnellste Pferd in Neusüdwales ist.«

»Stimmt. Aber wozu?«

»Je schneller ich reite, um so eher werde ich Dot und Dash eingeholt haben – und um so eher werden Sie in der Lage sein, den Umschlag zu öffnen.«

»Bony, wer sind Sie eigentlich?«

»Oh, ein armer Mischling, der Pferde zureitet und Weidezäune baut.« Als sie protestieren wollte, fügte er rasch hinzu: »Haben Sie schon Nachricht, wie es um den Buschbrand steht?«

»Vater rief mich heute morgen an und sagte mir, es sei sehr schlimm. Sie seien fieberhaft dabei, eine Brandschneise zu brennen. Und die Schäfer haben alle Hände voll zu tun, die Tiere aus den gefährdeten Koppeln wegzutreiben.«

»Hat man Dot und Dash gesehen?«

»Sie waren gestern abend bei Carrs Tank und haben sich zwei

Pferde genommen. Sie erzählten Ned Swallow, Dad habe sie geschickt. Ned sagt, sie seien nach Süden geritten.«

»Ach! Und was hat Jeff über Bony gesagt?«

»Nun – das will ich lieber nicht wiederholen.« Marion lachte zum erstenmal an diesem Morgen.

»Das kann ich mir denken.« Bony lachte ebenfalls. »Und nun: Wo liegt Carrs Tank? Gibt es eine genaue Karte des Gebietes?«

»Drüben an der Wand hängt eine. Eine Übersichtskarte des ganzen Distrikts.«

Nebeneinander standen sie vor dem riesigen Blatt. Marion wies auf Carrs Tank, und als Bony eine Schachtel mit farbigen Markierungsnadeln bemerkte, steckte er an dieser Stelle eine rote Nadel ein. Er betrachtete die Karte mit zusammengekniffenen Augen. Plötzlich leerte er die Schachtel mit den Nadeln auf dem Tisch aus.

»Suchen Sie mir alle roten heraus – aber rasch, bitte!« sagte er mit einer Stimme, wie Marion sie noch nie bei ihm gehört hatte.

Fieberhaft sortierte Marion die Nadeln und reichte sie Bony, der sie an verschiedenen Punkten einsteckte. Schließlich trat er zurück.

»Jetzt haben wir alle Wasserstellen markiert, die sich nördlich, westlich und südlich von Carrs Tank befinden«, erklärte er mit leiser Stimme. »Wasser, Miss Marion, ist lebenswichtig. Nicht nur für die Menschen, auch für die Tiere. Nun, Dot ist ein erfahrener Buschläufer. Er hat auch schon nach Gold geschürft – in der Schmiedewerkstatt entdeckte ich ein Sieb von ihm. Logischerweise muß er sich also im Gebiet des Mount Brown auskennen. Aber Ned Swallow hat gesagt, sie seien nach Süden geritten? Dumm, sehr dumm von ihnen! Nein, der Ritt ging nach Westen. Nach Westen, und dann weiter nach Nordwesten. Denn im Süden liegt das dichter besiedelte Weideland!«

Fünf lange Minuten stand er schweigend und unbeweglich vor der Karte. Marion versuchte, seine Gedanken zu erraten, aber es war ihr nicht möglich.

»Gestatten Sie, daß ich jetzt Graue Wolke hole?« sagte er endlich. »Und würden Sie so liebenswürdig sein und Mrs. Poulton bitten, mir Brot und Fleisch, sechs Pfund Mehl und etwas Tee und Zucker in einen Sack zu packen? Und dann besorgen Sie mir bitte noch zwei Dosen Tabak und ein paar Päckchen Zigarettenpapier.«

»Sie wollen jetzt losreiten?«

»Sofort. Jede Minute ist kostbar und verzögert nur den Augenblick, an dem Sie den Umschlag öffnen können.«

Nachdem er gegangen war, stand sie sekundenlang wie erstarrt, mit einer unerklärlichen Furcht im Herzen.

Graue Wolke war draußen auf der Weide, und es kostete Bony geschlagene dreißig Minuten, bis er sie eingefangen und gesattelt hatte. Er befestigte den Lebensmittelsack am Sattelknopf, während das Pferd verwundert schnaufte, weil dieser Mann, der ihm Zutrauen zum Menschen gelehrt hatte, sich nicht einmal die Zeit nahm, es zärtlich zu tätscheln.

»Westlich von Windee liegt die Schaffarm von Mr. Freeman?« fragte er.

»Ja«, erwiderte Marion.

»Hat Ihr Vater erwähnt, daß Mr. Freemans Leute an der Brandstelle helfen?«

»Er sagte, daß er sie erwarte. Er wunderte sich, daß sie nicht längst gekommen sind.«

»Vielen Dank. Ich glaube, jetzt überblicke ich die Situation. Machen Sie sich keine Sorgen, Miss Stanton. Ich werde Dot und Dash finden – und dann gibt es doch noch ein Happy-End.« Er saß auf und blickte lächelnd auf sie herab. »Ich habe gerade Runta getroffen«, fügte er gutgelaunt hinzu. »Sie sah entzückend aus in ihrem gelben Kleid mit den roten Tupfen.«

Gleich darauf war er in einer Staubwolke verschwunden.

19

Als Bony die Hügel hinter sich gelassen und hinaus in die Ebene kam, in der Carrs Tank lag, ließ er im Schatten eines verkümmerten Mulgabaumes die Zügel fallen. Der Wallach blieb stehen, Bony stieg ab und setzte sich auf einen Stein, um eine Zigarette zu rauchen. Schwacher Brandgeruch drang herüber, obwohl das Feuer noch vier Meilen entfernt war.

Nach kurzer Rast ritt Bony im Schritt den steil abfallenden

Pfad hinab und langsam an der südlichen Umzäunung der Pferdekoppel entlang. Auf diesem Weg mußte er direkt zur Hütte gelangen. Dort angekommen, sattelte er ab, führte den Wallach zur Tränke und ließ ihn dann in die Koppel.

Im Innern der Hütte herrschte ein wüstes Durcheinander. Auf dem Tisch standen Speisereste, in der Ecke lag ein Sattel, auf dem Boden war Papier verstreut. Es war nicht schwer zu erraten, daß die Männer einzeln von der Brandstelle kamen, hastig eine Kleinigkeit aßen, um dann sofort wieder hinauszueilen. Während Bony sich etwas kalten Hammelbraten und Brot nahm und heißen Tee dazu trank, kam Jack Withers herein.

»Mensch, Bony!« rief er überrascht und wischte sich den Schweiß von der Stirn. »Wo hast du denn gesteckt? Old Jeff hat eine Stinkwut auf dich.«

»Eine wichtige Aufgabe hielt mich zurück«, erwiderte Bony lächelnd. »Was macht das Feuer?«

»Na ja. Ein Buschbrand wie jeder andere, nicht schlimmer und nicht besser. Am Weidezaun, der westlich vom Brunnen verläuft, haben wir ihn zum Stehen gebracht. Jetzt arbeiten wir an der Südwestecke. Aber der Brand kriecht im Augenblick westlich und nordwestlich gegen die Brise. Jeff ist mit dem Haupttrupp nördlich von hier, sie brennen Schneisen. Und Pater Ryan hilft beim Kochen.«

Withers schnitt sich mit rußgeschwärzten Händen ein gewaltiges Stück Fleisch ab, setzte sich kurzerhand auf den Boden und begann gierig zu essen. Eine Weile kauten die beiden Männer schweigend.

»Dot und Dash sind entkommen?« fragte Bony.

Jack Withers grinste.

»Bis jetzt hat sie niemand daran gehindert, und ich glaube auch nicht, daß sie jemand hindern wird. Sie sind gestern abend Punkt acht hier losgeritten, und gegen elf kam Rowland mit dem alten Moongalliti und Wam. Der Polizist hat hier drin gesessen, die Neger draußen vor der Hütte. Da habe ich mir rasch von Joe zwei Geldscheine und von Ned ein Paket Tabak geborgt. Das habe ich den Schwarzen in die Hand gedrückt und ihnen gesagt, sie sollen zu Pater Ryan gehen und ein Kochgeschirr voll Tee holen. Als dann der Polizist herauskam, war kein Neger mehr weit und breit.

Da hat er die Verfolgung allein aufgenommen – in Richtung Süden. Er müßte meines Erachtens wohl bald in Broken Hill sein.«

»Vielleicht findet er die beiden dort.«

»Nee, höchstens ihre Schatten, denn die wären dann schon längst weiter nach Darwin.«

»Sind eigentlich Freemans Leute zu Hilfe gekommen?«

»Nein. Er hat Nachricht geschickt, daß bei ihm ebenfalls der Busch brennt.«

»Ah!«

»Ja. Muß oben an der Nordwestecke sein. Der alte Freeman ist mit seinen Leuten dabei, eine Brandschneise zu legen. Wenn morgen der Wind von Westen auffrischen sollte, werden sich die beiden Brände vereinigen, und wir haben eine Feuerfront von fünfzig, vielleicht aber auch von zweihundert Meilen. Es war ja schon seit Jahren nicht mehr so trocken.«

»Ich nehme an, daß Dot und Dash nicht verraten haben, wohin sie wollten?« fragte Bony beiläufig.

»Nein. Dot ist ein guter Buschmann. Aber ich beneide die beiden nicht. Wenn morgen ein Sturm aufkommt, kann es leicht passieren, daß sie von den Flammen eingeschlossen werden. Und was machst du jetzt? Du könntest uns eigentlich helfen.«

Bony saß eine Weile schweigend da. Dot und Dash hatten zwanzig Stunden Vorsprung. Heute konnte er nichts mehr unternehmen. Der Wallach hatte noch anstrengende Tage vor sich und brauchte Ruhe. Außerdem würde in anderthalb Stunden die Dunkelheit hereinbrechen. Er mußte also auf jeden Fall bis morgen warten.

Eine Stunde später ritt er mit Withers ab, um beim Eindämmen der Feuersbrunst zu helfen.

Sie ritten am Zaun entlang, der die südliche Grenze des Buschbrandes bildete. Man konnte den Eindruck gewinnen, sich am Rande einer Großstadt mit ihren Tausenden von Lichtern und Leuchtreklamen zu befinden. Nördlich des Zaunes hatte Stanton mit seinen Leuten eine breite Feuerschneise gebrannt, so daß die Flammen hier keine Nahrung finden konnten.

Mehrere Hektar kniehohen Grases waren ein Opfer der Flammen geworden. Das Gras hatte die im Laufe der Jahre herabgefallenen Zweige und Äste entzündet, und die dadurch entstandene Hitze war groß genug gewesen, um auch die Kiefern und Belarbäume als riesige Fackeln auflodern zu lassen. Die harten und harzarmen Mulgabäume hingegen widerstanden den wütenden Angriffen des Feuers. Das Inferno wurde noch vervollständigt durch das ununterbrochene, oft zum Donnern anschwellende Prasseln und Knacken der Flammen.

Bony ritt mit Withers ungefähr fünfhundert Meter südlich des Weidezaunes entlang. Vier Meilen westlich des Dammes bildete die Brandschneise einen rechten Winkel. Der Zaun war an dieser Stelle niedergelegt, und darum wandten sich die Männer nach Norden.

Hier war die Luft verhältnismäßig kühl. Eine anhaltende Brise kam aus Nordwesten, sie brachte sogar den Duft nach Gras und Laub mit. Doch bereits zwei Meilen weiter nördlich gelangten sie an die Stelle, an der es den Männern nicht mehr gelungen war, rechtzeitig eine Brandschneise zu legen. Hier wurden sie trotz ihres verbissenen Kampfes langsam zum Rückzug gezwungen.

Das Gras und die Luft waren so trocken, daß sich das Feuer sogar gegen den leichten Wind ausbreitete. Immer wieder mußten die Lastwagen die Männer an die mitunter sieben oder acht Meilen entfernten Punkte bringen, die im Augenblick besonders gefährdet waren. Kleidung und Gesichter der Männer waren rußgeschwärzt, die Hosen hatten Brandlöcher, und selbst die Stiefel verkohlten langsam an ihren Füßen.

»Zum Teufel, wo seid ihr denn so lange geblieben?« rief eine rußgeschwärzte Gestalt den beiden zu. »Habt ihr Tee dabei?«

»Wir haben ihn drüben bei den Pferden gelassen«, erwiderte Jack Withers. »Ihr legt jetzt erst einmal eine Pause ein. Inzwischen mache ich mit Bony hier weiter.«

»Na, das wurde aber auch Zeit«, knurrte ein zweiter Mann, der aussah, als könne er ohne viel Mühe mit dem linken Arm einen Zentner stemmen.

Die beiden trotteten sichtlich erschöpft zu dem Trinkwassertank, wo die Pferde an den Bäumen festgebunden waren. Bony und Withers nahmen den Kampf mit den Flammen auf. Nach drei Stunden spürte Bony kaum noch seine Arme. Seine Augen tränten, und seine

Kehle brannte. Withers arbeitete wie eine Maschine, und Bony hatte keine Ahnung, daß er das gleiche Bild bot.

»Na, wie geht's denn?«

Bony blickte mit glasigen Augen auf. Die beiden Arbeiter waren zurückgekommen.

»Müde!« stöhnte er heiser.

»Gebt eure Feuerpatschen her und verzieht euch. Wir haben euch noch Tee übriggelassen. Komm, Joe. Jetzt wollen wir den beiden mal zeigen, wie richtige Männer arbeiten.«

Trotz der dreistündigen Ruhepause waren die beiden natürlich noch todmüde, aber sie ließen sich nichts anmerken. Für Bony war es die erste Schicht gewesen, aber die beiden hatten bereits die dritte hinter sich.

Es war zwei Uhr früh, als Withers Bony aus dem Schlaf riß. Wieder arbeiteten sie drei Stunden lang mechanisch, mit schmerzenden, bleischweren Gliedern. Als sie schließlich abgelöst wurden, mußten sie über zwei Meilen bis zum Wassertank zurücklaufen. Der Wind hatte sich inzwischen etwas gedreht, so daß das Feuer an diesem Abschnitt nicht weiter vordrang.

Als Withers erwachte, war es bereits heller Tag. Er blickte sich nach Bony um, aber vergeblich. Der Inspektor war schon bei Morgengrauen aufgebrochen. Er war zunächst nach Süden bis zum Zaun geritten, war ihm drei Meilen weit gefolgt und hatte sich schließlich nach Norden gewandt. Waren Dot und Dash tatsächlich nach Westen geritten, mußte er auf diese Weise ihre Spur kreuzen. Er ritt einen leichten Galopp und beobachtete scharf den Boden.

Sieben Meilen nördlich des Zauns traf er auf die erste Spur. Er folgte ihr, bis er den Weg von Freemans Station nach Nullawil erreichte. Er ritt ihn entlang bis zu dem Zaun, der die Staatsgrenze bildete, und dann noch weitere fünf Meilen. Hier verlief der Weg über steinharten Lehmgrund.

Es kostete ihn eine halbe Stunde, bis er die Spur wiederfand. Er lächelte über die List, mit der Dot versucht hatte, die Verfolger abzuschütteln.

Die beiden Jäger hatten ihre Decken zerschnitten und sie um die

Hufe ihrer Pferde gewickelt. Auf diese Weise wollten sie ihre Spur verwischen.

Mit der Zeit wurden die Hufabdrücke wieder deutlicher, da der Stoff natürlich nicht viel aushielt. Bony entdeckte auch von Zeit zu Zeit blaue Wollfäden, und schließlich erreichte er die Stelle, wo man die Fetzen weggeworfen hatte.

Hier folgte er dem Beispiel der Verfolgten und stieg vom Pferd. Er sattelte es ab und ließ es grasen.

Bony trank ungesüßten Tee und rauchte drei Zigaretten. Als er sich eine halbe Stunde später wieder in den Sattel schwang, spürte er, daß der Wind sehr aufgefrischt hatte. Die Luft war blau vor Rauch, der aber nicht von dem Brand auf Windee stammte.

Als Bony die Hütte von Dots altem Freund erreichte, war es kurz nach Mittag. Niemand zeigte sich. Bony tränkte sein Pferd und fütterte es mit Hafer, den er in einem Schuppen fand. Dann setzte er den Wasserkessel aufs Feuer.

Auf der rohen Liegestatt lagen keine Decken, die Asche im Herd war erkaltet. Draußen waren auch keine Hunde angekettet. Und doch mußte der Besitzer der Hütte erst verschwunden sein, nachdem Dot und Dash vorbeigekommen waren, das bewiesen die Hufspuren vor der Hütte.

Nachdem er gegessen hatte, füllte Bony noch einmal die Futterkrippe des Wallachs. Dann schlief er vier Stunden. Als er erwachte, fühlte er sich wieder frisch. Er aß, tränkte das Pferd, füllte den Futtersack mit Hafer und saß auf. Er schlug einen weiten Bogen, bis er wieder auf die Spur der beiden Jäger stieß. Es war jetzt fünf Uhr. Bis zum Einbruch der Dunkelheit blieben ihm noch rund drei Stunden.

In leichtem Galopp folgte er der Spur mit dem Instinkt eines Bluthundes. Trotzdem befand er sich im Nachteil, da die beiden auch in der Nacht weiterreiten würden, solange Dot die Sterne als Wegweiser benützen konnte.

An der Nordgrenze des Weidegebietes stieß er auf eine breite Feuerschneise, die man an dem von Osten nach Westen verlaufenden Zaun gebrannt hatte. Vor ihm, nach Norden und nach Westen, dehnte sich das weite, wüste Gebiet des ›offenen Landes‹, jenes Gebiet, das völlig unbesiedelt war. In diese Wüste waren Dot und Dash also geritten, jetzt, mitten im Sommer, wo es seit vier Monaten keinen Regen mehr gegeben hatte und die Gefahr bestand, daß auch die Wasserlöcher ausgetrocknet waren.

Dem Inspektor war das Gebiet völlig unbekannt, und da die beiden zweifellos von Wasserloch zu Wasserloch geritten waren, brauchte er nur ihrer Spur zu folgen. Er fürchtete nicht, daß sie die Wasserlöcher vergiftet haben könnten – einer solchen Ungeheuerlichkeit wäre selbst der größte Schurke nicht fähig.

Als die Sonne sank, hingen im Westen tiefe Wolken. Auch der Wind kam von dort. Bony ritt noch eine Stunde in scharfem Tempo weiter, aber als die Dunkelheit hereinbrach, hatte er immer noch kein Wasserloch gefunden. Es blieb ihm nichts weiter übrig, als die Haferration des Wallachs mit etwas Wasser aus seinem Wassersack anzufeuchten.

Über einem kleinen Feuer bereitete sich Bony Tee, den er wieder ungesüßt trank. Nach dem Essen hockte er sich vor das Feuer und rauchte eine Zigarette nach der anderen.

Viele Stunden saß er so und hing seinen Gedanken nach. Schließlich übermannte ihn die Müdigkeit. Der anstrengende Ritt ließ ihn so tief schlafen, daß er das dumpfe Dröhnen der vorbeispringenden Känguruhs nicht hörte. Er spürte auch nicht, wie ein Dingo an ihm herumschnüfelte, der dann nach Osten in der Dunkelheit verschwand. Der Wallach beobachtete die Känguruhs, den Dingo und mehrere Füchse, die alle eilig in eine Richtung strebten – nach Osten. Seine Augen begannen zu tränen, und seine Nüstern wurden trocken von dem immer stärker werdenden Rauch. Tiefrot hatte sich der westliche Horizont gefärbt, und die Angst, die die vorbeiströmenden Tiere ausstrahlten, übertrug sich auch auf das Pferd. Es begann zu schnaufen und an der Leine zu zerren. Wie konnte sein Reiter schlafen, wenn alle andere lebende Kreatur floh? Es begann zu wiehern, laut und vernehmlich.

Bony erwachte und sah die Sterne nicht mehr. Verwundert fragte er sich, woher plötzlich die Wolken gekommen waren, es konnte doch keinen Regen geben. Da wieherte das Pferd erneut. Er setzte sich auf, und sein Blick fiel nach Westen. Die Silhouette der

Bäume und Sträucher stand gegen einen scharlachrot entflammten Himmel.

Der Wind kam direkt aus dem Westen. Er wehte anhaltend und viel stärker als in den vergangenen Tagen.

Bony sprang auf. Das Flammenmeer kam auf ihn zugestürmt mit der Geschwindigkeit eines galoppierenden Pferdes. Während er rasch den Tee austrank und sich eine Zigarette drehte, rechnete er sich seine Chancen aus.

Bis zur Hütte von Dots Freund waren es rund fünfundzwanzig Meilen. Dort würde er in Sicherheit sein, denn rings um die Hütte gab es kein Gras. Noch sicherer wäre er bei Carrs Tank. Es war natürlich möglich, daß ihm das Feuer den Weg abschnitt und ihn nach Osten trieb. Dort würde er dann auf den langsam von Windee herandringenden Buschbrand stoßen.

Andrerseits lag nördlich von ihm – er vergegenwärtigte sich die Karte in Stantons Büro – eine steinige Ebene, wo die Flammen keine Nahrung finden konnten. Wie weit es bis dahin war, wußte er nicht, er hatte sich vor allem die Wasserstellen eingeprägt. Fest stand jedenfalls, daß Dot und Dash nach Norden ritten, und er hatte Marion versprochen, ihr Dash zurückzubringen . . .

Zwei Minuten später ritt er in das wegelose Land nach Norden. Im glutroten Feuerschein sah er den langen Zug der fliehenden Tiere.

Er konnte nicht länger auf die Spur der beiden Jäger achten, er hielt sich einfach nach Norden. Er ritt im leichten Galopp, als befände er sich auf einem Morgenritt. Selbst als der Rauch dichter wurde, beschleunigte er das Tempo nur unmerklich. Er überquerte eine etwa viertausend Quadratmeter große ausgetrocknete Lehmfläche und geriet in Versuchung, hier das Feuer an sich vorbeiziehen zu lassen. Wäre er zu Fuß gewesen, hätte er diese Chance ohne weiteres wahrgenommen. Aber das Pferd würde zweifellos in Panik geraten, sich losreißen und ins sichere Verderben rasen.

Als der Morgen dämmerte und die glutrote Färbung am Himmel sich in ein schmutziges Grau verwandelte, war das Feuer bereits so nahe, daß Bony die hochauflodernden Flammen sehen konnte. Das Pferd lief wie eine Maschine, aber sein Atem ging schwerer, und auch sein Gang wurde ungleichmäßiger.

Bony verließ sich ganz auf seinen sechsten Sinn. Als es endlich der Sonne gelang, durch den dichten Rauchschleier zu dringen, stellte er fest, daß er nur ganz leicht nach Westen abgekommen war.

Eine weitere halbe Stunde ritt er in dieser Richtung weiter, dann entschloß er sich zu einer kurzen Rast. Er nahm den Sattel ab und rieb den Wallach mit dem Satteltuch ab. Dann trank er einen Mundvoll Wasser aus dem Wassersack.

Als Bony den verlangenden Blick des Wallachs bemerkte, bedauerte er, keinen Hut mitgenommen zu haben. So mußte sein Hemd herhalten. Er höhlte eine Vertiefung in den Boden und legte sein Hemd darüber. Darin entleerte er den Wassersack, der noch ungefähr vier Liter enthielt, zur Hälfte. Das war nicht viel, aber mehr konnte der Wallach nicht bekommen.

Er rastete nicht länger als fünfzehn Minuten. Dann ritt er in leichtem Galopp weiter, ein wenig mehr in östlicher Richtung. Unzählige Känguruhs, vereinzelte Füchse und sogar ein Dingo kreuzten seinen Weg auf ihrer Flucht nach Osten. Die Tiere konnten nicht wissen, daß sie geradewegs in das Feuer hineinliefen, das sich von Windee her ausbreitete.

Immer wieder versuchte Bony den Rauchschleier zu durchdringen. Er fieberte danach, endlich die Steinebene zu erreichen. Nach weiteren zwanzig Meilen mußte er noch mehr nach Osten einschwenken, da ihm der Buschbrand bereits bis auf eine Meile näher gerückt war.

Jetzt war die Lage so bedrohlich geworden, daß Bony fast jede Hoffnung aufgab. Er bedauerte, keinen Revolver mitgenommen zu haben. Der Tod durch eine Kugel wäre gnädiger gewesen, als in den Flammen umzukommen. Es tat ihm leid, Marions Wunsch nicht erfüllen zu können – er würde Dash nie zurückbringen, er würde hier draußen im Busch verbrennen. Er dachte an seine Frau und seine Söhne und daran, welchen Kummer er ihnen bereiten würde.

Plötzlich stieß er auf eine ganze Herde Känguruhs, die, von Panik ergriffen, haltgemacht hatte. Die Tiere rührten sich kaum, als Graue Wolke mitten durch sie hindurchpreschte.

Nach wenigen Minuten erkannte Bony, warum die Tiere nicht

weitergelaufen waren. Der Rauch vor ihm verdichtete sich. Und dann sah er durch die grauschwarzen Schleier die rote Glut gefährlich nahe. Es waren die ersten Ausläufer des Windee-Feuers, die langsam gegen den Wind vorkrochen. Jetzt schien der Anfang vom Ende gekommen zu sein. Der Korridor zwischen den beiden Buschbränden war nur noch eine Meile breit und verengte sich zusehends, und Bony befand sich mitten darin.

Er mußte sich wieder genau nach Norden halten. Zum erstenmal gab er dem Wallach die Sporen. Jetzt hieß es reiten, bis das Pferd zusammenbrach oder sich vor Angst nicht mehr führen ließ. Das würde dann das Ende für Reiter und Tier bedeuten.

Plötzlich geriet alles um sie herum in Bewegung. Die angstgepeinigte Kreatur sah in Graue Wolke den Führer aus diesem Inferno. Die Känguruhs, die Füchse und Dingos, die Kaninchen, sie setzten sich in Bewegung und folgten dem grauen Wallach.

Die Temperatur stieg rapide an. Jetzt war der Korridor nur noch eine Viertelmeile breit. Fünfzig Emus hatten sich dem Zug angeschlossen und vergrößerten die trampelnde, nach vorn drängende Flut der Tierleiber.

Bony gab es auf, den Wallach zu lenken. Das Pferd war jetzt ebenso von Panik ergriffen wie die übrigen Tiere. Bonys Augen brannten und tränten. Vor ihm flammte ein riesiger Sandelholzbaum auf wie eine Fackel. Eine Kiefer schien förmlich zu explodieren. Und zwischen dem immer lauter werdenden Donnern der Flammen gellten die Schreie der flüchtenden Tiere.

Der Rauch verdunkelte die Sonne, daß man glauben konnte, die Dämmerung sei hereingebrochen. Aber dann traten plötzlich die Bäume zurück. Das Gelände stieg sanft an.

Erst Sekunden später war Bony sich bewußt, daß die Hufe des Wallachs auf Stein trafen. Er hätte schreien mögen, aber der Rauch schnürte ihm die Kehle zu. Sie hatten die rettende Ebene erreicht – sie waren in Sicherheit.

In eiliger Flucht strömten die Känguruhs, die Emus, die Füchse und Dingos, die Schlangen, Leguane und die unzähligen Kaninchen an ihnen vorbei und ergossen sich in die Ebene.

*

Die Sonne stand im Zenit. Erbarmungslos brannte sie auf Bony und den Wallach herab, aber diese Hitze war eher zu ertragen als die Glut der riesigen Feuersbrunst.

Bony führte den Wallach am Zügel. Langsam bewegten sich Mensch und Tier über die baumlose steinige Ebene. Hier und da wuchs ein verkümmerter, grünblauer Busch, unter dem sich braune, graue und grüne Eidechsen verkrochen. Ein Leguan, über einen Meter lang, mit gelbgrüner Färbung und einem schlangenhaften Kopf, schlüpfte mit erstaunlicher Schnelligkeit in sein Loch. Hoch in den Lüften zogen drei Adler ihre Kreise.

Bony hatte sein Taschentuch geknotet und sich um den Kopf gelegt. Mit gesenktem Blick folgte er der Spur von zwei Pferden. Der Wallach trottete mit glanzlosen Augen und stumpfem Fell hinterdrein.

Das Pferd wäre nicht mehr imstande gewesen, zu galoppieren oder zu traben. Es konnte nicht einmal mehr einen Reiter tragen. Wenn es bis zum Einbruch der Dunkelheit nichts zu trinken bekam, würde es sich niederlegen und nicht mehr aufstehen. Und Bony besaß kaum noch einen Becher Wasser. Wenn er bis zum Abend kein Wasserloch fand, würde auch er nicht mehr die Kraft haben, weiterzugehen.

Trotzdem war er voll Hoffnung. Die Spur der beiden Jäger mußte an eine Wasserstelle führen. Schließlich hatten ihre Pferde genauso dringend Wasser gebraucht wie Bonys Wallach.

Sein Kopf schmerzte und seine Augen brannten. Es bereitete ihm zuviel Mühe, den Kopf zu heben und über die weite, flimmernde Ebene zu blicken. Als der Wallach plötzlich zu wiehern begann, stolperte Bony überrascht, aber er brachte es auch jetzt noch nicht fertig, die schmerzenden Augen zu heben. Er spürte einen warmen Atem im Nacken und wußte, daß das Pferd jetzt dicht hinter ihm und sehr aufgeregt war.

Endlich zwang er sich, aufzublicken. Zwischen geschwollenen Lidern hindurch sah er ein paar verkümmerte Bäume und daran zwei angebundene Pferde. Der Wallach versuchte erneut zu wiehern, aber es wurde nur ein heiseres Keuchen daraus. Er zerrte jetzt am Zügel, als wollte er vorwärts.

Mit Mühe gelang es Bony, das Tier zurückzuhalten. Er band es an einem Baum fest.

»Also dich haben sie geschickt, Bony?«

Wie aus weiter Ferne hörte er die Stimme. Er blickte auf und sah Dash wie durch eine vereiste Scheibe. Er versuchte zu sprechen, aber seine Zunge war dick geschwollen. Mit letzter Kraft riß er den Wassersack ab und spülte sich den Mund aus.

»Gib dem Wallach zu saufen, Dash«, brachte er mühsam heraus. »Nimm deinen Hut dazu. Aber nur zwei Hüte voll.«

»Okay. Aber gib acht, wohin du trittst. Hier wimmelt es von Schlangen. Dot ist gebissen worden.«

›Dot ist gebissen worden . . . Dot ist gebissen worden . . .‹ Unaufhörlich hallten diese Worte in Bony nach. Er sah die verschwommenen Umrisse eines Baumes und taumelte darauf zu. Mit dem Rücken sank er gegen den Stamm. Seine Augen versagten ihm noch immer den Dienst, aber er besaß Übung genug, um sich auch blind eine Zigarette zu rollen. Mit geschlossenen Augen inhalierte er den Rauch. Zwei Minuten später brachte ihm Dash einen Becher mit kaltem, leicht gesüßtem Tee.

»Du und Dot – ihr seid meine Gefangenen«, sagte Bony mit müdem Lächeln.

»Ich vielleicht. Dot ist dir entkommen«, erwiderte Dash. »Er trat auf eine winzige Schlange – sie war keine zwanzig Zentimeter lang. Sie biß ihn direkt über seinem Stiefel ins Bein, und zwanzig Minuten später war er tot. Ich versuchte ihm zu helfen. Ich tat alles, was ich tun konnte, aber er war nicht mehr zu retten.«

Als Bony jetzt sprach, klang seine Stimme fast normal, aber Dash gewann den Eindruck, daß er im Delirium redete.

»Ich bin froh, daß es so gekommen ist, Dash. Es war das beste für ihn und für mich, wenn es auch kein schöner Tod gewesen sein mag. Hätte die Justiz ihren Lauf genommen, wäre er bestraft worden – und du vielleicht auch.«

»Das bezweifle ich. Dot würde gesprochen haben«, entgegnete Dash heiser.

»Nun ja, wir werden später darüber reden«, murmelte Bony. »Bring mir noch etwas Tee und gib Graue Wolke noch einen Hut voll Wasser. Aber nicht mehr.« Und als Dash ihm den Tee reichte, fügte er hinzu: »Lauf nicht weg, Dash. Dann müßte ich wieder hinter dir her, und mir tun die Füße so weh.«

Vier Tage später, als die Sonne im Westen versank, erreichten die beiden Männer die Hütte bei Carrs Tank. Niemand war anwesend. Sie banden ihre Pferde fest. Dann forderte Bony seinen Gefangenen auf, ihm in die Hütte zu folgen.

Während Dash das Feuer anzündete, sah er, daß Bony ans Telefon ging und ein langes Läutezeichen gab. Das war das Rufzeichen für das Büro in Windee Station. Um die Polizei in Mount Lion zu bekommen, mußte man zunächst Windee anrufen und sich von dort weiterverbinden lassen.

»Hier Bony. Ja, ich habe ihn bei mir. O nein, er hat keine Schwierigkeiten gemacht. Ist ein Wagen verfügbar?«

Eine längere Pause.

»Oh, dann schicken Sie ihn doch bitte zu uns heraus, ja? Sie kommen selbst mit? Ausgezeichnet! Ja, es ist alles in Ordnung.«

Dash sah, wie Bony den Hörer wieder auflegte. Und dann sagte er etwas, dessen Sinn Dash zunächst nicht begreifen konnte.

»Wir müssen uns beeilen. Waschen, rasieren und anständige Sachen anziehen. Miss Stanton – jawohl, mein lieber Dash, du hörst richtig – Miss Stanton kommt heraus, um dich in Empfang zu nehmen.«

20

Am Tag nach dem Buschbrand gab Jeff Stanton seinen Leuten ein Festessen, von dem man noch viele Jahre später reden würde.

Pater Ryans Anteil im Kampf gegen die Feuersbrunst war nicht geringer gewesen als der der anderen Männer, die mit der Feuerpatsche gegen die Flammen angekämpft hatten. Er fühlte sich genauso erschöpft wie alle anderen. Nach einem heißen Bad und einem ausgezeichneten Essen hatte er es sich an diesem Abend in seinem Studierzimmer bequem gemacht. Mit einem zufriedenen Seufzer lehnte er sich in seinen Sessel zurück.

In Windee hatte er eine Überraschung erlebt, die zu erklären selbst Sergeant Morris nicht imstande gewesen war. Dash war wieder aufgetaucht, und Marion hatte ihm mit leuchtenden Augen erklärt, sie würden heiraten, sobald sie die Sondergenehmigung in Händen hätten. Von einer Verhaftung war keine Rede mehr gewesen. Und zu guter Letzt hatte ihm der Sergeant auch noch erklärt, daß diese Mrs. Thomas Mount Lion verlassen habe und nie wiederkommen würde.

Die Stehlampe verbreitete mildes Licht, und Nachtfalter flogen immer wieder gegen den Fliegendraht des Fensters. Auf dem Tisch lagen einige Briefe und Zeitungen, aber der Pater hatte keine Lust, sich jetzt damit zu beschäftigen. Aus Morris' Büro drangen Stimmen herüber, aber er achtete nicht darauf. Der Sergeant hatte oft noch bis spät in die Nacht zu tun. Schließlich verstummte das Stimmengemurmel, und Schritte näherten sich über die Veranda. Die Tür wurde leise geöffnet und ebenso leise wieder geschlossen. Als er sich langsam umwandte, sah er Bony vor sich stehen.

»Guten Abend, Pater Ryan! Ich möchte mich gern einmal mit Ihnen aussprechen. Ich habe Kummer. Würden Sie mir helfen?«

Der Pater war aufgestanden und deutete lächelnd auf einen Stuhl. Er wartete, bis Bony sich gesetzt hatte.

»Versuchen Sie doch eine meiner Zigarren«, meinte er. »Sie sind ein gutes Mittel gegen jedwede Art von Kummer.«

»Vielen Dank, aber meine Zigaretten sind nicht ganz so stark. Wenn Sie gestatten, drehe ich mir eine.« Als sie brannte und Bony den Rauch tief inhalierte, fuhr er fort: »Ich gehöre zwar nicht Ihrem Glauben an, Pater, aber ich habe das Bedürfnis zu beichten, und ich hoffe, daß Sie mir Absolution erteilen werden. Ich bin ein schwacher, eitler Mensch, und Sie sollen entscheiden, ob meine Verfehlung Sünde war oder Tugend. Sie sind hoffentlich nicht zu müde?«

»Ich bin nie zu müde, um einer kummerbeladenen Seele zu helfen. Sprich also, mein Sohn.«

Bony schwieg lange Minuten, während der Pater ihn musterte – den grauen Anzug, die dunkelgraue Krawatte, das weiße Hemd, die schwarzen Schuhe. Er war erstaunt über Bonys guten Geschmack, bei ihm fehlten alle auffälligen Farben. Schließlich zog Bony einen Ausweis aus der Tasche und reichte ihn dem Geistlichen. Zweimal überflog Pater Ryan den Text, dann hob er die Brauen und blickte seinen späten Gast voll an.

»Sie überraschen mich, Mr. Bonaparte. Ich hatte keine Ahnung, daß Sie Inspektor der Kriminalpolizei von Queensland sind.«

»Das ist nur ein Teil meiner Beichte, Pater. Aber ehe ich auf meine persönlichen Probleme zu sprechen komme, möchte ich Ihnen noch von etwas berichten, was sich vor vierzig Jahren zugetragen hat.«

Pater Ryan lehnte sich bequem zurück. »Bitte, fangen Sie an.«

In kurzen Worten erzählte Bony die Geschichte der ›gestohlenen Braut‹. Der Pater, der sich noch gut an Einzelheiten erinnern konnte, hörte interessiert zu, wunderte sich aber, warum Bony diese alte Sache ausgrub. Plötzlich fuhr er verblüfft hoch.

»Die ›gestohlene Braut‹ ist niemand anders als Mrs. Thomas, die Sie kürzlich hier in Mount Lion kennengelernt haben«, schloß Bony. »Und der Entführer, jener Joseph North, ist identisch mit Jeffrey Stanton, dem Besitzer von Windee Station.«

»Wissen Sie das genau?«

»Es besteht kein Zweifel.« Bony blickte sinnend zum Fenster hinüber. »Ich sage Ihnen heute abend nur Tatsachen, keine Vermutungen. Das einzige Dokument, das eine definitive Aussage über die ganze Affäre gibt, war ein Bekenntnis von Norths Freund. Mrs. Thomas besaß es, und durch einen Zufall kam Luke Green alias Marks in den Besitz einer Kopie.

Über Marks wissen wir inzwischen gut Bescheid. Wir wissen, daß er Jeffrey Stanton jahrelang erpreßte. Außerdem ist uns bekannt, daß er, ein Angehöriger der Gewerbepolizei, von verschiedenen Seiten Bestechungsgelder annahm.

Diese ungesetzliche Einnahmequelle mußte natürlich eines Tages versiegen. Marks machte sich aus dem Staub, als eine Untersuchungskommission eingesetzt wurde. Er versuchte, Jeffrey Stanton noch einmal gehörig zu schröpfen, um sich anschließend ins Ausland abzusetzen.

Diese letzte Unterredung zwischen ihm und Stanton fand im Wohnzimmer des Herrenhauses statt. Das Büro befindet sich, wie Sie wissen, gleich nebenan, und zufällig hörte Mr. Roberts einen Teil des Gespräches, ohne absichtlich zu lauschen. Sein Schreibtisch steht direkt vor der hölzernen Wand, und diese Wand hatte damals einen Riß. Roberts erschrak und holte Jeff junior, damit er Bescheid wußte, was nebenan vor sich ging.

Marks verlangte für das Dokument fünfzigtausend Pfund. Das ist ein enormer Preis, und Stanton weigerte sich natürlich. Er bot zehntausend, die Marks ablehnte. Mit der Drohung, das Dokument der Öffentlichkeit zugänglich zu machen, verließ er das Herrenhaus.

Marks fuhr in Richtung Broken Hill ab und hatte keine Ahnung, daß der junge Jeff sich auf dem Rücksitz versteckt hatte. Als der Wagen die Abzweigung nach Mount Lion erreichte, kroch Jeff aus seinem Versteck hervor und verlangte das Dokument. Marks weigerte sich natürlich. Statt zu halten, wie Jeff ihm befohlen hatte, gab er Gas, und da kam es zu einem Handgemenge, in dessen Verlauf der Wagen von der Straße abkam und erst an der uns bekannten Stelle zum Stehen kam.

Die Auseinandersetzung im Wagen wurde von zwei Leuten beobachtet – von Ludbi, dem Sohn Moongallitis, und von Dot. Ludbi bemerkte, daß Jeff rasch die Oberhand gewann. Mit letzter Anstrengung stieß Marks die Wagentür auf und ließ sich herausfallen. Jeff stieg ebenfalls aus, und da zog Marks ein Messer und ging auf Jeff los. Der junge Mann suchte hinter der Baumgruppe Deckung. Es besteht kein Zweifel, daß Marks Jeff umbringen wollte.

In diesem Augenblick griff Dot ein. Ohne von Ludbi gesehen zu werden, schoß er aus ungefähr achtzig Meter Entfernung. Er hatte die Savagebüchse Kaliber 22 von Dash. Mit dieser Waffe war er nicht so vertraut wie mit seiner eigenen, aber er war ein ausgezeichneter Schütze. Er wollte Marks kampfunfähig machen, bedachte aber nicht, daß die Geschosse aus der Savage eine höhere Flugbahn haben, als dies bei seiner Winchester der Fall war. Er traf Marks in den Kopf und tötete ihn auf der Stelle.

Ludbi floh, während Dot auf die Unglücksstelle zulief. Dot wollte natürlich wissen, was eigentlich gespielt wurde. Er war auch überzeugt, richtig gehandelt zu haben. In seiner Gegenwart verbrannte Jeff junior das fatale Dokument. Anschließend dachten sich die beiden eine Geschichte aus, die die Tragödie erklären sollte. In diesem Augenblick kam Dash hinzu, mit Dots Winchester. Sie hatten an diesem Tage ihre Waffen ausgetauscht, weil jeder dem anderen beweisen wollte, daß die eigene die bessere und überlegene sei.

Dash war mit der Geschichte, die sich die beiden ausgedacht hatten, nicht einverstanden. Er war bedeutend intelligenter als Dot und erkannte sofort, daß man die australische Polizei nicht so leicht würde hinters Licht führen können. Außerdem stand fest, daß es Schwierigkeiten für Jeff Stanton geben würde. Und Dash war vor allem auch darauf bedacht, Marion jeden Kummer zu ersparen.

Dash schickte Jeff junior in ihr Lager und befahl ihm, dort seine Kleidung zu wechseln und die blutverschmierten Sachen in einen Sack zu stecken. Anschließend sollte er nach Windee zurückkehren und sich völlig unbefangen geben. Als Jeff gegangen war, sannen die beiden Jäger auf eine perfekte Methode, wie man die Leiche beseitigen konnte, ohne eine Spur zu hinterlassen.

Zunächst trugen sie den Toten mehrere hundert Meter vom Tatort weg und verbrannten ihn zusammen mit Jeffs verschmutzten Sachen. Darauf kehrten sie zum Wagen zurück und vernichteten alle auf einen Kampf deutenden Spuren. Da sie wußten, daß in diesem Weidegebiet kein Vieh war, kehrten sie zu ihrem Lager zurück. Hier gestand Dot, daß er Marks' Geld an sich genommen habe. Dash verlangte augenblicklich, er solle es verbrennen, und Dot erklärte sich dazu bereit. Später brachte er es dann doch nicht fertig, die Scheine zu vernichten.

Am Tage danach kehrten die beiden Jäger an die Stelle zurück, an der sie die Leiche verbrannt hatten. Nachdem sie die Asche sorgfältig nach Knochen und anderen Überresten durchsucht hatten, verbrannten sie an der gleichen Stelle drei Känguruhs. Die beiden glaubten, auf diese Weise alle Spuren vernichtet zu haben. Die metallischen Überreste, Knöpfe, Zahnplomben und so weiter, lösten sie in Salpetersäure auf, die sie sich aus der Schmiede des Gutes geholt hatten. Die Knochen verbrannten sie und stampften sie durch das Goldwäschersieb, das Dot gehörte. Den Staub zerstreuten sie in alle Winde.«

Bony drehte sich eine Zigarette und blickte sinnend zu Boden.

»Auf diese Weise wäre beinahe ein perfekter Mord gelungen«,

fuhr er fort. »Die Leiche von Marks war restlos beseitigt. Die beiden wußten, daß nun praktisch keine Mordanklage mehr erhoben werden konnte. Es war ihr Pech, daß ich mich für den Fall interessieren mußte.«

Pater Ryan lächelte über Bonys letzte Worte, die ein wenig selbstgefällig geklungen hatten.

»Warten Sie einen Augenblick«, sagte er und holte eine Flasche Wein und zwei Gläser. Nachdem er eingeschenkt hatte, wählte er sich sorgfältig eine Zigarre aus und setzte sich bequem zurecht. »So, mein lieber Freund, und nun berichten Sie weiter. Ich bin sehr gespannt, was noch kommt.«

Bony berichtete, wie er mit seinen Nachforschungen begonnen hatte und wie ihm der Saphir, die Silberscheibe und der Schuhnagel in die Hände gefallen waren.

»Das Geheimnis des Saphirs konnte ich erst vor wenigen Tagen lösen«, fuhr er fort. »Zufällig fand ich in Miss Marions Zimmer einen Brief, der an Jeffrey Stanton junior gerichtet war. Er stammte von einem Juwelier in Adelaide und bezog sich auf jenen Saphir. In dem Schreiben wurde ausgeführt, daß der inzwischen neu eingesetzte Stein in jeder Hinsicht zu den übrigen passe, aber wenn der Stein, den Mr. Stanton gefunden und unglücklicherweise wieder verloren hatte, doch noch auftauchen sollte, sei man gern bereit, ihn gegen den von ihnen eingesetzten auszutauschen oder aber ihn zum Marktpreis anzukaufen. Miss Marion berichtete mir auf meine Frage, sie habe selbst erst kürzlich erfahren, daß ihr Bruder den Stein gefunden hatte – er fand ihn an dem Tag, als Marks in Windee auftauchte. Er steckte ihn in die Brusttasche seines Hemdes und vergaß ihn. Später verlor er ihn dann an der Unglücksstelle.

Nachdem ich den Brief des Juweliers gelesen hatte, wußte ich natürlich, daß Jeff der weiße Mann gewesen sein mußte, den Ludbi in Marks Wagen gesehen hatte. Ludbi starb ja, bevor ich ihn aushorchen konnte. Durch einen alten Häuptling, den ich eigens aus Nordqueensland holte, ließ ich den alten Moongalliti hypnotisieren, erfuhr jedoch lediglich, daß Ludbi seinem Vater keinen Namen genannt hatte. Damals richtete sich mein Verdacht zunächst noch gegen Roberts, der, nebenbei gesagt, von Jeff junior und den beiden Jägern ins Vertrauen gezogen worden war. Mich machte es besonders stutzig, daß Roberts Miss Marion veranlaßte, Dot und Dash vor der Polizei zu warnen. Er war es auch gewesen, der den Streik inszeniert hatte, damit Morris keinen Fahrer finden sollte. Rätselhaft war mir vor allem, warum Moongalliti sich bei der Suche nach Marks so ungeschickt angestellt hatte und warum er jeden seiner Stammesangehörigen mit dem spitzen Knochen bedrohte, der über diese Angelegenheit sprechen würde. Nun hatte zwar Ludbi Dot nicht gesehen, aber Dot Ludbi. Und Dot war sich natürlich im klaren darüber, daß von dieser Seite Gefahr drohen könne. Roberts übernahm es, Moongalliti mit Tabak und Nahrungsmitteln zum Schweigen zu bringen. Dies erfuhr ich durch Illawalli, meinen alten Freund. Als ich feststellen mußte, daß jemand mit dem Pferd am Ort des Verbrechens gewesen war, dachte ich wiederum an Roberts. In Wirklichkeit war es jedoch Jeff junior gewesen. Ich glaubte, daß Roberts und Marion sich liebten. In diesem Punkt irrte ich mich. Roberts' Bereitschaft, die Sache vertuschen zu helfen, entsprang lediglich seiner Loyalität den Stantons gegenüber.«

»Möglich«, erwiderte der Pater. »Immerhin hat Roberts Marion vor einem Jahr einen Heiratsantrag gemacht.«

»Ah! Dann hat also seine Zuneigung für Marion noch eine zusätzliche Rolle gespielt. Nun – mir blieb es noch überlassen, das Geheimnis der kleinen Silberschale zu lüften, die ich in der Astgabel eines Baumes gefunden hatte. Als ich Marks' Vorleben studierte, stellte ich fest, daß er im Krieg eine Schädelverletzung davongetragen hatte. Mir war bekannt, daß Sir Alfred Worthington während des Krieges in Europa Schädelverletzungen operierte. Ich wandte mich also an ihn.

Sir Alfred Worthington schrieb mir zurück, aus seinen Kriegsaufzeichnungen gehe hervor, daß er einen gewissen Captain Green operiert und die Schädelwunde mit einer Silberplatte in der Art des übersandten Musters verschlossen habe. Er fügte hinzu, er fände es unwahrscheinlich, daß sich die Platte von selbst gelöst haben könne. Zumindest müsse Green dann unter wahnsinnigen Kopfschmerzen gelitten haben.

Damit war dieser Punkt für mich geklärt. Die Silberplatte bewies, daß Marks nicht mehr lebte. Woher sollten Dot und Dash auch gewußt haben, daß Marks eine Schädeloperation durchgemacht hatte?«

»Auf den ganzen Fall aufmerksam geworden sind Sie lediglich durch das Foto, das Sergeant Morris von der Unfallstelle gemacht hatte?« warf der Pater ein.

Bony nickte und lächelte. Dann erzählte er noch rasch, auf welche Art er sich bei Mrs. Thomas das kompromittierende Dokument besorgt hatte. An dieser Stelle lachte der Pater laut auf. Bony erklärte, er bezweifle zwar, ob das Schriftstück überhaupt einen juristischen Wert besessen hätte, aber da es sich jetzt in sicheren Händen befand, konnte auf jeden Fall nichts mehr damit passieren.

»Als Miss Stanton die beiden Jäger vor der Polizei warnte, wollte Dot die ganze Geschichte auf sich nehmen, eine Schuld jedoch abstreiten«, fuhr Bony fort. »Damit war Dash nicht einverstanden. Er befürchtete, daß Jeff junior hineingezogen werden würde. Er schlug statt dessen vor, gemeinsam zu fliehen. Trotz ihrer völlig gegensätzlichen Temperamente, trotz des Unterschieds nach Herkunft und Erziehung verband die beiden Männer eine Freundschaft, wie man sie nur selten findet.

Ich bin inzwischen überzeugt, daß Dot von keinem Gericht hätte verurteilt werden können, denn letzten Endes wäre die ganze Anklage nur auf Indizien gegründet gewesen. Wir hätten Dot lediglich wegen Fundunterschlagung bestrafen können, da er ja das Geld von Marks an sich genommen hatte.«

Als Bony schwieg und keine Anstalten machte weiterzureden, sagte Pater Ryan leise:

»Sie haben mir bis jetzt noch nicht erklärt, warum eigentlich bis zur Stunde Dash und auch der junge Jeff noch nicht vernommen worden sind. Sie müßten sich doch eigentlich wegen Mittäterschaft, wegen Beseitigung einer Leiche, verantworten, nicht wahr? Ich möchte annehmen, daß hier die Ursache Ihres Kummers liegt. Erleichtern Sie Ihr Herz, mein Sohn.«

Stockend erzählte Bony von seinen Gesprächen mit Marion, von der letzten Unterredung in ihrem Wohnzimmer.

»Ich glaube nicht, daß ich an einem Minderwertigkeitskomplex leide. Ich bin stolz auf meine Bildung und mein Können. Ich verabscheue alles Häßliche, und ich bin ein Verehrer wirklicher Schönheit.

Miss Stanton verkörpert für mich das Ideal einer vollkommenen Frau. Sie vereinigt die Vorzüge äußerer Schönheit mit edler Gesinnung und einem liebenswerten Wesen. Bitte, mißverstehen Sie mich nicht, Pater. Ich liebe meine Frau. Aber Miss Stanton gehört zu jenem Frauentyp, den ich stets verehren werde. Ich hätte es nicht über mich gebracht, ihr Kummer zuzufügen. Aber da ich keine Ahnung hatte, daß sie mit Dash verlobt war, ordnete ich dessen Verhaftung an. Miss Stanton hat viele Menschen, die ihr nahestehen – ihren Vater, ihren Bruder, ihre Freunde. Aber um Hilfe wandte sie sich an mich. Ich brachte es nicht fertig, ihr ihre Bitte abzuschlagen.

Ich geriet in einen furchtbaren Gewissenskonflikt. Aber dann kam es mir zu Hilfe, daß ich mit Sicherheit annehmen konnte, daß Marks nicht vorsätzlich getötet wurde. Ich wußte zudem, daß er ein Erpresser, ein übler Kerl gewesen war, und meine Sympathie gehörte Joseph North. Die ›gestohlene Braut‹ war ja letzten Endes der Anlaß für Marks' Tod.

Für mich gibt es jetzt nur zwei Möglichkeiten: Entweder schreibe ich einen unwahren Bericht, in dem ich das Ganze als einen Raubmord hinstelle und Dot als den einzig Schuldigen. Damit würde ich Dot unrecht tun – obwohl er selbst dieser Lösung sicherlich zugestimmt hätte. Ich kann aber auch nach Sydney zurückkehren und erklären, keine Beweise für einen Mord gefunden zu haben. Morris weiß über die Hintergründe nicht Bescheid. Ihm ist lediglich bekannt, daß Dot das Geld an sich genommen hatte. Da Dot tot ist, würden die Ermittlungen abgeschlossen, und Dash brauchte überhaupt nicht mit hineingezogen zu werden.«

»Noch einen Augenblick«, sagte er schnell, als Pater Ryan zu einer Erwiderung ansetzte. »Ich bin seit langen Jahren Mitglied der Polizei von Queensland und habe bisher jeden mir übertragenen Fall geklärt. Man hält mich praktisch für unfehlbar. Das mag übertrieben sein, aber wie Sie sehen, Pater Ryan, habe ich auch diesen überaus schwierigen Fall gelöst, obwohl ich mit meinen Ermittlungen erst begann, als bereits zwei Monate seit der Tat vergangen waren.

Begreifen Sie, in welcher Situation ich mich befinde? Ich habe den schwierigsten Fall gelöst, den vielleicht je ein Kriminalist lösen kann. Und nun stehe ich vor der Alternative, entweder die Ehre eines Toten zu beschmutzen, um meinen Ruf zu wahren, oder meine Unfähigkeit einzugestehen.«

Voller Mitgefühl betrachtete Pater Ryan Bonys gequältes Gesicht.

»Mir scheint, Bony, daß Sie vor der Entscheidung stehen, entweder über einen anderen Menschen etwas Belastendes zu beichten oder aber zu schweigen und damit Ihr Licht unter den Scheffel zu stellen. Ich gebe Ihnen keinen Rat, aber ich weiß, wie Sie sich entscheiden werden. Zwar heißt es in der Bibel: Du sollst nicht töten. Aber Dot hat Marks nicht töten wollen. Hingegen war Marks drauf und dran, den jungen Jeff umzubringen. Auch das müssen Sie berücksichtigen.«

»Pater Ryan, es ist ein harter Weg für mich.«

»Sie sind ein Mensch, der ihn gehen kann. Bezwingen Sie Ihre Eitelkeit, Bony.«

»Es ist hart. Fällt Ihnen keine dritte Möglichkeit ein?«

»Es gibt nur ein Entweder-Oder, mein Sohn. Was ist schon der Ruf eines Menschen? Lediglich eine Manifestation der Eitelkeit. Die größte menschliche Tugend neben der Liebe ist die Opferbereitschaft. Aber nur ein außergewöhnlicher Mensch ist imstande, ein großes persönliches Opfer zu bringen. Ich glaube, daß ich mich auf Sie verlassen kann, mein Sohn.«

Der Pater stand auf und hielt Bony beide Hände entgegen.

Bony ergriff sie und sagte heiser: »Ich will versuchen, Sie nicht zu enttäuschen.«

»Denken Sie stets daran, daß in Mount Lion ein alter närrischer Pater lebt, der weiß, daß Sie den größten Fall Ihres Lebens gelöst haben«, erwiderte der Pater lächelnd und drückte ihm die Hände.

21

Colonel Spender, der Chef der Polizei von Queensland, blickte auf, als seine Sekretärin eintrat.

»Der Bericht von Sergeant Wills aus Toowoomba ist gekommen, Sir. Das geraubte Geld wurde im Garten des Kassierers der Bank gefunden. Der Mann ist verhaftet.«

»Gut! Wurde auch höchste Zeit, daß dieser Fall endlich geklärt wurde«, knurrte Colonel Spender.

»Inspektor a. D. Napoleon Bonaparte möchte Sie sprechen, Sir«, fuhr die Sekretärin fort.

Colonel Spender legte seinen Füllhalter hin. Sein Gesicht lief puterrot an.

»Schicken Sie ihn sofort herein!« bellte er.

Als Bony eintrat, war sein Chef eifrig beim Schreiben. Bony, der vor dem Schreibtisch stehengeblieben war, wurde völlig ignoriert.

»Sie scheinen heute morgen sehr beschäftigt zu sein, Sir«, begann Bony höflich. »Vielleicht ist es besser, wenn ich ein andermal wiederkomme?«

Die Feder tat einen wütenden Kratzer, und auf dem Schriftstück erschien ein dicker Klecks. Der Federhalter flog auf den Schreibtisch, und Colonel Spenders Faust knallte auf die Schreibunterlage.

»Zum Teufel, was wollen Sie eigentlich?« brüllte er und wuchtete seine kräftige Gestalt aus dem Sessel.

»Ich muß um Entschuldigung bitten, daß ich mich nicht eher zurückmelden konnte«, sagte Bony ruhig. »Ich wurde leider aufgehalten.«

»Nun, anscheinend gefällt es Ihnen in Neusüdwales besser als bei uns. Also sehen Sie zu, daß Sie so schnell wie möglich wieder hinkommen. Hier gibt es für Sie nichts mehr zu tun.«

»Ich wurde nicht in Neusüdwales aufgehalten, Sir, sondern in Toowoomba, das, wie Sie wissen, in Queensland liegt. Da ich in der Gegend war, dachte ich mir, ich könnte gleich noch ein paar Tage dortbleiben, um diesen Bankraub zu klären.«

»Aber Sergeant Wills –«

». . . ist ein ausgezeichneter Beamter, Sir«, fiel Bony seinem Chef ins Wort. »Sehr methodisch, sehr tüchtig. Es mangelt ihm lediglich an einer gewissen Vorstellungskraft. Seine Methodik vereint mit meiner Phantasie brachte uns den gewünschten Erfolg. Ich übernahm den Fall vor zwei Tagen – also am Mittwoch. Ich denke, daß meine Wiedereinstellung von Mittwoch morgen an datiert?«

Bonys blaue Augen strahlten den Colonel an.

Der Chef der Polizei von Queensland sank in seinen Sessel. Er setzte zu einer Erwiderung an, brachte aber kein Wort heraus.

»Die Polizei von Neusüdwales wird Ihnen zweifellos berichten, daß ich die mir gestellte Aufgabe nicht lösen konnte«, fuhr Bony fort. »Es klingt paradox, ich weiß, aber ich versagte, obwohl der Fall gelöst ist. Ich habe mein Versagen in Sydney eingestanden. Ich werde auch meinen Kollegen in Queensland gegenüber dabei bleiben.«

»Sie wollen versagt haben?« Dem erstaunten Chef blieb der Mund offenstehen.

»Jawohl, Sir. Ich habe zum erstenmal in meiner Laufbahn einen Fall nicht gelöst.«

»So hören Sie doch auf! Das glaubt Ihnen doch kein Mensch!«

»Doch, Sir. Sie können es in meinem offiziellen Bericht nachlesen.«

»Und wie sieht die Sache inoffiziell aus?«

»Sir, wir kennen uns nun schon seit vielen Jahren«, sagte Bony mit ernstem Gesicht. »Wäre es möglich, daß wir uns einmal nicht in amtlicher Eigenschaft, sondern als Privatleute unterhalten? Es macht mir nichts aus, meinen Kollegen gegenüber an Prestige zu verlieren, Ihnen aber möchte ich reinen Wein einschenken. Das bin ich Ihnen und mir schuldig.«

»Ich wußte doch, daß etwas hinter Ihrem seltsamen Verhalten steckt«, erwiderte Colonel Spender und blickte zur Tür. »Drehen Sie schon den Schlüssel um und schießen Sie los.«

Bony erzählte seine Geschichte. Es war die gleiche, die er dem Pater erzählt hatte. Sein Chef hörte ihm zu, ohne ihn zu unterbrechen. Als er geendet hatte, blickte ihn der alte weißhaarige Herr gütig an.

»Sie wollen also den Makel des Versagens auf sich nehmen, um diesem Mädchen ein ungetrübtes Glück zu ermöglichen?« fragte er leise.

Bony senkte den Kopf.

»Sie ist eine wundervolle Frau, Sir. Und ich – ich bin trotz allem nur Bony.«

Colonel Spender räusperte sich mehrmals. Dann war er wieder der Chef der Polizei von Queensland.

»Mit Wirkung vom vergangenen Mittwoch sind Sie mit Ihrem bisherigen Rang wieder eingestellt«, sagte er barsch. »Sie sind ein unmöglicher Polizeibeamter, aber ich brauche Sie. Fahren Sie sofort los und klären Sie den Mordfall in Longreach auf. Aber kommen Sie mir ja nicht mit der Entschuldigung zurück, Sie hätten den Fall nicht lösen können, weil Ihnen jemand schöne Augen gemacht hat.«

ENDE

Goldmann rote KRIMI

Rex Stout
Der Schein trügt
160 Seiten. Band 3300. DM 3.–

Nichtstuer und Schmarotzer scharen sich um den Millionär Otis Jarrell. Das scheint ihn wenig zu stören. Doch wenn es um geplatzte Geschäfte geht, bei denen Familienmitglieder die Hände im Spiel haben, ist das etwas anderes, und Nero Wolfe soll helfen.
Doch kann er weder einen Waffendiebstahl noch zwei Morde verhindern . . .

William Johnston
Der Chef
128 Seiten. Band 4001. DM 3.–

Er sitzt im Rollstuhl und dirigiert sein Team: der ›Chef‹ Robert T. Ironside, bei einer Gangsterjagd angeschossen und seither querschnittgelähmt.
Diesmal geht es um einen ganz groß angelegten Gemäldediebstahl . . .
Ein KRIMI aus der berühmten TV-Serie ›Der Chef‹, erscheint exklusiv nur in Buchform!

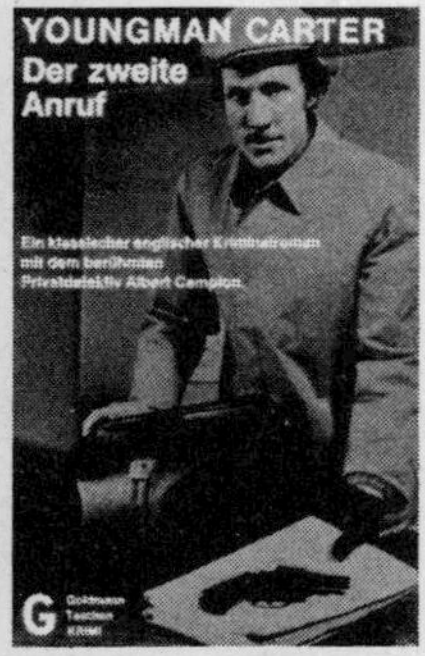

Youngman Carter
Der zweite Anruf
192 Seiten. Band 4003. DM 3.–

Miss Cambric hat den viktorianischen Herrensitz ihrer Ahnen in eine Pension vornehmster Art verwandelt. Als einer der prominenten Gäste, ein russischer Physiker, spurlos verschwindet, weiß es Miss Cambric sehr zu schätzen, daß der berühmte Privatdetektiv Albert Campion die Sache diskret in die Hand nimmt . . .

WILHELM GOLDMANN VERLAG MÜNCHEN

Hartley Howard
Good bye, Malta!
192 Seiten. Band 4004. DM 3.–

Selbstmord? Die gerichtliche Untersuchung gelangt zu keinem klaren Ergebnis im Fall Simon Cornell. Privatdetektiv Bowman genügt das nicht. Die Spur führt von Rom nach Malta . . .
›Temporeich, spannend, mit Vergnügen zu lesen.‹ Observer, London

Antony Brown
Liebe paßt nicht zum Geschäft
128 Seiten. Band 4005. DM 3.–

Warum meldete sich die hübsche Stewardeß nicht zum Dienst bei ihrer Fluggesellschaft? Eigentlich nicht meine Sache . . ., denkt Gil Penrose. Der Musikwissenschaftler hat keine Ahnung, daß er längst in einen Mordfall verwickelt ist. Schauplatz: die spanische Mittelmeerküste

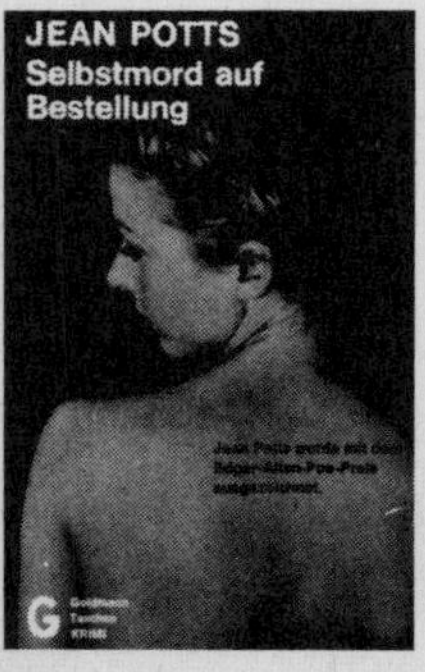

Jean Potts
Selbstmord auf Bestellung
160 Seiten. Band 4006. DM 3.–

Alle halten die kleine Harriet Covey für verrückt, als sie von Mordanschlägen auf ihren Vater spricht. Nur ihr Vetter Evan läßt sich keinen Sand in die Augen streuen. Und als Wyn Covey tot aufgefunden wird, zweifeln Evan und Harriet keinen Augenblick daran, daß er ermordet wurde . . .

WILHELM GOLDMANN VERLAG MÜNCHEN

Goldmann rote KRIMI

Edward Jarvis
Eine Sache mit Haken
160 Seiten. Band 4008. DM 3.–

Über Erfolg kann sich Werbefachmann Nick Bradley nicht beklagen, aber gute Aufträge sind ihm immer willkommen. Nick sagt auch nicht nein, als der Londoner Industrielle Ernest Singer seine Dienste in Anspruch nimmt. Singer will zur Eröffnung seiner neuen Fabrikanlagen möglichst viel Publicity – und einen kleinen Mord . . .

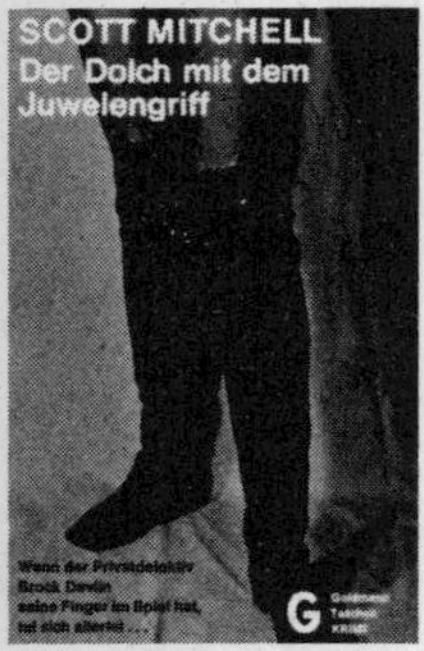

Scott Mitchell
Der Dolch mit dem Juwelengriff
160 Seiten. Band 4009. DM 3.–

Enorm peinlich für den Psychiater Dr. Strauss: Aus seiner Praxis sind Tonbandaufnahmen intimer Gespräche mit Patienten verschwunden. Der Dieb ist bekannt – aber erst zu suchen. Sobald Privatdetektiv Brock Devlin seine Finger im Spiel hat, tut sich allerlei . . .

Glynn Croudace
Der scharlachrote Bikini

192 Seiten. Band 4011. DM 3.–

Pascoe hat sich die Bergungsrechte an der gesunkenen ›Blushing Bride‹ gesichert. Kaum beginnt er an dem Wrack vor der Küste Südwestafrikas zu arbeiten, als sich bereits zwei Leute für ihn und das Schiff interessieren: ein Bikinimädchen – und ein Mörder . . .

WILHELM GOLDMANN VERLAG MÜNCHEN

Roderick Wilkinson
Ein Haar im Whisky
160 Seiten. Band 4017. DM 3.–

Irgend jemand in Schottland hat scheinbar zu großen Durst. Jedenfalls verschwindet der Whisky nicht nur flaschen-, sondern gleich lastzugweise! Aber trotz der gewaltigen Menge Alkohol hat der Unbekannte eine recht sichere Hand: Trifft er doch einen gar nicht so harmlosen Sportangler genau ins Herz ...

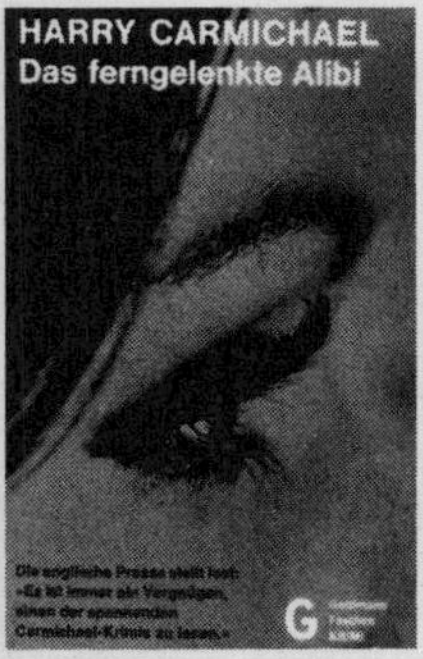

Harry Carmichael
Das ferngelenkte Alibi
128 Seiten. Band 4019. DM 3.–

Man soll die Frauen nicht ans Steuer lassen, denkt der Zeitungsreporter Quinn aus London. Eben gestand ihm Hugh Melvilles Frau, daß sie den Unfall verschuldet hat, für den Hugh achtzehn Monate Gefängnis bekam ... Als Ellen Melville kurz danach tot aufgefunden wird, sieht es freilich nur so aus, als habe sie vor Reue Selbstmord begangen ...

William Maner
Zuviel Mord, Professor Harley!
160 Seiten. Band 4020. DM 3.–

Als Student ist Steve eine Niete, als Footballspieler ein Star. Zwei Tage vor dem großen Spiel findet man ihn auf seinem Platz im Hörsaal, wo er häufig zu schlafen pflegte. Jetzt schläft er für immer: erstochen mit einer Schere. Schauplatz: eine Universitätsstadt in den USA

Goldmann rote KRIMI

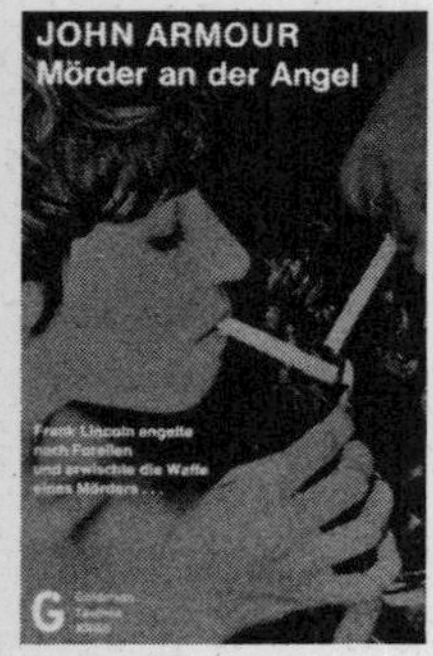

John Armour
Mörder an der Angel
160 Seiten. Band 4023. DM 3.–

Frank Lincoln will sich in den Ferien nur erholen und ein bißchen angeln. Deshalb fährt er in das Städtchen Bridgeport in Nebraska. Beim Fischen findet er die Pistole, mit der ein reicher Bürger der Stadt ermordet wurde. Und prompt hält man Lincoln, den Fremden, für den Mörder . . .

Patrick Dolan
Heißes Blut
128 Seiten. Band 4024. DM 3.–

Es ist noch keiner besser geworden da drinnen. Auch nicht Peter Low, der eine Gefängnisstrafe wegen gefährlicher Körperverletzung absitzen mußte. In Dartmoor. Aus Peter Low wird Jack Johnson. Und aus Körperverletzung – Raub! Wenn man ihn schnappt, ist sein Leben nicht mehr viel wert . . .

Andrew Garve
Projekt Bumerang
144 Seiten. Band 4025. DM 3.–

Er brauchte nur einmal ins Röhrchen zu pusten, und sein ganzes Leben änderte sich auf einen Schlag. Der Finanzier Talbot wurde wegen Trunkenheit am Steuer zu Gefängnis verurteilt. Danach war die Firma pleite. Über eine Million Schulden lasteten auf dem Unternehmen. Und Talbot fand, nun war die Zeit reif für den ganz großen Coup . . .

WILHELM GOLDMANN VERLAG MÜNCHEN